KB123622

로크미디어가
유혹하는
재미있는 세상

ROK
MEDIA
로크미디어

더 파이널

더 파이널 12

2022년 8월 19일 초판 1쇄 인쇄
2022년 8월 24일 초판 1쇄 발행

지은이 유성
발행인 김정수 강준규

기획 이기헌 왕소현 박경무 강민구 조익현
책임편집 백승미
마케팅지원 이원선

발행처 (주)로크미디어
출판등록 2003년 3월 24일
주소 서울시 마포구 성암로 330 DMC첨단산업센터 318호
Tel (02)3273-5135 **편집** 070-7863-8595 **Fax** (02)3273-5134
홈페이지 rokmedia.com **E-mail** rokmedia@empas.com

ⓒ 유성, 2021

값 8,000원

ISBN 979-11-354-7712-6 (12권)
ISBN 979-11-354-6920-6 04810 (세트)

유성 퓨전 판타지 장편소설 ⟨12⟩

The Final

더 파이널

CONTENTS

마검의 주인

쩡-!

태영의 손에서 파열음이 울렸다.

갑작스럽지만, 손가락으로 전해지는 저릿한 감각으로 바로 이해할 수 있었다.

'순환의 반지…….'

또 노월 왕국에서 처음 경험했을 때와 달리 이번에는 명확하게 느낄 수 있었다.

반지는 주위의 마기가 강해질수록 더 강하게 진동하며 태영의 마력을 빨아들이고 있었다.

그러나 태영은 주먹을 꽉 움켜쥐며 마력을 차단했다.

힘이란 필요할 때 자신의 의지로 사용해야 하는 법.

'아직이다!'

태영이 그렇게 판단했기 때문이다.

"물러나십시오!"

뒤에서 카자드의 고함이 들려온 건 그때였다.

동시에 둘을 중심으로 반투명한 구체 형태의 막이 겹겹이 떠올랐다.

콰콰콰콰―!

그 너머에서 터져 나오는 폭음!

짙은 안개처럼 공간을 뒤덮은 마기가 폭발하며 일으킨 폭음이었다.

― 역시 반응이 빠르군.

물론 그 폭발을 일으킨 건 바로 이놈.

처음 나타났을 때의 모습 그대로 팔짱을 낀 채 둘을 바라보는 리디큘이었다.

― 그래, 나를 찾아낸 자들이니 당연히 그 정도는 되겠지. 그래서 더 아쉽군. 모처럼 얻은 즐거움을 이렇게 빨리 끝내는 건 내가 바라던 바가 아니니까. 하지만 받아들여야겠지. 그런 아쉬움을 털어 내지 못하면 남은 시간을 제대로 즐길 수 없을 테니까.

리디큘이 슬쩍 입꼬리를 들어 올렸다.

순간 놈의 시선이 향한 곳의 마기가 꿈틀대더니 폭발을 일으키기 시작했다.

그리고 마치 화약이 타들어 가듯이 연쇄 폭발을 일으키며

10여 줄기로 늘어나 태영과 카자드를 향해 뻗어 왔다.

쩌쩌쩌쩡—!

배리어가 격렬한 진동을 일으키며 유리처럼 깨져 나갔다.

그 사이로 밀고 들어온 폭발에 두 번째 배리어에도 균열이 번지기 시작하자 카자드가 태영을 돌아보며 중얼거렸다.

"저렇게 말하는데, 어떻게 생각하십니까?"

"상대가 얕잡아 보는 건 기분 좋은 일이 아니지만, 그게 죽여야 하는 놈이라면 나쁜 일이라고는 할 수 없지. 난 적의 필살기 따위는 보지 않는 편이 좋다고 생각하는 주의니까."

"저놈은 그렇게 생각하지 않는 것 같습니다만……."

"알 바 아니지."

태영이 짧게 대답하며 리디큘을 향해 몸을 돌렸다.

"시간이 필요한가?"

"아니, 됐습니다. 저도 할 일을 미루는 성격은 아니라서 말입니다."

카자드가 피식 웃으며 몸을 돌렸다.

순간 갑자기 둘을 겹겹이 감싸고 있던 배리어가 일시에 모두 깨져 나갔다.

그리고 무수한 파편으로 변해 사방으로 폭사!

퍼퍼퍼펑—!

공간을 뒤덮은 마기와 충돌하며 폭발했다.

태영과 카자드가 있던 곳에서부터 리디큘이 있는 곳까지,

쉴 새 없이 터져 나오는 폭광은 공간을 집어삼키듯이 백색으로 물들이며 밀려갔다.

　-호오, 이건…….

이에 리디큘이 눈매를 좁히며 중얼거렸을 때.

확-!

한 줄기 섬광이 폭광을 뚫고 나왔다.

배리어가 깨지는 것과 동시에 '타키온'을 발동해 날아온 태영이었다.

"와일드 오러!"

콰쾅! 콰지지지-!

동시에 거대한 오러를 뿜어 올리며 리디큘의 몸을 가로지르는 그리모어!

문자 그대로 광속의 발도술, 아니 광속의 기습이었다.

　-주인!

그러나 당혹성을 터뜨린 건 그리모어였다.

태영 역시 직감할 수 있었다.

그리모어를 통해 전해지는 둔탁한 감각!

'……위험하다!'

생각과 동시에 태영은 대기를 밟으며 날아올랐다.

펑! 펑! 펑!

그 주위의 마기가 연이어 폭발하기 시작했다.

태영이 몸을 돌리자 그 주위로 강렬한 돌풍이 휘몰아쳤다.

그리고 마기와 뒤엉키며 폭발하는 사이, 뒤로 물러난 태영이 내려서자 옆에서 카자드가 다시 슬쩍 돌아보며 물었다.

"괜찮으십니까?"

"보다시피."

살짝 고개를 끄덕인 태영이 미간을 찌푸리며 몸을 돌렸다.

"기분은 더럽고, 머리도 복잡해졌지만."

- 나쁘지 않은 시도였다.

기분이 더러운 건 그 앞에서 리디큘이 히죽대며 이딴 소리를 지껄이고 있어서다. 그리고 머리가 복잡해지는 이유는 그 앞에 떠올라 있는 옅은 검은색의 막, 배리어다.

경험해 봐서 알기 때문이다.

마인의 배리어가 어떤 것인지 말이다.

좀 전에 '타키온'과 '와일드 소드'의 협력기를 맞고도 흠집조차 보이지 않는 것처럼 그 강도는 상상 이상!

게다가 숨 쉬듯 뿜어내는 마기를 조정하고 폭발시키는 능력까지 있는 놈이라면…….

- 그런 표정을 지어 주니 즐겁기는 하지만, 살짝 불쾌한 기분도 드는군. 한낱 인간에 불과한 네놈들이 쓸 수 있는 걸 나는 못 쓰리라고 생각한 건가?

"그야……."

이어지는 말에 카자드가 입을 열려 할 때였다.

"쓸 수는 있겠지."

태영이 그 앞을 막아서며 대답했다.

이에 카자드가 슬쩍 돌아봤지만, 태영과 눈이 마주치자 살짝 고개를 끄덕이며 물러났다.

- 뭐야? 방금 그건?

태영은 이어지는 그리모어의 말을 흘리며 다시 말을 이었다.

"하지만 우리에 대해 말할 때마다 한낱이니 고작이니 떠들어 대던 것치고는 좀 보기 그렇군. 조금 불리해지자마자 배리어 뒤로 숨어 버리다니 말이야. 우리는 그럴 생각이 없지만, 넌 즐기고 싶다고 하지 않았나?"

- 방식의 문제지. 난 게임판에 뛰어드는 것보다 지켜보는 걸 더 선호하는 편이니까.

"겁이 많은 놈들의 특징이지."

- 겁? 내가?

리디큘이 실소를 터뜨렸다.

- 아직도 나와 네놈들의 차이를 이해하지 못하는 건가?

"덩치?"

태영이 빈정대는 목소리로 되묻자 리디큘의 미간이 움찔했다.

- 나는 위대한 신의 대행자! 신의 사도다! 그런 내게 쓰고 버리는 소모품에 불과한 인간 따위는 파리나 다름없는 존재! 그게 네놈들과 나의 차이다!

"듣고 나니 더 한심하군. 그럼 넌 파리에 기겁해서 허겁지겁 배리어를 쳤다는 말이 되니까."

- 이해를 못 하는군.

"딱히 이해하고 싶지도 않아. 내가 너였다면 그냥 쿨하게 인정하고 넘어갔을 테니까. 구질구질하게 변명을 늘어놓을수록 네 꼴만 더 우스워진다는 것도 모르는 건가?"

- 네놈이…….

결국, 리디큘의 얼굴이 일그러졌다.

- 일단 1승이군.

그렇다고 딱히 그런 생각이 들지는 않고, 그런 상태가 오래가지도 않았다.

리디큘은 금세 본래의 표정으로 돌아왔다.

- 정말 하찮군.

그리고 살짝 입술을 비틀어 올리며 말을 이었다.

- 그런 식으로 자극하면 내가 배리어를 해제해 주기라도 하리라고 기대하는 건가?

- 젠장, 그 정도로 바보는 아닌 건가?

그리모어가 분한 듯이 중얼거렸다.

그러나 그리모어는 어땠는지 모르지만, 태영은 그런 기대 따위는 하지 않았다.

"넌 정말 덜떨어진 놈이군. 생각하고 말하는 방법을 모르는 건가?"

- 뭐?

"그런 식으로 네가 배리어를 해제하게 해 봤자 어차피 두 들겨 맞으면 허겁지겁 다시 배리어를 펼칠 텐데, 그런 귀찮은 짓을 뭐 하러 해? 애초에 우리를 그따위 조잡한 퍼즐 속에 가둬 두고 관음증 환자처럼 훔쳐보는 사이코 같은 놈에게 아쉬운 소리를 할 생각도 없어. 그런데도 내가 굳이 이런 말을 하는 이유는…….."

말을 멈춘 태영이 리디큘을 똑바로 바라보았다.

그리고, 실룩대는 입술을 밉살스럽게 추켜 올리며 가운뎃손가락을 힘차게 들어 올렸다.

"그냥 네놈 열 받으라고 그런 거다, 이 자식아!"

순간 미간을 모으며 지켜보던 리디큘의 얼굴이 균열을 일으키듯 일그러졌다.

- ……감히!

콰콰콰콰! 콰콰콰콰!

그리고 거친 고함과 함께 양쪽에서 해일처럼 밀어닥치는 마기의 폭발!

그러나 당연히, 태영은 얌전히 그 폭발에 휩싸일 생각이 없었다.

"타키온!"

섬광처럼 그 중심을 관통!

"네놈이 그렇게 원한다면 그래, 놀아 주지. 하지만 나와 놀려면 네놈도 나와 대등한 입장으로 게임판에 나와 그만한 대가를 치를 각오부터 해야 할 거다!"

콰쾅—!

단숨에 20여 미터를 가로질러 배리어와 충돌했다.

- 하! 그야말로 파리로군. 그래, 어디 한번 버둥대 봐라. 그렇게 부지런히 버둥대야 좀 더 빨리 실감할 수 있을 테니까. 너 같은 놈과는 격이 다른 이 몸의 배리어가 어떤 건지, 또 네가 얼마나 무력한 존재인지 말이다.

폭광 속에서 리디큘의 비웃음이 흘러나왔다.

그러나 일일이 떠들지 않아도 태영 역시 알고 있었다.

말했듯이 태영은 과거 놈처럼 배리어를 사용하는 마인과 싸워 본 적이 있으니까.

놈들이 사용하는 건 마기.

수없이 회귀를 반복한 태영조차 아직 완전히 이해하지 못하는 힘이었고, 그 마기로 만들어진 배리어 역시 이해하지 못할 강도를 가지고 있었다.

물론 그렇다고 무적은 아니다.

과거 태영은 마인의 배리어를 뚫어 낸 적이 있었다.

수백 명의 기사와 함께 말이다.

- 빌어먹을!

그리모어가 욕설을 터뜨리는 이유도 그 때문이다.

지금은 태영이 그때보다 강해졌다고 해도 수백 명의 기사 수준의 화력을 발휘할 수는 없으니까.

그러나 그때와 다른 건 태영의 실력만이 아니다.

-대체 뭐야, 이거? 한 방에 와장창 깨져 나가는 건 기대도 하지 않았지만, 흠집도 보이지 않잖아! 이런 걸 대체 무슨 수로 깨라는 거야?

"할 수 있어! 지금의 나는 혼자가 아니니까!"

바로 조력자다.

-그건 알지만…… 가만? 카자드 자식은 뭐 하는 거야? 주인과 협공을 해도 될까 말까 한 판국에 왜 안 보여? 그 자식은…….

"필요 없어!"

카자드를 두고 한 말이 아니다.

아니, 분명 카자드도 도움이 되겠지만, 그건 좀 더 뒤의 일이다. 그리고 그 결과는 그때까지 태영이 하는 일에 달려 있다고 할 수 있었지만 어쨌든!

-뭐?

태영이 혼자가 아니라고 말한 건 바로 이 녀석, 그리모어를 두고 한 말이다.

그리고…….

-버러지답게 잘도 꿈틀대는구나. 그럼 좀 더 난도를 올려 보지. 잘난 듯이 떠들어 댄 만큼 너무 쉽게 죽어 버려서 날 실망시키지 마라.

콰콰콰콰-!

"닥치고 네놈은 배리어가 없어진 뒤에 맞을 준비나 하고 있어. 그리모어, 절망의 낫! 에어 블라스트!"

위잉! 칭! 카카카각-!

태영이 바람 마법으로 밀려드는 마기를 밀어내며 '절망의 낫'으로 변형시킨 그리모어로 배리어를 긁으며 질주할 때.

- 그따위로 긁어 댄다고…….

뒤따르던 리디큘의 목소리가 갑자기 뚝 끊어졌다.

그렇게 될 수밖에 없었다.

지지지직-!

이제 놈도 그따위로 긁어 대는 그리모어의 뒤로 번지는 실금을 봤을 테니까.

그리고 여기에도 그렇게 될 수밖에 없는 이유가 있었다.

말했듯이 리디큘의 배리어는 마력보다 고밀도로 이루어진 마기!

그리고 밀도는 곧 강도다.

소드 오러조차 마인의 배리어에는 큰 효과를 발휘하지 못하는 이유가 그 때문이다.

소드 오러가 최강의 검기(劍技)로 불리는 이유도 검으로 발현하는 기술 중 가장 높은 마력 밀도를 가지고 있어서지만, 마기의 밀도는 그 이상!

즉, 소드 오러로 마인의 배리어를 공격하는 건 더 약한 물질로 강한 물질을 때리는 것과 다름없다는 말이다.

게다가 마기 역시 마력처럼 복원력도 가지고 있었다.

미세한 흠집 정도는 금세 복구된다는 말이다.

그러나 태영은 마인의 배리어를 뚫는 방법을 세 가지나 알고 있었다.

하나는 과거 태영이 그랬듯이 마광포나 수백 명의 기사를 동원해 배리어의 복원 속도를 넘어서는 화력을 퍼붓는 것.

다른 하나가 바로 그리모어다.

태영이 아는 한 그리모어는 흩어진 마기를 흡수할 수 있는 유일무이한 검!

너무 미세한 양이라 정작 그리모어도 모르고 있던 모양이지만, 소드 오러에 긁혀 흩어지는 마기는 계속 그리모어에 흡수되는 것이다.

-그렇군!

그리고 꾸준한 반복 작업으로 만든 실금으로 이제 그리모어도 알게 된 모양이다.

-큭! 감히 인간 따위가…… 대체 무슨 짓을 했는지는 모르겠지만, 감히 이 몸의 배리어에 흠집을 내다니!

문제는 리디큘도 알게 됐다는 것이다.

콰콰콰콰—!

그때부터 한층 가열 찬 속도로 사방에서 밀려드는 폭발! 폭발! 폭발!

배리어 전체가 폭발에 뒤덮일 정도였다.

그래도 필사적으로 '섀도 스텝'을 밟으며 어찌어찌 직격을 피하며 작은 상처는 '고속 회복'으로 막았지만, 태영의 몸은 순식간에 피투성이가 되었다.

당연히 그런 상태로 정밀하게 그리모어로 같은 곳을 긁어대기는 무리!

배리어를 가로지르는 실금은 초기에 태영이 만들어 놓은 몇 가닥뿐 더 늘어나지도, 깊어지지도 않았다.

- 크크크! 그래, 그렇지. 이게 파리 같은 인간의 한계지. 고작 그따위 방법으로 위대한 신의 대행자인 이 몸의 배리어를 부술 수 있다고 생각했나?

"그런 생각한 적 없다."

- 뭐?

"이제……."

그러나 이어지는 리디큘의 말에 슬쩍 고개를 들어 올린 태영이 입가에 웃음이 번졌다.

"그럴 필요도 없을 것 같고 말이야."

팡! 팡! 팡! 팡!

그리고 대기를 밟으며 날아올랐을 때.

- 놓칠 것…….

태영을 따라 고개를 들어 올리던 리디큘이 움찔하며 멈췄다.

- 저건…….

리디큘의 미간이 좁아졌다.

대기를 밟으며 날아오르는 태영의 위에는 네 개의 빛이 떠올라 있었고, 그 아래로 무수한 빛무리가 쏟아져 내리고 있었다.

마치 깨닫지 못하는 사이에 하늘을 뒤덮으며 쏟아지고 있는 눈처럼 말이다.

그리고 배리어 위로 내려앉으며 녹아내리기 시작했다.

빛무리만이 아니었다.

그 빛무리가 닿았던 배리어도 녹아내리고 있었다.

- 이, 이럴 수가…….

떠듬대던 리디큘이 와락 고개를 돌렸다.

보는 순간 이해했기 때문이다.

- 저렇게 고밀도로 압축된 마법 술식, 그것도 반(反)마법 술식이라니…… 불과 몇 분도 되지 않는 시간에 내 술식 구성을 간파하고 해체 공식까지 만들어 냈다는 말인가? 말도 안 돼! 있을 수 없는 일이다! 어떻게 한낱 인간 따위가…….

배리어를 녹이는 그 빛무리의 정체가 뭔지, 누가 만들어 내고 있는지도.

혼란스러운 눈으로 바라보는 리디큘 앞에 떠 있는 정복 차림의 마법사, 카자드였다.

- 네놈은 설마…….

그리고 눈이 마주치자 그 눈은 한층 더 혼란스러워졌지만,

카자드는 피식 웃으며 어깨를 으쓱일 뿐이었다.

"눈치도 느리지만, 머리는 더 느리군."

- 뭐?

"무슨 일이 벌어졌는지 이해하고도 그 뒤에 어떤 일이 벌어질지는 이해하지 못하고 있으니 말이야."

콰쾅―!

리디큘의 머리 위에서 폭음이 터진 건 그때였다.

움찔하며 고개를 들어 올린 리디큘의 얼굴이 당혹감이 물들었다.

무수한 빛무리에 휩싸인 배리어는 이미 벌집처럼 곳곳에 구멍이 뚫려 있었고, 그 사이로 굵은 균열이 퍼져 나가고 있었다.

콰쾅―!

그리고 한 번 더 폭음이 울렸을 때.

터져 나가는 배리어의 파편 사이로 한 줄기 섬광이 내리꽂혔다.

"와일드 오러!"

콰지지지!

- 쿡! 이, 이런…….

리디큘이 신음을 터뜨리며 밀려났다.

놈의 몸은 어깨에서부터 반대쪽 옆구리까지, 그 앞을 가로지른 섬광의 궤적을 따라 검은 피부가 허물처럼 찢어진 채

너덜대고 있었다.

　뭐 그 뒤로 드러난 피부도 여전히 검은색이었지만 어쨌든!

　—그렇군. 본 적이 있어. 카자드는 그 교도소에서도 이런 식으로 상대 마법사의 술식을 해제했던 적이 있었지. 저런 놈을 상대로도 그런 짓을 할 수 있을 줄은 몰랐지만…… 주인이 배리어를 긁어 대던 진짜 목적이 이거였나?

　"그런 거지."

　—뭐 결과적으로 잘됐으니 따지고 싶지는 않지만, 죽어라 긁어 대던 나로서는 왠지 맥이 빠지는군.

　"그렇게 생각할 것 없어. 우리만으로도 배리어를 부술 수 있다는 건 저놈이 더 잘 알고 있으니까. 카자드가 저런 마법 술식을 만들 수 있던 게 그 덕분이고, 나는 그편이 좀 더 빠르다고 판단하고 카자드를 이용했을 뿐이지."

　—이용이라…… 그럼 나는?

　"말했잖아."

　태영이 몸을 돌리며 대답했다.

　"우리라고."

　그리고 바닥을 내리찍으며 돌진!

　콰쾅—!

　번뜩이는 섬광 끝에서 폭발이 일어났다.

　동시에 리디큘의 몸이 들썩였지만, 좀 전처럼 밀려나지는 않았다.

그리모어를 막은 놈의 양손에는 검은 기류가 소용돌이를 일으키고 있었다.

－건방진 인간 놈이…… 지켜봐 주니 정말 주제도 모르고 설쳐 대는구나! 배리어만 뚫으면 이 몸을 쓰러뜨릴 수 있다고 생각한 거냐?

리디큘이 일그러진 눈으로 태영을 노려보며 소리치는 것과 동시에 그 검은 기류가 길게 늘어지며 두 자루의 검으로 바뀌었다.

태영의 얼굴에 밉살스러운 웃음이 떠올랐다.

"물론 그렇게 생각하지."

－감히!

이어지는 말에 리디큘이 와락 인상을 구기며 쌍검을 휘둘렀다.

단지 마주친 검을 쳐 내는 동작만으로도 태영의 몸이 수십 센티미터나 떠오를 정도의 힘이었다.

게다가 속도는 그 이상!

몸이 떠오르자 좌우에서 소나기 같은 검격이 날아들었다.

좌우에서 미친 듯이 스파크가 터져 올라왔고, 그때마다 놈에게 떠밀려 날아가는 태영의 몸이 이리저리 휩쓸리며 흔들렸다.

－엄청난 속도로군.

"그래, 하지만 그뿐이지."

그러나 태영이 그리모어의 말에 고개를 끄덕이며 내려서
는 순간.

쩡-!

파열음과 함께 검격이 사라졌다.

놈이 불과 2~3초 사이에 10여 번이나 검을 날려 대는 사
이에 태영은 그 검의 흐름을 읽고 축이 되는 지점에 그리모
어를 찔러 넣었기 때문이다.

- 이, 이런…….

"내가 검을 좀 쓰는 편이거든."

태영이 떠듬대는 리디큘을 바라보며 히죽 웃었다.

이에 리디큘의 얼굴이 경련을 일으키듯 흔들렸고, 그 진동
이 전해지듯이 양팔이 마치 잠자리 날개처럼 고속으로 움직
이기 시작했다.

- 한낱 인간 따위가 내 속도를 따라올 수 있으리라고 생각하
나? 주제도 모르고 짖어 대는 그 입부터 갈가리 찢어 주마!

그리고 한 단계 더 속도를 높여 쏟아지는 검격!

놈이 떠들어 대듯이 그 속도는 물론, 힘도 태영이 따라잡
을 수 있는 수준이 아니었다.

따라잡을 생각도 없었다.

처음부터 그만한 힘과 속도를 가진 놈은 그럴 필요도 없었
겠지만, 그러지 못한 태영은 그런 힘과 속도를 얻기 위해 필
사적으로 수련해 왔다.

그러나 그게 전부라고 할 수는 없었다.

전부여서는 안 된다.

검술의 우열이 힘과 속도만으로 결정된다면 굳이 검을 휘두르며 수련할 이유가 없으니까.

그럼에도 굳이 검을 휘두르며 수련하는 이유는 검기(劍技), 즉 검을 통해 그 힘과 속도를 더 효과적으로 발휘하기 위해서다.

아니, 그렇게 알고 있었다.

그러나 얼마 전에야 알게 되었다.

모든 검술의 본질은 결국 검을 이해하기 위한 수단이고, 그러기 위해서는 먼저 버려야 한다는 사실을 말이다.

불필요한 힘과 마력, 호흡까지.

그리하면 남는 건 필요한 것을 실행하기 위한 최적의 힘과 마력, 호흡. 즉, 최적화된 동작에서 나오는 신속이다.

그게 태영이 블러드 폴에서 익힌 '0식'의 요결!

방금 한 번의 찌르기로 리디큘의 소나기 같은 검격을 멈추게 한 게 바로 그 '0식'의 요결로 날린 찌르기 '섬돌'이다.

그리고 이번에도 마찬가지!

'아무리 빨리 움직여도 결국 흐름이 시작되는 곳은 하나!'

쩡—!

파열음과 함께 놈이 침을 튀기며 자랑하던 힘과 속도가 실린 두 자루의 검이 멈췄다.

–크하! 이거 짜릿하군.

그리모어가 교차하는 쌍검 사이를 파고들어 갔다.

– 이, 이런…….

그리고 리디큘의 당혹성과 함께 그리모어를 가로로 눕히며 공세로 전환하는 순간!

쩌쩌쩌쩡–!

연이은 섬광과 함께 리디큘이 주르륵 밀려나기 시작했다.

그러나 그 역시 오래가지 않았다.

리디큘은 상체 아랫부분이 전갈로 되어 있는 몸.

검에서 밀리기 시작하자 좌우에서 날아드는 집게발에 태영이 몸을 굴리며 물러났다.

물론 그렇다고 전황이 바뀐 것은 아니었다.

"그 아래의 전갈은 장식이 아니었던 모양이군. 그럼 괜히 있는 척하지 말고 처음부터 쓰지그랬어? 말했잖아. 내가 검술은 좀 하는 편이라고 말이야. 그런 의미에서 한마디 조언을 해 주자면……."

– 닥쳐라!

"들어 두는 편이 좋을 텐데?"

태영이 집게발로 휩쓸 듯이 지면을 긁으며 달려드는 리디큘을 피하고, 뒤이어 그 위에서 날아드는 쌍검을 '영참'으로 맞받아치며 말했을 때였다.

콰쾅! 화르르르!

놈의 등에 화염의 창이 박히며 폭발했다.

한 번이 아니었다.

놈의 몸을 뒤덮으며 퍼지던 불길이 말려 올라가며 시위처럼 변하더니 다시 그 앞에 화염의 창이 떠올랐다.

그리고 발사!

콰콰콰콰―!

－크! 저놈이…….

다시 불길에 뒤덮이는 리디큘이 그 몸처럼 활활 타오르는 눈으로 돌아보는 카자드가 날린 화염 마법 '스피어 오브 피닉스'였다.

"그러니까 말했잖아. 내가 해 주려던 조언이 그거라고. 널 죽이고 싶어 하는 사람은 나만이 아니라는 거 말이야."

그러나 뒤에서 들려오는 목소리에 그 눈이 다시 태영에게 돌아왔다.

"일부러 놈이 모르게 뒤로 돌아왔는데 그런 말을 해 버리면 곤란하죠. 뭐 들어 줄 생각이 없었던 모양이지만."

그러나 이어지는 말에 다시 카자드를 돌아보았고…….

"디스바로스라는 미라가 말했잖아. 저 녀석은 조롱하는 자라고. 성격이 그 모양이니 남의 말을 들을 귀나 있겠어? 그런데 경이 몰래 뒤로 돌아갔다고 말하는 것치고는 어째 효과가 미지근하군."

"일부러 말하지 않아도 저 역시 그 탓에 꽤 불쾌해하고 있

습니다. 모난 성격이라 애써 참고 있는 건지, 화염 마법에 내
성이 있는 건지…….”

“뭐 두들겨 보면 알겠지.”

“그렇죠.”

 – ……감히 인간 따위가 신의 사도인 나를 조롱하는 것인가!

결국, 리디큘의 입에서 분노의 고함이 터져 나왔다.

“응.”

태영이 히죽 웃으며 대답했다.

그때 놈을 중심으로 거대한 소용돌이가 일어나며 다시 시
커먼 마기가 뿜어져 나오기 시작했다.

 – 두 놈 다 멀쩡하게 죽을 생각은 하지 마라!

퍼퍼퍼펑! 퍼퍼퍼펑!

놈이 양팔을 뻗으며 소리치자 마기가 연쇄 폭발을 일으키
며 공간을 질주했다.

“자신만만하게 떠들어 대는 것치고는 가진 재주가 많지 않
은 모양이군.”

그러나 카자드는 그저 어깨를 으쓱일 뿐이었다.

그리고 그대로 미끄러지듯이 허공을 가로지르며 화염탄을
난사! 마기와 함께 밀려오던 폭발을 한쪽으로 밀어내며 다시
리디큘을 돌아보았다.

“뭔가 다른 건 없나? 슬슬 지겨워지려고 하는데 말이야.”

 – 원한다면 보여 주지.

리디큘이 붉은 눈을 검게 물들이며 중얼거렸다.

"더블 게일!"

그때 반대쪽에서 마기가 확 갈라졌다.

"그럴 기회는 없을 것 같군. 저쪽은 적의 필살기 따위는 안 보는 게 좋다고 생각하는 주의니까 말이야. 아쉽지만, 나도 다른 즐거움을 찾아보도록 하지."

카자드가 피식 웃으며 고개를 저었을 때였다.

갈라진 마기의 중심을 가로지르며 뻗어 나온 섬광이 리디큘과 충돌했다.

그리고 한데 얽히며 질주!

펑! 펑! 펑! 펑!

그 궤적을 따라 검은색과 푸른색이 뒤섞인 섬광이 연이어 터져 나왔다.

리디큘이 휘둘러 대는 쌍검이 뿜어 대는 시커먼 마기와 그 뒤를 추격하는 태영의 휘둘러 대는 그리모어가 뿜어 올리는 푸른 오러가 충돌하며 일으키는 섬광이었다.

그러나 정작 피가 뿜어져 나오는 건 태영 쪽이었다.

좀 전과 달리 리디큘이 집게발과 꼬리까지 휘둘러 대고 있기 때문이다.

그러나 그것도 잠시.

-쿡!

곧 리디큘의 몸에서도 검은 피가 치솟았다.

이때를 기점으로 점차 리디큘을 압도하기 시작했다.

두 가지 이유 때문이다.

-[파마의 램프]의 이펙트 스킬 [사냥의 시간]이 발동되었습니다.

-[사냥의 시간] 효과에 의해 [파마의 랜턴]에 축적된 광력을 최대치로 방출합니다. 이에 따라 [엘더 슬레이어-라이트 세이버]의 특성에 초과 능력치가 적용됩니다.

-32%…… 35%…… 38%…….

하나는 바로 이것.

돌진과 동시에 발동시킨 '파마의 랜턴'으로 능력치가 상승하고 있어서다.

퍼퍼퍼펑-!

그리고 다른 하나가 이것.

둘을 따라붙는 카자드가 적절한 마법으로 리디큘의 흐름을 차단해 주고 있어서다.

이에 탄력을 받은 태영은 숨 쉴 틈도 없는 공격을 퍼부으며 돌진!

콰지지지! 펑-!

다시 폭발을 일으키며 격돌했을 때였다.

- *크*…… *ㅋㅋㅋㅋ*…….

격렬하게 치솟아 오르는 스파크 너머에서 리디큘의 낮은

웃음이 흘러나왔다.

"웃을 상황은 아닌 것 같은데?"

- 글쎄? 어떨까?

태영의 말에 리디큘이 슬쩍 입술을 추켜 올렸다.

순간 놈의 몸에서 지금까지와는 다른, 강렬한 기운이 줄기 줄기 뿜어져 나오기 시작했다.

- 일단…… 그래, 인정하지. 너희 두 놈은 확실히 평범한 인간 은 아니다. 하지만 그뿐이다. 아무리 뛰어나도 인간은 인간, 신 의 대리자인 내게 범접할 수 없는 존재지. 그런데도 내가 아직 네놈들을 살려 두고 있는 이유는 보고 싶어서다.

"그럼 보여 주지. 아마 네놈이 보고 싶어 하는 것과는 꽤 다르겠지만."

- 아니, 됐다. 내가 보고 싶은 건 네놈들이 아니니까.

"뭐?"

- 역시 아직 모르는군.

펑-!

그때 갑자기 놈의 검과 그리모어가 겹쳐진 곳에서 폭발이 일어났다.

이에 태영은 반사적으로 뒤로 후퇴!

빠르게 다시 그리모어를 들어 올리며 자세를 잡으려다가 움찔하며 멈춰 섰다.

그리모어의 오러가 격렬하게 진동하며 검은색으로 물들어

가고 있었다.

"그리모어?"

대답은 없었다.

—ɗŋðɾɹN의 ɘɜɜƃƨ ƭ੧ɛɜɛ 시스템이 작동해 [■■■■]가 œɲɗɲɗfŋ되었습니다.

—ʀɣdɜDØðɗʒ……

대신 태영의 눈앞으로 이런 메시지가 떠오르고…….

— 시작됐군.

펑—!

검은 오러가 폭발했다.

"큭!"

태영이 신음을 터뜨리며 뒤로 물러났다.

리디큘을 경계한 것이었지만, 놈은 별다른 반응을 보이지 않았다.

그저 옅은 웃음을 지으며 바라보고 있을 뿐이었다.

그 얼굴을 훑듯이 지나간 태영의 눈이 그리모어로 향했다.

폭발을 일으킨 이후, 그리모어를 뒤덮은 검은 오러는 한층 격렬하게 소용돌이치며 사방으로 튀어 오르고 있었다.

"그리모어!"

여전히 대답은 들려오지 않았다.

대신 그리모어를 움켜쥔 손아귀로 날카로운 통증이 전해졌다.

마치 무언가가 손바닥을 찢어 벌리며 들어오려는 듯한 감각이었다. 이에 태영이 어금니를 악물며 힘을 주자 이번에는 반대로 뭔가가 쓸려 나가는 듯한 감각이 느껴졌다.

동시에 검은 오러가 폭발적으로 확대되었고…….

쩌쩌쩌쩡-!

거대한 짐승 형상으로 변하며 뿜어져 나왔다.

노월 왕국에서 봤던 것처럼 순간적으로 떠오른 형상이 아니었다.

크르르르.

천천히 들어 올려지는 머리에서 흘러나오는 울음.

늑대를 닮은 3~4미터에 달하는 거대한 몸집도, 그 머리에서 떠오르는 붉은 눈동자도 확실한 실체였다.

"이, 이건…….."

-설마 아직도 몰라서 그런 말을 하는 건 아니겠지?

리디큘이 히죽 웃으며 말했다.

-하지만 뭐, 기분은 이해한다. 나도 처음에는 꽤 놀랐으니까. 비록 아직 불완전한 상태였다고는 해도 한낱 인간의 검 따위에 우리 일족이 봉인되어 있으리라고는 생각하지 못했으니까.

"너희 일족?"

-그래, 위대한 신의 의지를 대행할 자격을 부여받은 존재지.

리디큘이 마기를 뿜어 올리며 말을 이었다.

- 이게 그 의무를 수행하기 위해 신께서 주신 힘이고 말이다. 네놈이 내 배리어에 상처를 입힐 때처럼 한낱 인간 따위가 만든 무구가 흡수할 수 있는 힘이 아니라는 말이지. 그건 모두 이 녀석이 해 온 일이라는 거다. 가련하게도, 신에게 선택받은 존재로 태어났음에도 한낱 먹이에 불과한 인간에게 봉인되어서. 그리고 이제야 풀려난 거지, 네가 멍청한 덕분에.

리디큘의 입술이 실룩실룩 추켜져 올라갔다.

- 정말 너 따위가 신의 대행자인 나를 쓰러뜨릴 수 있다는 환상에 빠져 있던 건가? 전혀 눈치를 못 채더군. 너와 마주칠 때마다 그 검에 마기를 쏟아부어 봉인을 흔들어 대고 있었는데도 말이야. 하긴, 그게 당연하겠지. 반응을 보니 이 녀석이 어떤 존재였는지도 몰랐던 모양이지만, 설사 알고 있었다고 해도 네겐 도구에 불과했을 테니까.

태영은 아무 말도 하지 않았다.

놈의 말을 인정해서가 아니다. 애초에 놈은 안중에도 없었다. 지금 태영의 관심사는 오직 하나!

"그리모어!"

그러나 태영이 들고 있는 검도, 놈의 앞에 서 있는 짐승도 반응하지 않았다.

반응하는 건 리디큘뿐이었다.

- 내 말을 제대로 이해하지 못한 모양이군. 이 녀석은 수백

년 동안 그 겁에 갇혀 이용당했다. 물론 이 녀석을 가둬 놓은 게 너는 아니었겠지만, 좋을 대로 이용해 왔다는 점에서는 다를 게 없지. 그럼 녀에 대한 이 녀석의 감정이 어떨 것 같나?

"닥쳐! 나는……."

- 애쓴 보람이 있군. 그야말로 바라던 반응이야. 저쪽에서 살금살금 수상한 짓을 하는 놈이 없다면 더 오래 즐기고 싶을 정도로 말이야.

리디큘이 고개를 돌리며 중얼거렸다.

퍼퍼퍼펑-!

순간 그 위에서 일렁이던 마기가 시선을 따라 연쇄 폭발을 일으키며 뻗어 나갔다.

흩어지는 마기 속에서 여러 장의 마법 술식에 둘러싸인 거대한 창이 떠오른 건 그때였다.

그리고 일제히 깨져 나가는 마법 술식과 함께 낙하!

- 분위기 파악을 못 하는 놈이군.

그러나 리디큘은 피식 웃으며 고개를 저었다.

그러자 주위에서 일렁이던 마기가 그 앞으로 몰려들었고, 격렬한 마찰음이 울리며 창의 속도가 급격히 줄어들기 시작했다.

- 네놈도 마찬가지다.

그리고 리디큘이 다시 고개를 돌리며 말했을 때.

펑-!

폭음과 함께 태영이 퉁겨 나갔다.

놈이 창을 돌아보는 틈에 기습하다가 반격을 받은 것이지만, 반격한 건 리디큘이 아니었다.

크르르르.

그 앞에서 송곳니를 드러내는 거대한 짐승.

"그리모어……."

- 네놈 쪽이 좀 더 흥미가 가긴 하지만, 그래서야 모처럼 무대를 만들어 놓은 의미가 없지. 그러니 네게 기회를 주마. 내 일족을 그따위 조잡한 검에 가둬 두고 네놈 좋을 대로 이용해 온 비열한 짓을 속죄할 기회를 말이야.

크와아아아-!

짐승, 그리모어가 포효를 터뜨리며 달려들었다.

"그리모어, 그만둬!"

태영의 다급한 고함에도 그리모어는 움찔하는 기색조차 보이지 않았다.

치켜드는 검으로 전해지는 충격!

- 저놈은 내 즐거움을 방해한 짓을 속죄해야 할 테고.

태영이 검날을 씹어 대며 돌진해 온 그리모어에 휩쓸려 밀려나자 리디큘이 다시 고개를 돌렸다.

순간 창과 마찰을 일으키던 마기가 소용돌이를 일으켰다.

그러자 거의 멈춰져 있던 창에 쩍쩍 균열이 번지더니 폭발을 일으키며 흩어졌다.

퍼펑-!

그리고 그 안에서 터져 나오는 또 다른 폭광!

"이전과는 좀 느낌이 다르군."

그 폭광 속에서 점멸하듯이 나타났다 사라지기를 반복하며 나오는 사람은 카자드였다.

- 물론 다르지.

반대쪽에서 그를 바라보며 대답하는 사람은 리디큘이었지만, 그 어깨에는 쌍검을 든 팔 외에 한 쌍의 팔이 더 솟아 있었다.

- 이제 네가 죽을 때가 됐다는 말이지.

"그건 네가 결정할 일이 아니지. 고작 팔 몇 개 늘었다고 할 수 있는 일도 아니고."

- 그래도 지금의 너라면 충분하겠지.

리디큘이 히죽 웃으며 중얼거리자 카자드의 미간이 움찔했다.

- 모르고 있으리라고 생각했나?

그리고 이어지는 말에 카자드가 눈매를 좁히는 순간, 돌연 그 주위로 엄청난 양의 마력이 몰려들며 회오리를 일으키기 시작했다.

카자드의 머리 위로 십여 개의 마법 술식이 연이어 떠올랐다.

"중요한 일은 아니지."

- 그래, 중요한 일은 아니다.

새로 돋아난 리디큘의 팔 위에서도 마법 술식이 떠올랐다.

- 네가 뭐든 달라질 건 없으니까.

투콰콰콰! 퍼펑-!

그리고 그 사이에서 다시 폭발이 일어났을 때.

콰쾅-!

그 아래에서도 폭음이 터져 나왔다.

"그리모어, 정신 차려!"

태영이 그 뒤로 튕겨 나오며 소리쳤다.

그러나 그리모어는 불쾌한 잡음이라도 들은 것처럼 한층 성난 울음을 터뜨리며 내리친 발로 바닥을 긁으며 돌진!

"빌어먹을!"

태영은 황급히 '섀도 스텝'을 밟으며 물러났다.

그러나 그리모어는 마치 그림자처럼 태영을 따라붙으며 발톱을 휘둘렀다. 그때마다 그 앞으로 줄기줄기 뿜어져 나오는 섬광!

푸확-!

불과 서너 번 만에 태영의 어깨에서 또다시 피가 치솟아 올라왔다.

태영이 터져 나오는 신음을 삼키며 몸을 굴렸다.

그 뒤로 폭음이 따라붙었고…….

파캉-!

몸을 일으키는 것과 동시에 검에서 파열음이 울렸다.

붉게 물든 눈으로 태영을 바라보는 그리모어가 검을 씹어 대며 일으키는 소리였다.

그 눈을 마주 보는 순간 명확하게 느낄 수 있었다.

'적…… 아니, 먹이를 보는 눈빛이다!'

또 지금의 그리모어는 그만한 힘을 가지고 있다는 것도 말이다.

반면 태영은 리디큘과 싸운 직후.

곳곳이 상처로 뒤덮인 몸만 아니라 그 안쪽에서도 곳곳에서 심상치 않은 통증이 느껴졌다.

'이대로는 당한다!'

이런 결론과 함께 태영의 눈이 검이 쥔 손으로 향했다.

리디큘의 등장에 반응하던 힘을 억눌러 놓았던 '순환의 반지'. 대마인용 마도서 디비니티의 기동 아이템이다.

'그리모어가 저렇게 돼 버리고, 파마의 랜턴에 충전해 둔 광력까지 바닥난 지금 남은 건 그것밖에 없어! 그래, 그리모어가 마인과 같은 존재라면…….'

그 뒤로 생각을 이어 가던 태영이 움찔하며 멈췄다.

'그럴 리가 없잖아! 그리모어는 그리모어다! 내가 찾고! 지금까지 모든 것을 함께해 온 내 동료다! 놈이 뭐라고 떠들어 대건 나는…….'

그리고 세차게 고개를 저으며 다시 주먹을 꽉 움켜쥐었다.

"네가 그저 계약에 묶여 내게 복종해 왔다고는 생각하지 않아! 솔직히 순순히 복종만 해 왔던 것도 아니었잖아! 그러니 그만 정신 좀 차리라고, 이 자식아!"

푸확-!

"큭, 빌어먹을!"

치솟는 피와 함께 태영이 입술을 일그러뜨리며 물러났다.

피가 튀어 오른 건 가슴이지만, 그리모어의 발톱이 처음 노린 곳은 목!

태영의 목소리가 그리모어에 닿지 않는다는 증거다.

그리고 그 이유도 명확!

벌어진 상처를 검게 물들인 마기였다.

아니, 그렇게 믿었다.

리디큘이 뭐라고 떠들어 대던 그리모어가 본인의 의지로 태영을 공격하고 있는 게 아니라고 말이다.

'나는……'

그리고 거기까지 생각하는 때, 물러나던 태영이 우뚝 멈춰섰다. 그제야 깨달았기 때문이다.

지금 자신이 해야 할 일이 뭔지 말이다.

"……거기에 내 손모가지를 건다!"

순간 태영이 다시 앞으로 쏘아져 나가며 쩍 벌어진 그리모어의 아가리에 왼팔을 쑤셔 넣었다.

콰자자작!

그 직후에 의식을 뒤흔들며 퍼지는 파열음!

마력을 겹겹이 둘렀음에도 상상을 초월하는 압력에 뼈가 으스러지는 듯한 고통이 전해졌다.

그리고 그 아래에서 태영의 몸을 긁어 대는 발톱!

그때마다 '패왕의 뼈 갑주'가 들썩이며 뼛조각이 떨어져 나왔다.

그러나 뼈 자체는 흠집만 생겼을 뿐이고, 같은 이유로 왼팔도 떨어져 나가지는 않았다.

물론 당장이라도 떨어져 나갈 것 같은 고통이 전해지고 있기는 하지만, 태영은 검으로 그리모어의 발톱을 막아 내며 크게 숨을 들이켰다.

'집중해라!'

그리고 어금니를 질끈 깨물며 아가리에 쑤셔 넣은 왼팔로 마력을 쏟아부었다.

이어 그 마력에 의식을 투영시킨 순간.

"큭!"

태영의 입에서 신음이 터져 나왔다.

내부에서 날뛰는 마기가 거대한 짐승처럼 태영의 마력을 찢어 댔기 때문이다.

그러나 예상하지 못했던 일은 아니었다.

예전에 태영은 노월 왕국에서 마기를 과식(?)한 그리모어가 이상 현상을 보였을 때도 마력을 불어 넣은 적이 있었고,

그때도 같은 경험을 했었다.

태영이 이런 방법을 생각하게 된 것도 그때의 경험이 떠올랐기 때문이다.

물론 그때는 팔이 씹히는 중은 아니었지만.

'시간을 끌면 안 된다!'

태영은 입술을 꽉 깨물며 팔목에 마력을 집중했다.

'되돌려야 할 건 그리모어의 몸이 아닌 의식! 그렇다면 가야 할 곳은…… 머리다!'

그리고 압력을 높인 뒤에 단숨에 개방!

파도처럼 밀려드는 마기를 뚫으며 그리모어의 머리 위로 밀어 올렸다.

크와아아아-!

순간 그리모어가 움찔하며 거칠게 머리를 흔들었다.

그때마다 그 아가리 사이에 끼어 있는 팔도 좌우로 흔들리며 와작대는 뼈 소리가 의식을 뒤흔들었다.

그러나 결과적으로는 나쁜 일이라고는 할 수 없었다.

그리모어처럼 몸속의 마기도 마구잡이로 날뛰며 흩어지기 시작했기 때문이다.

"큭! 빌어먹을!"

물론 그래도 아픈 건 아픈 거지만.

"날뛰는 건 상관없지만, 입은 다물고 있어! 그렇다고 너무 세지 물지는 말고!"

태영은 오른팔로 그리모어의 목을 휘감으며 머리로 그리모어의 턱을 받치며 소리쳤다.

그리고 발버둥 치는 그리모어와 한 덩이가 되어 바닥을 구르는 사이, 손목에서 모은 압축하던 마력을 다시 한번 주입!

앞서 주입한 마력과 합쳐 단숨에 마기를 뚫으며 치솟아 올랐다.

그렇게 머리까지 올라오자 바로 느낄 수 있었다.

'이건…….'

머리 안에 뭉쳐 있는 마기 덩어리였다.

그 마기는 다른 마기와 달리 태영의 마력이 접근해도 반응을 보이지 않았고, 들이받아도 꿈쩍하는 기미도 보이지 않았다.

'어떻게 하지? 그냥 계속 들이받아 봐야 하나? 하지만 만약 이게 정말 그리모어의 의식이라면…… 아니, 잠깐? 생각처럼 될지는 모르겠지만…….'

태영은 일단 마력을 후퇴시켰다.

그리고 의식을 집중해 마치 천처럼 넓게 펼쳐 마기 덩어리 위에 덮여 씌웠다.

그리모어의 몸이 움찔하며 멈춘 건 그때였다.

팔을 씹어 대던 아가리도, 몸을 긁어 대던 발톱도 미동조차 보이지 않았다.

'……효과가 있다!'

그러나 태영이 이런 생각을 떠올린 건 단순히 그런 이유 때문이 아니었다.

마력을 통해 느껴졌기 때문이다.

그 안에서 뭉쳐 있는 마기가 녹아내리는, 정확히 말하면 태영의 '대적자' 특성에 의해 마기가 정화되는 감각이 말이다.

그리고…….

우직!

뒤이어 마력 안에서 뭔가가 갈라지는 감각이 전해졌다.

마치 손안에 달걀 따위가 깨지는 느낌이었다.

그 느낌은 곧 마력 덩어리에 덮어씌운 마력 전체로 퍼져 나갔다. 그리고 한참을 울리다가 사라졌지만, 그리모어는 축 늘어진 채 여전히 미동조차 보이지 않았다.

'설마…… 아니, 그럴 리가 없어!'

불안한 얼굴로 바라보던 태영이 와락 고개를 저었다.

태영은 그리모어의 가슴팍을 기어오르듯이 이동해 오른손으로 그리모어의 머리를 움켜쥐고 이마로 세차게 들이받았다.

쿵—!

"그리모어, 설사 내 팔이 떨어져 나가도 나는 너를 버리지 않는다! 그러니 너도 나를 버리지 마라! 일어나라! 기억을 떠올려라! 너는 나, 레온의 오직 하나뿐인 검이자 동료, 그리모어다!"

묵직한 울림과 함께 소리쳤을 때였다.

쩌쩍! 쩌쩌쩌쩍!

이마로 들이받은 부분부터 그리모어의 몸에 균열이 퍼져 나가기 시작했다.

그리고 조각조각 나뉘며 흩어지기 시작했다.

"무, 무슨…… 안 돼!"

-……나도 생의 마지막을 주인의 박치기로 끝내고 싶은 생각은 없다.

비명을 터뜨리는 태영의 머릿속에 울리는 목소리.

"그, 그리모어?"

태영이 황망한 얼굴로 중얼거렸을 때였다.

흩어지던 검은 조각들이 돌연 방향을 바꿔 날아와 태영의 몸에 달라붙기 시작했다.

그리고 순식간에 머리까지 완전히 뒤덮었을 때!

-아팠다고.

화악-!

이어지는 목소리와 함께 검은 불길에 뿜어져 올라왔다.

—dᘉᕼᒋ의 ɘɘƹɘ꜒ 시스템이 완료되었습니다.

—ɘɘƹɘ꜒ 시스템에 필요한 동화율이 충족되어 그리모어의 마스터 스킬 [자바워크]가 개방되었습니다.

—보유한 영격 30을 소비해 [자바워크]가 발동되었습니다.

—çᴅᗯᗫƺᴳɸƺᴎ……

그 앞으로 떠오르는 메시지.

"이, 이건……."

—나도 뭐가 어떻게 된 건지 잘 모르겠군. 그 리디큘인지 뭔지 하는 놈과 싸우던 것까지는 기억이 나는데…… 아니, 잠깐…… 알 것 같군. 나는…… 내가 주인을…….

"됐어."

태영이 그리모어의 말을 끊었다.

"그사이에 무슨 일이 있었는지는 상관없어."

—하지만 나는…….

"네가 뭐였는지도 상관없어. 네가 이래저래 수상하기 짝이 없는 녀석이라는 건 새삼스러운 일도 아니잖아."

—주인도 남 말할 처지는 아니지.

"그래, 그러니까 새삼 따질 생각은 없어. 방금 말했듯이 내게 중요한 건 네가 내 하나뿐인 검이자 무엇과도 바꿀 수 없는 동료라는 거고, 그거면 돼. 너도 날 그렇게 생각하는 한 설사 또다시 이번 같은 일이 벌어진다고 해도 내가 몇 번이든 다시 되돌려 놓을 테니까."

　─지긋지긋하군.

"네가 뭐라고 해도 말이야."

　─······팔은 괜찮은가?

"움직이면 됐어."

한숨 섞인 그리모어의 말에 태영이 피에 물든 왼팔을 살짝 흔들었다.

그리고 고개를 들어 올리며 말을 이었다.

"아파할 때도 아닌 것 같고."

콰콰콰쾅─!

그 위에서 폭발이 일어났다.

그때 처음으로 일어난 폭발은 아니었다.

태영은 그리모어와 엎치락뒤치락하느라 그런 데까지 신경 쓸 여력이 없었지만, 그러는 동안 위에서도 리디큘과 카자드가 엎치락뒤치락하고 있었다.

이전과는 전혀 다른 분위기로 말이다.

콰콰콰콰─!

수십 미터 높이로 치솟아 일대를 휩쓰는 거대한 회오리!

그 안쪽에서는 거친 마찰음과 함께 백광이 번뜩였고, 그때마다 굵은 뇌전이 줄기줄기 뿜어져 나오고 있었다.

그야말로 천재지변으로밖에는 보이지 않는 장면이었다.

그러나 지금은 그마저도 작아 보였다.

공간 그 자체가 그 뇌전의 회오리와는 반대 방향으로 회전하고 있었기 때문이다.

아니, 정확히 말하면 그 주위의 마기가 회전하고 있는 것이지만, 어차피 그게 거기였다.

그 공간 자체가 마기에 뒤덮여 있으니까.

그리고 먹구름처럼 뭉쳐 뇌전의 회오리로 몰려들었을 때.

쿠콰콰콰! 퍼펑-!

격렬한 마찰음이 울리며 다시 폭음이 터져 나왔다.

순간 회오리 속에서 번쩍이던 뇌전이 연이어 폭발하며 흩어졌다.

－크하하하! 이게 다냐?

그 앞으로 밀려가는 마기 속에서 대기를 진동시키는 웃음이 터져 나왔다.

콰지지지-!

그때 회오리 속에서 또다시 백광이 번뜩이며 뇌전이 뿜어져 나왔다.

그리고 접근하는 마기를 직격!

순간 마기가 확 흩어지며 리디큘의 모습이 떠올랐다.

그러나 그 얼굴에 당혹스러워하는 기색 따위는 보이지 않았다.

이미 알고 있기 때문이다.

－잘난 얼굴로 떠들어 대던 것과는 너무 다르지 않나?

리디큘이 바라보는 회오리 속에서 거친 숨을 몰아쉬는 사내, 카자드는 이미 그런 빈정대는 말에도 대꾸하기 힘든 상태라는 걸 말이다.

- 이게 다라면…….

여유로운 얼굴로 그 모습을 지켜보던 리디큘이 입술이 추켜져 올라갔다.

그 앞으로 다시 마기가 모여들기 시작했다.

- 더 볼 일은 없다.

그리고 이어지는 목소리와 함께 십여 개의 검은 구체로 변해 뿜어져 날아갔다.

동시에 카자드 앞으로 떠오르던 마법 술식에서도 섬광이 뻗어 나왔다. 그리고 또다시 폭발을 일으키며 사라졌지만, 검은 구체는 아니었다.

흩어지던 마기는 다시 뭉치며 그대로 폭광을 뚫고 카자드를 직격!

콰쾅-!

- ……뭐?

그러나 폭음과 함께 당혹성을 터뜨리는 건 리디큘이었다.

그리고 그때.

펑-!

리디큘의 한쪽 어깨가 터져 나왔다.

- 쿡! 무, 무슨…….

어깨를 움켜쥐고 물러나던 리디큘이 움찔하며 멈춰 섰다.

"이 이상 네놈의 장단에 맞춰 주고 싶은 생각은 없지만, 더 볼 일이 없다는 말에는 나도 동감이다."

그 앞에서 흘러나오는 목소리.

순간 리디큘의 눈이 빠르게 아래를 훑은 뒤에 다시 앞으로 향했다.

바로 알아봤기 때문이다.

카자드 앞에서 검은 불길을 뿜어 올리며 떠 있는 사내가 누군지 말이다.

- 네놈이 어떻게…….

그, 태영을 바라보는 리디큘의 입에서 혼란스러운 목소리가 흘러나왔다.

태영은 그 말을 씹으며 카자드를 돌아보았다.

"싸울 수 있겠나?"

피로 물든 카자드의 볼이 실룩거렸다.

"……이제 슬슬 제대로 실력 발휘를 하려던 참이었습니다만."

"그래도 쉬어."

태영은 피식 웃어 주며 다시 고개를 돌렸다.

- 하! 어련하시겠어.

머릿속으로 들려오는 그리모어의 목소리 탓도 있었지만, 그보다는 이제 이해했기 때문이다.

그리모어와 합쳐진 지금, 뭘 할 수 있는지.

-대체 니놈이 그 상황에서 어떻게 빠져나왔는지는 모르겠지만…….

"알게 해 주지."

쾅-!

순간 태영이 대기를 울리며 뻗어 나갔다.

상공이었지만, 마력으로 폭발시킨 대기를 밟으며 날아가는 게 아니다.

그 몸에서 격렬하게 뿜어지는 검은 불길의 힘으로 날아가고 있었고, 그 속도는 그야말로 섬광!

그러나 리디큘은 움찔하는 기색도 없이 바로 쌍검을 추켜올렸다.

쾌쾅! 카카카카-!

그 직후에 울리는 폭음과 연이어 울리는 마찰음!

순간 점멸하듯이 폭발하는 검은 기류 속에서 리디큘이 미끄러져 나왔다.

그 얼굴은 일그러져 있었다.

-쿡! 마, 말도 안 돼! 인간이 어떻게 마기를…… 아니, 이건…….

그 한 번의 충돌로 놈도 이해했기 때문이다.

아니, 당연히 이해했을 것이다.

쌍검을 휘두르며 태영과 충돌했던 놈의 한쪽 팔이 걸레처럼 찢어져 있으니까.

리디큘은 그 팔을 부여잡고 상공을 미끄러지듯이 물러나고 있었고, 그 앞으로 마치 장벽처럼 십여 개의 막이 줄지어 떠올랐다.

-아니, 됐다! 그게 뭐든 어차피 네놈을 찢어서 알아보면 될 터! 너나 저놈이나 한꺼번에 뭉개 주마!

물론 놈도 나름의 생각이 있어서 그러는 것일 거다.

그러나 항상 말하듯이 태영은 적의 필살기 따위는 보지 않는 편이 좋다고 생각하는 주의.

장벽 너머에서 증폭되는 심상치 않은 기운도 마찬가지였다.

"공왕님, 물러나십시오!"

뒤에서 소리치는 카자드가 거대한 활 모양의 빛을 떠올리고 있었지만, 그런 걸 기다리고 있을 생각도 없었다.

놈이 나타날 때부터 안달하던 반지를 억지로 누르고 있던 건 이럴 때를 위해서였으니까.

"나와라! 디비니티!"

태영의 가방에서 검은 표지의 마도서, 디비니티가 솟구쳐 올라왔다.

촤라라락-!

주르륵 펼쳐지는 디비니티에서 연이어 책장이 떨어져 나오고, 다시 태영의 앞에서 겹쳐지며 수십 개의 창과 같은 형태로 변했다.

그리고 줄지어 솟아오르는 마기의 장벽과 충돌하며 폭발! 폭발! 폭발!

- 이, 이게 뭐…….

잘게 부서지는 마기 너머로 리디큘의 모습이 떠올랐다.

그 위에서는 복잡한 마법 술식이 떠오르고 있었지만, 우수수 흩어지던 디비니티의 책장이 몸 곳곳에 달라붙자 덜컥 멈췄다.

- 쿡! 이, 이건 대체…….

"네놈이 죽는 이유는 이 책 때문이 아니다."

그때 당혹성을 터뜨리는 리디큘의 앞에서 태영의 목소리가 흘러나왔다.

"내가 마검의 주인이기 때문이다."

콰쾅—!

그 앞에서 폭음이 터져 나왔다.

동시에 그리모어가 맹렬히 회전하며 황급히 치켜든 리디큘의 팔을 타고 올라갔다.

좀 전의 충돌로 리디큘의 한쪽 팔이 걸레 짝처럼 찢어진 이유가 그 때문이었다. 그리고 이번에도, 놈의 팔은 순식간에 넝마처럼 찢겨 나갔다.

이전과 다른 점이 있다면 하나!

그리모어는 거기서 멈추지 않았다는 것이다.

그대로 팔과 어깨를 지나 목으로!

-아, 안 돼! 나, 나는…….

콰콰콰콰-!

떠듬대던 리디큘의 머리가 검은 핏줄기와 함께 퉁겨져 올라갔다.

퍼퍼퍼펑-!

그때 놈의 몸에 붙어 있던 책장이 폭발!

리디큘의 몸을 순식간에 핏덩이로 만들어 놓으며 바닥에 내팽개쳤다.

-종합 평가 레벨이 상승했습니다!

-종합 평가 레벨이 상승했습니다…….

동시에 태영이 눈앞에 떠오르는 메시지.

그러나 태영은 그런 뻔한 결과 따위에는 관심이 없었다.

아니, 관심이 없다고 할 수는 없겠지만, 지금은 그보다 아래. 피떡처럼 뭉개진 놈의 몸에서 뿜어져 올라오는 시커먼 기류다.

"그리모어!"

-뭘 묻고 싶은지는 알아. 그리고 일단 그 질문에 대답하면 나도 정확히 몰라. 하지만 걱정하지는 않는다. 주인이 말했잖아. 무슨

일이 일어나도 나를 포기하지 않겠다고. 나도 아직은 주인을 포기할 생각이 없다.

"'아직은'이냐?"

─그래, 아직은. 난 주인의 마검이라는 사실이 자부심을 품고 있으니까.

"그럼 됐어."

태영이 씨익 웃으며 아래로 내리꽂혔다.

그리고 휩쓸듯이 검을 휘두르자 검은 기류가 소용돌이를 일으키며 빨려 들어왔다.

─그리모어가 [타락한 피의 종족의 잔영]을 흡수했습니다.

─[타락한 피의 종족의 잔영]을 흡수한 영향으로 마(魔) 속성의 힘이 증가했습니다.

─그리모어의 영격(靈格)이 150만큼 상승했습니다.

태영의 눈앞에 이런 메시지가 떠올랐고…….

─흠.

뒤이어 안도한 듯한 그리모어의 목소리가 들려왔다.

"괜찮은 건가?"

─그래, 괜찮군. 느낌이 조금 달라졌을 뿐이야. 뭐랄까…… 이전에는 먹었다는 느낌이라면, 지금은 흡수한 느낌이랄까? 흡수한 뒤에 살짝 흥분 상태에 빠지는 것 같은 기분도 느껴지지 않는군. 그

렇다고 흥분감이 전혀 없다는 건 아니지만…… 어쨌든 되레 이전
보다 안정된 느낌이야. 그걸 어떻게 조율해야 할지도.

태영의 몸을 뒤덮은 검은 기운이 저절로 한쪽으로 확 밀리
며 그리모어 속으로 빨려 들어간 건 그때였다.

동시에 그리모어에게 씹혔던 왼팔에서 다시 격통이 밀려
들었지만, 불평할 생각은 들지 않았다.

그 뒤에 떨어져 있는 리디큘의 몸은 형체도 알아보기 힘들
정도로 뭉개져 있었고…….

우득! 우득! 와드드득!

그마저도 먹히고 있었기 때문이다.

디비니티의 펼쳐진 책장 사이로 솟아 나온 검은 팔에 끌려
들어가며 말이다.

-[순환의 반지]가 업그레이드되었습니다.

-[순환의 반지]로 인한 마력 상승이 30%로 상향되었습니다.

-[순환의 반지]의 이펙트 스킬 [오픈 북]이 Lv.3로 상향되었습니다.

-[오픈 북]의 레벨이 상승함에 따라 강한 마기를 감지할 때 발동되는
'디비니티'에 기록된 Lv.3의 마법이 해금되었습니다. 이후 '디비니티'는
상황에 따라 Lv.1~Lv.3의 마법 중 하나를 선택해 발동됩니다.

순식간에 리디큘을 해치운 디비니티가 다시 가방으로 들

어가자 메시지가 떠올랐다.

"인제 와서 말하기도 새삼스럽다 싶지만, 내가 가지고 있는 건 하나같이 수상하기 짝이 없는 것들뿐이군."

"제 눈에는 그렇게 말하는 사람 쪽이 더 수상해 보입니다만……."

그때 카자드가 옆으로 내려서며 말했다.

그리고 그 말처럼, 수상하기 짝이 없는 눈으로 태영을 훑어보다가 이내 고개를 저으며 시선을 돌렸다.

"묻고 싶은 건 많지만, 그만두죠."

그 앞에서 공간이 갈라지고 있었다.

거점 공략 Ⅰ

삐이이이-!

밤하늘을 가로지르는 울음.

그 아래에는 눈 덮인 산봉우리들이 마치 톱니처럼 빼곡히 솟아 올라와 있었다.

그리고 그 산자락 끝에 펼쳐진 숲.

"후! 그야말로 벽이군."

"그 말대로네."

워트가 하얀 입김을 뿜어 올리며 중얼거리자 뒤에서 목소리가 들려왔다.

몇몇 기사와 함께 허옇게 얼어붙은 갑옷 위에 두꺼운 외투를 걸친 모습으로 걸어오는 발투스 왕자였다.

"아실라타 산맥의 다른 이름은 북부의 벽이지. 보다시피 넘을 엄두조차 낼 수 없을 정도로 험해서이기도 하지만, 넘을 이유가 없다는 이유가 더 강하지. 이곳은 북부 끝, 그 벽의 틈을 비집고 들어가 봤자 아무것도 없었으니까."

"벽이라고 불리던 곳이 대격변으로 생긴 또 다른 대륙과 연결되어 침공의 통로가 되다니, 얄궂은 일이군요."

"얄궂다…… 그 결과는 그런 말로 표현할 수 있는 게 아니지만, 그래, 듣고 보니 확실히 얄궂은 일이기는 하군."

발투스가 쓴웃음을 지으며 끄덕였다.

"그런데 자네가 우리보다 빨리 와 있을 줄은 몰랐군."

"저희는 이쪽 지형에 익숙하지 않으니까요. 그때 지도도 대충 훑어봤고, 작전도 대충 세워 놨지만, 그것만으로 전투가 대충 잘되리라고 생각하고 있을 수는 없지 않습니까? 실제로 와 보니 그렇게 될 것 같지도 않고 말입니다."

"쓸데없는 짓이었다는 말처럼 들리는군."

"수정할 부분이 있다는 말이죠."

"경청하지."

발투스가 살짝 고개를 끄덕이며 말했다.

그러자 워트가 바로 몸을 돌리며 근처의 그루터기 위에 지도를 펼쳤다.

그리고 여러 개의 산이 겹쳐진 그림의 중심을 가로지르며 뻗어 있는 선을 가로막듯이 그어져 있는 선을 가리켰다.

좀 전까지 워트가 바라보던, 아실라타 산맥의 유일한 통로를 막고 있는 성벽이었다.

따라서 당연히, 며칠 전 워트가 발투스와 머리를 맞대고 의논하던 말도 그 성벽을 함락시키는 쪽에 집중되어 있었지만.

"문제는 이쪽입니다."

워트가 손가락이 성벽이 양쪽의 절벽으로 이동했다.

"수풀에 덮여 있어 이쪽에서는 보이지 않지만, 이 절벽 안쪽에는 각각 20여 기 이상의 포대가 배치되어 있습니다."

"포대?"

"네, 이 배치대로라면 성문을 향해 진격하자마자 십자포화를 받고 전멸하겠죠."

"그런……."

움찔하며 고개를 들어 올린 발투스가 이내 입술을 깨물며 고개를 저었다.

"경의 말이 사실이라면 그렇게 되겠지. 그 포대가 마광포가 아닌 이계의 병기를 말하는 것이라면, 그게 어떤 위력을 지니고 있는지는 절절할 정도로 경험해 봤으니까."

기사들의 입에서도 침음성이 흘러나왔다.

그러나 정작 워트는 웃음을 떠올리며 말을 이었다.

"좋은 일이죠."

"뭐? 대체 그게 무슨 말인가? 이대로는 저 성벽을 함락시키기는커녕 접근하기도 전에 전멸할 거라고 말한 사람은 경이 아닌가?"

"그래서 하는 말입니다. 방금 말한 것처럼 양쪽 절벽에 포대가 버티고 있는 한, 그리고 성벽을 공략할 루트가 그 포신이 향하고 있는 지역밖에 없는 한, 아무리 많은 적이 몰려와도 어렵지 않게 막을 수 있을 겁니다. 즉, 놈들 측에서는 굳이 성벽 뒤에 병력을 모아 놓을 이유가 없다는 말이죠."

워트가 씨익 웃으며 주머니에서 작은 나무토막 더미를 꺼내 들었다.

그리고 지도에 그려진 성벽 뒤, 길게 이어진 계곡에 하나씩 내려놓으며 말을 이었다.

"이게 현재 놈들의 병력이 배치된 위치입니다."

"이거라니? 그럼 경은 저 성벽 너머에 있는 적군의 위치를 파악하고 있다는 말인가? 대체 어떻게……."

삐이이이―!

그때 날카로운 울음과 함께 워트의 어깨 위로 푸른 매가 내려앉았다.

그리고 다시 깡충 뛰듯이 그루터기에 펼쳐진 지도 위로 내려와 나무토막을 부리로 툭툭 쳐 몇 개의 위치를 바꿔 놓았다.

워트가 살짝 고개를 끄덕이며 발투스를 돌아보았다.

"그사이 후방에 떨어져 움직이던 부대가 본진으로 보이는 부대와 합류했군요."

"그럼 설마 그 매가……."

"정찰병이죠."

워트의 대답에 멍하니 바라보던 발투스가 허탈한 웃음을
지으며 고개를 저었다.

"뭐라 할 말이 없군. 적의 병력 배치 상황을 파악해 알려
주는 매라니? 아니, 매를 그 정도 수준까지 길들인 것도 경
의 능력이겠지만……."

"청영은 제 매가 아닙니다. 이 매의 주인은 제가 찾는다는
레온이라는 남자입니다. 청영은 그를 찾기 위해 저를 도와주
고 있을 뿐이죠. 일전에 보신 미스트라는 녀석은 물론, 지금
저와 함께 있는 모든 사람이 그렇습니다."

"레온……."

발투스가 복잡한 표정으로 중얼거렸다.

그러나 곧 생각을 털어 내듯이 한차례 머리를 흔들며 다시
입을 열었다.

"경의 말을 들으니 나도 어떻게든 그 레온이라는 남자를
만나 보고 싶어지는군. 하지만 그 역시 당면한 문제를 해결
하고 나서 생각할 일. 성벽에 적의 병력이 집중되어 있지
않다고 해도 정작 성벽까지 갈 수도 없다면 의미가 없지 않
은가? 그럼에도 그게 좋은 일이라고 말한다는 건…… 방법
이 있다는 말인가?"

"물론이죠."

워트가 빙긋 웃으며 대답했을 때였다.

-위트 님, 대원 모두 위치로 이동 완료했습니다.

그 외투 안쪽에서 지직대는 소리와 함께 목소리가 흘러나왔다.

워트가 꺼내 드는 무전기에서 흘러나온 소리였다.

"적은 동향은?"

-현 위치에서는 파악하기 힘들지만, 별다른 움직임은 보이지 않습니다.

"지형 조건은 어떤가?"

-좋다고 할 수는 없지만, 작전을 수행하는 데 어려울 정도는 아닙니다. 언제든 개시할 수 있도록 필요한 준비도 끝내 두었습니다.

"좋아. 대기해라."

워트가 고개를 끄덕였다.

그리고 무전기에 달린 다이얼을 조작하자 잠시 지직대다가 다른 목소리가 흘러나왔다.

-워트 님, 그렇지 않아도 연락드리려던 참이었습니다. 저와 흑철 기사단원 모두 지시한 지역에 도착, 준비를 마치고 대기 중입니다.

"그럼 몸이라도 풀고 있어라. 곧 시작할 테니까."

-네!

"워트 경, 그건……."

"무전기라는 겁니다. 이계의 통신기죠. 그리고 들으셨다시피, 제가 말한 방법은 이미 준비가 끝났습니다. 방금 무전기로 연락해 온 병사들은 물론, 나머지도 말입니다. 왕자님 쪽은 어떻습니까? 바로 움직일 수 있겠습니까?"

"물론이네. 하지만……."

"그럼 됐습니다."

워트가 발투스의 말을 끊으며 몸을 돌렸다.

"시작해라."

그리고 다시 무전기를 들어 올리며 말했을 때였다.

"…….."

대답은 들려오지 않았다.

워트가 고개를 돌린 방향에서도 아무 일도 일어나지 않았다. 이에 덩달아 같은 방향으로 고개를 돌린 발투스와 휘하 기사들의 얼굴에 의아한 표정을 떠올릴 때였다.

"어? 저, 저기……."

"사람이다! 십여 명이 절벽을 뛰어 내려오고 있어!"

"아니, 어떻게 저런……."

그중 몇몇 기사가 놀란 얼굴로 소리쳤다.

그들이 말하는 십여 명이 바로 좀 전에 워트에게 무전을 보내 온 이 중위와 그 휘하 부대원들이었다.

그리고 그때 말했던 준비가 바로 이것.

방금 이 중위가 무전을 해 온 곳은 적 포대가 배치된 절벽 위였고, 준비가 끝났다는 말은 그 절벽에 걸쳐진 밧줄을 의미하는 말이었다.

그리고 워트의 지시와 함께 일제히 절벽 아래로 레펠 하강!

기사들의 눈에 그들이 절벽을 뛰어 내려오는 것처럼 보이는 이유가 그 때문이다.

그리고 그들의 눈에는 보이지 않고, 봐도 모르겠지만…….

착! 착! 착!

그사이에 넉넉히 챙겨 온 C-4를 수풀 사이로 드러난 포신에 부착!

그야말로 물 흐르듯이 작업을 마친 이 중위 일행이 절벽 아래로 내려왔을 때였다.

콰콰콰콰—!

대기를 뒤흔들며 터져 나오는 폭음!

워트가 바라보는 절벽을 따라 연이어 불길이 뿜어져 나오기 시작했다.

콰콰콰콰—!

그리고 반대편 절벽에도.

-작전 완료!

-찰흙으로밖에는 보이지 않았는데 정말…… 아, 아니, 저희도 목표물을 전기 폭파했습니다!

이 중위의 뒤를 이어 보고하는 자레드와 흑철 기사단의 작품이었다.

"수고했다. 바로 본대에 합류해라."

워트가 무전기를 다시 외투에 넣으며 몸을 돌렸다.

발투스와 기사들은 그저 멍한 얼굴로 불길을 뿜어내는 절벽을 바라보고 있었다.

그러나 그것도 잠시.

"와, 왕자님!"

"엇?"

한 기사의 말에 발투스가 움찔했다.

그리고 퍼뜩 고개를 돌려 워트를 바라보다가, 다시 고개를 돌리며 소리쳤다.

"차린, 벡스, 아이언, 지금 바로 전군에게 알려라! 방금 목격한 저 폭발은 적이 숨겨 놓은 포대가 파괴된 것이고, 그것이야말로 이번 전투의 승기가 우리에게 있다는 증거다! 그리고 승기란 눈앞에 있을 때 잡아야 하는 법! 바로 적 기지로 돌격한다!"

"네! 전군, 돌격하라!"

"와아아아—!"

뒤에서 우렁찬 함성이 터져 나왔다.

그 함성은 마치 연결되듯이 숲 전체로 퍼져 나갔고, 곧 거친 진동으로 바뀌었다.

수백의 기마대를 선두로 몰려나오는 5천여 루이너 왕국 병사들이 일으키는 진동이었다.

"드미트리! 에단! 울란!"

"네! 진격!"

거기에 워트 휘하의 병력도 가세!

숫자는 300여 명으로 루이너 왕국군에 비하면 소소하지만, 발투스 휘하의 기사들은 망설임 없이 길을 열어 앞자리를 내주었다.

"거신의 방패!"

"이, 이게 뭐야? 설마…… 실드?"

"실드? 이게 저 기사 한 명이 펼친 실드라고? 무슨 말도 안 되는…….."

루이너 왕국군에는 이런, 무지막지한 크기의 실드를 만들어 낼 수 있는 기사는 없기 때문이다.

물론 크기만 한 게 아니었다.

펑! 펑! 펑!

성벽 위에서 십여 발의 조명탄이 솟아오르고…….

콰쾅! 콰쾅!

그 아래에서 불길이 뿜어져 나왔다.

성벽에 배치된 포대에서 날리는 포격이었다.

그리고 당연히, 타깃은 그 앞으로 몰려가는 워트와 발투스 병사들이겠지만, 포탄이 일으킨 불길은 모두 그 위에서 흩어질 뿐이었다.

말했듯이 에단의 실드는 그저 크기만 한 게 아니기 때문이다.

물론 그렇다고 무적은 아닌지라 포격에 직격당한 부분에서부터 굵은 균열이 퍼져 나가기 시작했다.

"에단 경!"

"괜찮습니다! 아직 서너 발 정도는 버틸 여력이 있습니다!"

그러나 아직은 버티고 있었고, 그 정도면 충분했다.

"큭! 성벽에도……."

"당연히 있겠죠. 하지만 신경 쓸 일은 아닙니다."

"신경 쓸 일이 아니라니? 이런 걸 막아 내고도 아직 여유가 있다는 말은 놀랍기는 하지만, 아무리 서둘러도 성벽까지 도착하려면 10분은 걸릴 거네. 방금 한 말처럼 저 기사의 실드도 성벽에 도착할 때까지 포격을 막아 주지는 못할 터! 실드가 깨지면 저 포격을 모두 경의 병력이 받게 될 게 뻔하지 않은가? 경과 휘하 병사들의 용맹을 의심하는 건 아니지만, 그렇기에 더 지금이라도 우리가……."

"그런 말이 아닙니다."

워트가 옆으로 따라붙으며 소리치는 발투스를 돌아보며 대답했을 때였다.

쉐에에엑- 퍼펑! 퍼펑!

그 위를 가로지르는 파공음 끝에서 터져 나오는 폭음!

방금 포격을 날린 성벽의 포대였다.

"이, 이건…….."

"저런 병기는 놈들만 가지고 있는 게 아닙니다. 게다가 앞에 K가 붙은 이쪽 병기는 정확도와 연사 속도에서 놈들이 사용하는 C가 붙은 병기보다 월등하다고 하더군요. 믿어도 됩니다. 제 눈으로 직접 확인한 사실이니까."

쉐에에엑- 퍼펑! 퍼펑!

워트가 연이어 치솟는 불길을 바라보며 씨익 웃었다.

당연히 C와 K의 차이를 알 리 없는 발투스는 황망한 표정으로 바라볼 뿐이었다.

그리고 곧 더 황망한 표정이 되었다.

쿠쿠쿠쿠-!

K-9의 영점 타격으로 적 포대를 견제하며 수백 미터 거리까지 진군하자 성문이 저절로 열리기 시작했기 때문이다.

"저, 저 자식 뭐 하는 거야?"

"저런 미친…… 잡아! 아니, 죽여 버려! 자 자식을 죽이고 성문을 닫아라!"

"헉헉헉! 서두르십시오!"

뒤에서 터져 나오는 고함에 쫓기듯 뛰어나오는 사람은 워트가 몇 시간 전에 잠입시킨 탕룽.

하덴에게 물려 뱀파이어가 돼 버린 전직 대륙군 소교였다.

"컥!"

"헉! 뭐, 뭐야? 왜…… 컥!"

붉은 검기를 날리며 소교 뒤로 따라붙는 적병 사이를 가로지르는 미스트와 함께.

"돌격!"

이에 워트와 발투스는 그대로 활짝 열린 성문 안으로 돌입! 빠르게 성벽을 장악해 나가기 시작했다.

그러나…….

🌀

갈라지던 공간이 안쪽으로 밀려들어 가듯이 벌어졌다.

태영이 그 앞으로 다가가자 그리모어가 찜찜한 목소리로 중얼거렸다.

─괜찮은 건가? 아무 설명도 없이 불쑥 나타난 이런 데 아무렇지도 않게 발을 들여도?

"시커먼 구멍에 빨려 들어가, 공간의 틈을 헤매다, 공간의 균열에 들어와, 텅 빈 사막을 헤매다 미라의 가슴팍으로 뛰어 들어와, 십여 번이나 모래폭풍에 휩쓸리다가 온 곳이 여기인데, 인제 와서 그런 걸 따지는 것도 새삼스럽지 않아?"

─모르고 있던 건 아니지만, 막상 그렇게 들으니 눈물이 핑 도는군.

"난 울컥한다. 고생 좀 했다고 불평할 생각은 없지만, 내가 원해서 한 고생이 아니라면 얘기가 달라지지. 당한 걸 배로 갚아 주는 건 권리이자 의무니까 말이야."

─그 자식은 주인이 방금 늘어놓은 것들이 시작되기 전에 이미 보냈잖아.

"그놈은 서드라고 했잖아. 숫자로 불린다는 건 그 외의 번호도 있다는 말이고, 끼리끼리 모이는 법이니 어차피 한 다스지."

─그놈들이야 그런 게 아니라도 어차피 해치워야 할 놈들 아니었어?

"이유는 많을수록 좋지."

태영은 히죽 웃으며 대답했다.

얘기하다 보니 좀 다른 방향으로 새어 버린 듯한 느낌이 있지만, 어차피 할 일은 다 끝내 놨으니 딱히 상관없다.

그러나 태영을 따라오다가, 태영을 따라 걸음을 멈추고, 내내 뒤통수를 바라보고 있는 카자드는 그렇게 생각하지 않는 모양이다.

"나도 앞에 저런 게 나타났다고 허둥지둥 뛰어 들어갈 필요는 없다고 생각합니다만, 뒷사람을 기다리게 해 가면서까지 할 얘기는 아닌 것처럼 들리는군요. 사람을 기다리게 하려면 적어도 기다려 줘야겠다는 생각이 들 만한 얘기를 해야 하는 거 아닙니까?"

"예를 들면?"

"지금 공왕님이 혼자 중얼대는 것처럼 보이게 만드는 그 검 정도가 되겠죠. 전 좀 전의 상황이 전혀 이해되지 않고, 공왕님도 제대로 이해하고 있는 것처럼 보이지는 않는데요. 쓸데없는 참견일지도 모르지만, 굳이 뭔가 얘기를 할 거라면 그쪽을 좀 더 자세히 알아봐야겠다는 생각은 들지 않습니까?"

그야말로 쓸데없는 참견이었다.

물론 태영도 잊고 있던 건 아니다. 아니, 잊고 있을 수도 없었다.

지금도 '자바워크'라는 능력이 해체된 이후 미친 듯이 쑤셔 오는 왼팔에 미친 듯이 '고속 회복'을 쏟아붓는 중이니까.

그리고 왜 그런 일이 벌어지게 됐는지는 아직 명확하게 해명된 게 없었다.

그러나 적어도 태영의 머릿속에서는 이미 결론이 나와 있었다.

'리디큘이 떠들어 댄 말을 100% 믿을 수는 없어. 조롱하는 자라는 놈의 이름이나 그동안 한 짓을 생각하면 더 그렇겠지. 하지만 전후 상황을 맞춰 보면 그리모어가 그쪽과 밀접한 관계가 있다는 것만은 사실일 거다.'

리디큘은 이를 자극해 그리모어를 마수화해 불러낸 이유도 명확하다.

일관되게 보여 준 놈의 성격 그대로, 조롱하기 위해서다.

자신이 사용하는 검에 봉인된 존재와 피 튀기게 싸우는 태영을 지켜보면서 말이다.

그리고 그런 놈의 변태적인 열망 덕에 알게 되었다.

자신이 그리모어를 어떻게 생각하는지, 또 그리모어가 자신을 어떻게 생각하는지도.

리디큘의 가장 큰 실수가 그것이다.

태영과 그리모어를 몰랐던, 아니 알려고 하지도 않았던 것.

알았다면 굳이 그런 식으로 피까지 흘려 대며 그리모어의 힘을 깨우지 않았을 테고, 그랬다면 그런 짓으로 목이 날아가지는 않았을 테니까.

뭐 그 목을 날린 힘을 얻은 게 놈의 변태적인 욕구 덕분이라고 생각하면 살짝 찜찜해지는 구석도 있지만 어쨌든!

'이제 그 힘은 나와 그리모어의 것이다!'

지금 중요한 건 이거다.

그러니 인제 와서 태영이 왼팔에 미친 듯이 '고속 회복'을 쏟아붓는 이유를 들춰 내며 서로 불편해질 뿐인 얘기를 꺼낼 이유는 없다는 말이다.

"그리모어는 내 검이다. 어떤 일이 벌어지든 그 사실은 변하지 않아."

달라지는 건 아무것도 없으니까.

"······먼저 가죠."

잠시 태영을 바라보던 카자드는 툭 던지듯 말하며 공간의 틈으로 들어갔다.

그리고 태영 역시, 그렇다고 딱히 이곳에 남아 할 일이 있는 것도 아닌지라 그 뒤를 따라 공간의 틈으로 발을 들여놓았다.

무수한 입자로 흩어져 빨려 가는 감각.

빠르게 이동하고 있다는 생각은 들지만, 속도를 체감할 수 없는 기이한 감각이 이어졌다.

"이런 것도 하다 보니 익숙해지는군."

그리고 태영이 이런 말을 중얼거릴 때.

눈 앞으로 흐르던 빛 입자가 확 갈라지며 어두운 공간이 나타났다.

계단식으로 나뉜 구조물에 둘러싸인 넓은 원형 홀의 중심, 두꺼운 기둥에 쇠사슬로 칭칭 묶여 있는 거대한 미라의 앞이었다.

- 놀랍군.

장중한 목소리와 함께 그 미라, 디스바로스의 머리가 숙여졌다.

- 정말 리더쿨을 해치운 건가? 아니, 그건 의심할 여지조차 없는 일이지만, 역시 놀랍다는 말밖에 할 수 없군.

"처음부터 그렇게 말했을 텐데?"

- 듣는 것과 믿는 것은 다르지. 아니, 그보다는 떠올릴 수 없었다고 해야겠군. 나는 한시도 이곳을 벗어나고 싶다는 생각을

하지 않은 적이 없지만, 그 바람이 이루어지는 순간을 떠올리는 것조차 할 수 없을 정도로 오랜 시간이 지났다는 말이지.

"그런 것치고는 그리 기뻐하는 것처럼 느껴지지는 않는 군. 게다가 아직 쇠사슬에 묶여 있기도 하고 말이야."

- 이건 리디큘과는 상관없다. 이 쇠사슬은 신, 아니 한때 내가 신이라고 부르던 놈이 만들어 놓은 것이니까.

"하지만 리디큘을 해치우면 공간을 다루는 힘을 되찾을 수 있다고 하지 않았나? 그런 힘이 있다면 쇠사슬을 끊어 내지 는 못해도 벗어나는 것 정도는 할 수 있을 텐데?"

- 흠…….

디스바로스의 머리가 다시 올라갔다.

그리고 잠시 쇠사슬에 감긴 팔을 바라보다가 갑자기 확 잡 아당겼다.

촤라라락! 콰직! 쩌쩡-!

순간 거친 마찰음을 일으키며 끌려오던 쇠사슬이 덜컥대 며 멈췄고, 날카로운 쇳소리를 일으키며 사방으로 터져 나 갔다.

- 쇠사슬을 끊는 건 언제라도 할 수 있는 일이다.

"그럼 대체 왜…….."

생각지도 못했던 장면에 태영이 황당한 눈으로 디스바로 스를 바라보았다.

- 그럼 끊을 수 있는데도 저 녀석이 줄기차게 떠들어 대던 것처

럼 아득한 시간 동안 그대로 묶여 있었다는 거야? 저 녀석도 리디큘처럼 변태였어?

그리고 태영의 머릿속에서도 슬금슬금 그런 말이 떠오르기 시작할 무렵.

- 의미가 없을 뿐이지.

디스바로스가 다시 태영을 바라보며 말했다.

촤라라락-!

끊어진 쇠사슬에서 붉은빛이 뿜어져 나와 얽히더니 다시 본래 상태로 돌아갔다.

"그건……."

- 본 그대로다. 이 쇠사슬은 신이 만들고, 영원의 저주로 엮힌 것이다. 끊을 수는 있어도 벗어날 수는 없는 것이지.

"그럼 리디큘을 해치워도 넌 달라지는 게 없다는 말인가?"

- 아니, 달라지지. 너희가 놈을 해치워 준 덕분에 드디어 이 저주스러운 속박에서 벗어날 수 있게 됐으니까.

"아니, 하지만 방금……."

- 죽을 수 있게 됐다는 말이다. 내가 오랫동안 바라 오던 대로, 마침내 영원히 계속되는 고통의 굴레에서 벗어날 수 있게 된 거지.

"주, 죽는다고?"

이어지는 말에 태영은 기겁했다.

물론 디스바로스의 안위를 걱정해서는 아니다.

이미 말라비틀어진 몸 어디에 새삼 걱정해야 할 부분이 있는지도 모르겠지만 어쨌든!

태영이 그 고생을 해 가며 리디큘을 해치운 건 디스바로스에 바라는 게 있어서였다.

잘 가라고 손을 흔들어 줄 수는 없는 처지라는 말이다.

"인제 와서 무슨 말이야! 너…….."

태영이 다급하게 소리치자 디스바로스가 고개를 저었다.

–걱정하지 마라. 그게 지금은 아니니까. 너희를 기준으로 말하자면 거기까지 이르는 데도 아득할 정도로 긴 시간이 필요한 일이다. 물론 너희와 한 약속도 기억하고 있다.

"……지킬 수 있는 약속이었겠지?"

–물론, 말했듯이 너희가 리디큘을 해치워 준 덕분에 나는 공간을 다루는 힘을 되찾았다. 그렇다고 아무 데나 보내 줄 수 있는 건 아니지만, 너희가 떠올릴 수 있는 곳이라면 어디든 보내 줄 수 있다. 너희의 기억 속에 있는 것은 그 자체가 하나의 좌표가 되니까.

"그렇군."

태영이 고개를 끄덕였다.

솔직히 무슨 말인지는 모르겠지만, 딱히 이해할 필요도 느껴지지 않았다.

중요한 건 돌아갈 수 있게 됐다는 거니까.

'문제는 어디로 가냐는 거지만…….'

이에 잠시 머릿속을 뒤적이며 후보지를 찾던 태영은 문득 떠오르는 생각에 다시 디스바로스를 올려다보며 말했다.

"그 전에 먼저 몇 가지 물어봐도 되겠나?"

- 얼마든지. 나도 우연히 발견한 공간의 틈으로 들어왔다는 사람을 만나 본 건 처음이고, 앞으로도 그럴 기회는 없을 테니까. 이미 오래전에 닫혀 버린 내 의식에 호기심 따위는 없지만, 대답이라면 얼마든지 해 주지.

"대체 네가 말하는 신이라는 건 뭘 말하는 거지?"

- ……무슨 말인지 모르겠다만?

"네 세계를 파멸시키고 널 이곳에 묶어 둔 게 신이라고 말했잖아. 그리고 그 리디큘이라는 놈은 신의 사도고. 그러니까, 대체 그 신이라는 게 뭐기에 그런 짓을 하냔 말이다."

- 왜 그런 걸 묻는 거지?

"리디큘이라는 놈을 만나고 나서야 알게 됐으니까. 네가 사도라고 부른 그놈이 우리 세계에 나타난 놈과 같은 놈이라는 걸 말이야."

- 뭐?

디스바로스의 몸이 움찔했다.

"뭐 그놈들이 알아서 기어 나오는 건 아니지만, 그것도 포함해서 물어보고 싶군. 대체 놈들이 뭔지, 또 그놈들을 불러내는 놈들은 뭔지 말이야."

그리고 이어지는 말에 뭔가를 생각하는 듯 미동도 없이 서 있다가 한참이 지나서야 고개를 끄덕이며 중얼거렸다.

　-……그런 건가.

　그러나 푹 파인 디스바로스의 눈두덩이 향한 곳은 질문을 던진 태영 쪽이 아닌, 그 뒤에 서 있는 카자드 쪽이었다.

　이에 태영이 의아한 표정으로 카자드를 돌아봤을 때.

　카라라랑-!

　쇳소리를 울리며 디스바로스의 머리가 태영 쪽으로 돌아왔다.

　-일단 네 질문에 대한 대답은 '나도 모른다'다. 하지만 네 세계에 나타난 게 정말 그 사도라면 앞으로 어떤 일이 벌어질지는 알지. 사라질 거다, 모든 것이. 내 세계가 그랬던 것처럼. 사도가 나타나는 목적은 하나, 파괴뿐이니까.

　그건 태영도 아는 일이다.

　수십 번이나 직접 몸으로 때워 가며 경험해 본 일이니까.

　당연히 그런 말을 듣기 위해서 한 질문도 아니다.

　"막을 방법은 없는 건가?"

　-그런 걸 안다면 내가 이러고 있지도 않았겠지.

　뭐 그렇기는 하지만.

　"네 세계에서는 어땠는지 모르겠지만, 우리 세계에서는 그 사도라는 놈들을 불러내는 또 다른 놈들이 있다. 세컨드 보이스라는 놈들이지. 혹시 들어 본 적이 있나?"

　-없군. 하지만 네가 말하는 놈들이 어떤 놈들인지는 알고

있지. 내 세계에도 있었으니까. 실체조차 모르고 맹목적으로 신을 부르짖는 놈들. 아니, 조종당한다고 해야겠지만 어쨌든, 놈들은 중요하지 않다.

"어째서지? 놈들을 막으면 사도를 막을 수 있는 거 아닌가?"

ㅡ순서가 잘못됐군.

디스바로스가 씁쓸한 목소리로 중얼거렸다.

ㅡ방금 말했을 거다. 놈들은 조종당한다고 해야 할 거라고. 즉, 놈들이 불러내는 게 아닌, 불러내게 만들고 있다는 말이다.

"하지만……."

되묻던 태영이 움찔하며 입을 다물었다.

ㅡ그리고 한번 시작되면 끝나지 않는다. 신이, 그 신의 꼭두각시인 사도가 만족할 때까지. 아니, 만족하지 못하겠지. 지금까지 그래 왔듯이 앞으로도. 그러니 막을 수 없다. 그래도 피할 방법은 있을지도 모르지만, 나는 모른다. 내 힘으로도 거기까지는 확인하지 못했으니까.

이어지는 말이 대답이 됐기 때문이다.

물론 바라던 대답은 아니었기에 머릿속은 한층 복잡해졌지만, 이 이상 질문할 말도 없었다.

ㅡ지금까지의 대화로 너희가 어떤 자들인지 이해했다. 그러니 하나만 묻지. 내 말을 듣고도 아직 사도와 맞설 생각이 있나?

그러나 이런 질문을 던져 온다면 1초도 망설일 필요가 없었다.

"물론."

─그 끝이 정해져 있는데도 말인가?

"그걸 누가 정해 놨는데?"

─그야 신이겠지.

"그럼 더 분발해야지. 그·앞에서 이걸 먹여 주려면 말이
야."

태영은 가운뎃손가락을 들어 올리며 대답해 주었다.

뭐 그리 대단한 것도 아니다 싶지만, 아득할 정도로 긴 시
간 동안 본의 아닌 방구석 폐인, 아니 미라로 살던 디스바로
스에게는 꽤 자극적이었던 모양이다.

철그렁! 철그렁!

─크하하하! 그거 상상만으로도 즐거운 일이군. 이미 오래전
에 생각하는 것조차 멈춰 버린 나마저도 응원해 주고 싶을 정도
로 말이야.

디스바로스가 온몸의 쇠사슬이 요동칠 정도로 몸을 들썩
이며 웃음을 터뜨렸다.

─그래, 좋다!

디스바로스가 와락 팔을 당기며 소리쳤다.

그리고 주먹을 꽉 움켜쥐었다가, 천천히 펼치며 태영을 향
해 내밀었다.

그 손에는 옅은 푸른 빛이 감도는 주먹만 한 크기의 돌, 아

니 돌처럼 보이는 물체가 놓여 있었다.

"이건 뭐지?"

-그건 내가 물어야 할 말이다.

"뭐?"

-정말 모르는 모양이군.

태영이 고개를 갸웃거리자 디스바로스도 고개를 갸웃거렸다.

-일전에도 말했듯이 이곳은 내 정신세계다. 이 세계에서 이 물질이라고 할 만한 건 리더쿨뿐이었지. 하지만 공간을 다루는 힘이 돌아왔을 때 느꼈다. 리더쿨은 소멸했지만, 여전히 이물질이 남아 있다고. 그래서 찾아봤더니 이런 게 나오더군. 그게 무슨 의미인지 모르겠나?

"모르겠는데?"

태영은 솔직하게 대답했다.

다행히, 아니 열 받아야 하는 타이밍일지도 모르지만 어쨌든, 디스바로스도 큰 기대는 안 했는지 고개를 끄덕이며 말을 이었다.

-외부에서, 그것도 차원의 벽을 뚫고 들어온 것이라는 말이다.

"공간의 벽을…… 아니, 잠깐. 그럼……."

-그래, 너희가 공간의 틈에서 찾아 들어왔다는 균열은 이게 내 세계로 떨어질 때 만들어진 것이겠지. 그럼 우연이 아닐 테고,

"우연이 아니라고?"

- 일어날 일은 일어나고, 일어나지 않을 일은 일어나지 않는 법이다. 바꿔 말하면 이미 일어난 일은 그만한 이유가 있어서 일어난 것이라는 의미. 이미 일어난 현상이니, 인연이나 운명, 혹은 다른 말로 부르더라도 이게 너와 관련이 있다는 사실은 부정하기 어렵겠지. 또 이게 차원의 벽을 뚫을 정도로 강한 힘을 가졌다는 것도.

"이걸 내게 주겠다는 건가?"

- 리더쿨을 해치워 준 보상이라고 하기는 뭐하지만, 그런 거지.

"흠……."

태영이 눈매를 좁히며 디스바로스의 손 위에 놓인 물체를 바라보았다.

[???]

주요 구성 : ???
등급 : ???

'감정'으로 확인해 봐도 이런 메시지만 떠오르는 물체를 봐서는 디스바로스가 한 말을 조금도 실감할 수 없었다.

그러나 의외로 빨리 알게 되었다.

뭐가 됐든 주는 걸 마다하는 태영은 아닌지라 물체를 집어

들었을 때.

삐이이이-!

머릿속을 가로지르듯이 울리는 익숙한 울음!

움찔한 태영은 황급히 주위를 둘러보았고, 다시 물체를 돌아보는 순간 이해했다.

- 왜 그래?

"아니, 이건 설마……."

태영이 얼떨떨한 표정으로 중얼거리자 디스바로스가 고개를 끄덕였다.

- 뭔가 알게 된 모양이군. 그게 뭔지 나로서는 상상하기 힘들지만, 적어도 악연이 아니라면 네가 사도와 싸울 때 어떤 식으로든 도움이 되겠지.

"그야……."

- 나도 그럴 테고 말이야.

"……응?"

물체를 바라보며 고개를 끄덕이던 태영이 이어지는 말에 미간을 좁히며 되물었다.

"그건 또 무슨 말이지?"

- 말 그대로다.

디스바로스가 볼 주위를 실룩대며 대답했다.

- 나 역시 힘이 닿는 대로 너를 돕고 싶다. 그럼 소멸의 때를 기다리는 동안 무료함을 달랠 수도 있겠지만, 가능하다면 나도

네가 그 비열한 신에게 그 가운뎃손가락을 먹여 주는 모습을 보고 싶으니까 말이야.

"하지만 너는……."

—묶여 있지.

디스바로스가 고개를 끄덕였다.

—그래서 힘이 닿는 대로라고 말한 거다. 내가 이 쇠사슬의 속박에서 벗어날 수 있는 건 불과 몇 분이니까. 하지만 나는 공간을 다루는 자, 그 잠깐 사이에도 네가 있는 곳에 갈 수 있지. 네가 나와 계약을 맺어 준다면, 그 계약의 인연이 좌표가 돼 줄 테니까.

"아니, 잠깐. 그럼 뭐야, 너와 계약을 하면 내가 언제 어디서든지 너를 소환수처럼 불러낼 수 있다는 말이야?"

—뭐 비슷하지. 그리고 어디서든도 맞지만, 언제든지는 아니다. 잠깐이라면 속박을 벗어날 수 있지만, 제약이 전혀 없다고는 할 수 없으니까.

"그 제약이란 시간을 말하는 건가?"

—그렇게 되겠지. 뭐 이미 내게 시간 따위는 아무런 의미도 없으니 결국 찰나에 불과하겠지만, 너희 기준으로는 사나흘 간격은 필요하겠지.

—뭐야? 말은 달라도 결국 사나흘 동안 충전해야 겨우 몇 분 쓸 수 있는 녀석이라는 말이잖아. 무슨 갈 때 다 된 배터리도 아니고, 뭔 효율이 그렇게 썩어빠졌어?

태영도 하고 싶던 말이다.

- 아니, 진짜 썩어 가는 놈이기는 하지. 그래서 하는 말인데, 이 녀석 쓸모가 있기는 한 거야?

그러나 이 부분은 딱히 걱정하지 않았다.

방금 두께가 수십 센티미터도 넘는 쇠사슬을 그저 팔을 당기는 것만으로 끊어 버리는 장면을 보기도 했지만, 일단 자칭 죽고 싶어도 못 죽는 불사신!

게다가 크기가 20여 미터나 되니 정 안 되면 몸빵으로라도 써먹으면 그만이다.

따라서 거절할 이유도 없지만.

'……왜지?'

슬슬 그런 의문이 떠오르기 시작했다.

리디큘을 해치우고 돌아온 이후부터 지금까지 보여 준 디스바로스의 행동 때문이다.

그 차원을 뚫고 이 세계로 들어왔다는 물체를 줄 때도, 또 계약에 관한 얘기를 할 때도 디스바로스가 바라보는 건 오직 태영 한 명, 바로 뒤에 서 있는 카자드에게는 말은커녕 눈길조차 주지 않는 것이다.

물론 카자드도 끼어들지 않았지만, 그건 또 그것대로 이상한 일이다.

말수가 적은 녀석은 아니니까.

- 그쪽은 신경 쓸 것 없다. 내가 계약을 맺을 생각이 있는 사람은 너 하나뿐이니까.

태영이 카자드를 힐끔대자 디스바로스가 고개를 저었다.

그리고 슬쩍 카자드를 돌아보며 물었다.

- 이유는 말 안 해도 알겠지?

"뭐."

카자드가 살짝 고개를 끄덕였다.

뭔가 수상쩍은 둘의 교감에 태영의 의혹은 한층 더 깊어졌지만, 카자드는 알 바 아니라는 듯 아예 대놓고 한 걸음 물러났다.

- 자, 그럼 묻지. 나를 리더쿨의 조롱으로부터 해방해 준 보상이든, 네가 신에게 먹여 주는 걸 보고 싶어서든, 이유 따위는 아무래도 상관없다. 중요한 건 그로 인해 너와 나 사이에 인연이 생겼다는 것. 나 디스바로스는 그 인연을 통해 너와 계약을 맺기를 청한다. 레온이라는 이름을 가진 이계의 전사여, 받아들이겠는가?

"받아들이시죠. 나쁘진 않을 겁니다."

그래도 관심까지 완전히 끈 건 아닌지 디스바로스가 다시 태영을 돌아보며 말하자 카자드가 혼잣말처럼 중얼거렸다.

뭐 그 탓에 되레 찜찜해졌지만 어쨌든.

"받아들이지. 어떻게 하면 되지?"

태영이 고개를 끄덕이며 되물었을 때였다.

- 아무것도.

디스바로스의 말과 함께 태영을 향해 뻗은 팔에서 붕대가 풀려 나왔다.

그리고 태영의 왼팔에 뱀처럼 휘감기는 순간!

–멸망한 세계의 타락한 수호자 [디스바로스]와 계약을 맺었습니다!

–이로써 [디스바로스]는 [레온]과 결합한 계약의 증거물 [무구한 세월의 붕대]를 통해 차원을 뛰어넘는 사념을 수신, 그 인연에 근거한 차원 도약이 가능해졌습니다.

메시지가 떠올랐다.

그리고…….

"이 붕대는 계속 감고 다녀야 하는 건가?"

–꼭 그럴 필요는 없다. 그 붕대는 녀와 나의 인연을 좀 더 강하게 만들어 두기 위한 수단에 불과하니까. 그냥 가지고만 있어도 된다.

"그럼 그냥 감고 있지."

마음에 안 들어서 물어본 말은 아니었다.

갑자기 팔에 둘둘 휘감기기에 혹시 안 좋은 일이라도 생길까 싶어 '감정'으로 확인해 봤지만.

[무구한 세월의 붕대]

주요 구성 : ???
등급 : ???
특기 사항 : 신체 능력 향상(힘 +45, 마력 +45)
※멸망한 세계의 타락한 수호자 디스바로스와 계약의 증거물. 그 이름처럼 무구한 세월 동안 강대한 존재에 감겨 있어 그 힘의 편린이 스며들어 있습니다.

이런 메시지를 확인했기 때문이다.

물론 그렇다고 펄쩍 뛰며 좋아할 일은 아니었다.

–[엘더 슬레이어 Lv.3] [각성자 Lv.4]

–근력 : 543(+90) 순발력 : 637(+30) 지구력 : 582(+90) 마력 : 581(+174) 카리스마 : 120 광력 : 128

–종합 평가 레벨 : 297

현재 태영의 레벨은 이 정도.

장비품의 능력치만으로 뭔가 확 달라질 수준은 한참 전에 넘어섰다.

물론 그래도 기왕이면 다홍치마.

없는 것보다는 있는 게 낫고, 보너스 능력치만 보면 유니크급에 버금갈 정도니 팍팍 실감할 정도는 아니라도 분명 도움은 될 것이다.

그럼에도 꼭 계속 감고 있어야 하냐고 물어본 이유는 단지…….

'빨면 좀 나아지려나?'

가장 먼저 이런 생각이 들어서였을 뿐이다.

그러나 그런 걸 무구한 세월 동안 둘둘 말고 있다는 디스바로스에게 할 말은 아닌지라 일단 넘어가고.

– 더 물어볼 건 없나?

"없군."

–그럼 이제 돌아가는 일만 남았군. 어디로 갈지는 정했는가?

"글쎄……."

이어지는 디스바로스의 말에 태영은 다시 머릿속을 뒤적이기 시작했다.

'공간의 틈으로 빨려 들어간 곳은 그 교도소다. 그리고 함께 서방 대륙으로 넘어온 동료들도 그곳에 있었지만…….'

그곳은 그 시점에서 이미 정리가 끝난 것이나 다름없는 상태였다.

게다가 그곳은 적의 기지.

워트 일행이나 하덴, 수인족 등이 아직 그곳에 있을 리가 없다.

갑자기 태영과 카자드가 사라졌으니 꽤 당황했겠지만, 아무리 그런 상황이라도 곧 적의 지원군이 몰려오리라는 생각조차 못 할 정도로 멍청하지는 않으니까.

당연히 진즉에 챙길 것 다 챙기고 퇴각했을 것이고, 또 마땅히 그랬어야 한다.

즉, 다시 거기로 돌아가 봐야 볼 건 썩을 적의 낯짝밖에 없다는 말이다.

따라서 교도소는 1착으로 패스.

'그렇다면…….'

다음에 떠오른 건 발테아르였다.

여기서 문제는 워트 일행이 교도소에서는 100% 퇴각했 겠지만, 그게 100% 중앙대륙으로 돌아갔다는 의미는 아니라 는 점이다.

태영이나 카자드가 차라리 죽었다면 별문제가 없었을 것 이다. 아니, 그건 그것대로 큰일이지만 어쨌든, 워트 일행 측 에서 보면 둘은 문자 그대로 그냥 사라진 셈이다.

게다가 둘은, 특히 태영은 연합군의 총사령관이자 일국의 공왕!

안 보인다고 그냥 행방불명 처리하고 넘어갈 수 있는 몸도 아니다. 거기에 연합군의 지휘관급 인사들의 면면을 떠올려 보면 답은 바로 나왔다.

'그 녀석들의 성격을 생각하면 십중팔구 나와 카자드를 찾 겠답시고 뒤지고 다니겠지. 내가 이대로 중앙대륙으로 가 버 리면 쭉 그러고 있을 테지, 그것도 적지나 다름없는 서방 대 륙에서. 그런 걸 알면서도 중앙대륙으로 갈 수는 없어. 그럼 결국 갈 곳은 서방 대륙, 그중에서도 교도소를 제외하면 배 를 댔던 해변밖에 없어. 문제는 내가 거기서부터 그 녀석들 의 흔적을 찾아갈 수 있느냐는 건데…….'

이에 태영이 미간을 좁히며 한참을 고민했지만.

"잠깐, 방금 계약할 때 내가 있는 곳이면 어디든 올 수 있다고 했지? 그건 네가 차원 도약의 좌표로 삼는 게 꼭 장 소일 필요는 없다는 말인가?"

-그렇다. 네가 확실히 기억하고 있고, 충분히 강한 인연의 끈으로 묶여 있다면 장소든 사람이든 상관없다.

고민할 필요가 없는 일이었다.

태영의 기억 속에서 끄집어 낼 좌표가 장소에 특정된 게 아니라면 한곳밖에 없으니까.

"어떻게 하면 되지?"

-말했듯이 떠올리면 된다. 내가 네 상념에 동조해 문을 열 테니까.

이에 태영이 머릿속으로 그 모습을 떠올리기를 잠시, 갑자기 앞의 공간이 물결처럼 출렁이더니 안쪽으로 말려 들어가며 균열처럼 벌어졌다.

"그럼……."

-다음에 보지.

고개를 끄덕이는 디스바로스의 말에 태영이 몸을 돌렸다.

그리고 균열로 걸음을 옮기려다 멈춰 섰다.

뒤에서 멀뚱멀뚱 지켜보던 카자드가, 여전히 그저 멀뚱멀뚱 지켜보고 있었기 때문이다.

"뭐 해? 안 가?"

"되레 왜 제가 같이 가야 한다고 생각하시는지 모르겠군요."

"그야……."

"어차피 공왕님만 돌아가도 제 소식은 전할 수 있을 테니 먼저 가십시오. 전 아직 이분과 할 얘기가 남았고, 얘기가 끝나도 아마 다른 곳으로 가게 될 겁니다."

카자드가 디스바로스를 돌아보며 대답했다.

거점 공략 Ⅱ

  서방 대륙 북부의 아실라타 산맥.

  북부의 벽이라는 별칭답게 겹겹이 겹쳐진 산자락이 말려 들어가듯이 갈라져 있는 계곡 앞은 곳곳이 불길이 휩싸여 있었다.

  계곡까지 이르는 길목 좌우의 절벽에서 뿜어져 나오는 불길이었다.

  그 끝도 마찬가지.

  양쪽 절벽만큼은 아니지만, 마치 댐처럼 수백 미터에 달하는 계곡의 진입로를 막고 있는 성벽도 곳곳에서 불길이 치솟아 오르고 있었다.

  "일단 진입로부터 확보한다!"

"중갑병! 진격하라!"

"와아아아!"

함성을 터뜨리며 성문으로 밀려들어 가는 병사들!

바로 이 요새 너머에서 밀고 들어온 대륙군에게 국토를 유린당한 5천여 루이너 왕국군과 워트 일행의 연합군이었다.

"이렇게 쉽게 이 요새 안으로 진입할 수 있을 줄은⋯⋯."

병사들과 함께 성문으로 들어온 발투스가 믿어지지 않는다는 얼굴로 중얼거렸다.

그러나 그 말처럼 쉽게 이루어진 일은 아니었다.

뱀의 길은 뱀이 아는 법.

태영이 카자드와 함께 사라져 버린 탓에 본의 아니게 원정군 사령관을 맡게 된 워트는 얼마 전 미스트에게 들었던 이 말을 그대로 적용.

현대 병기와 전술에 익숙한 이 중위 부대를 본대에 앞서 파견한 덕분에 양쪽 절벽에 포진한 적 포병대를 사전에 파악하고 폭파할 수 있었다.

그러나 실제 요새 공략 작전은 그 몇 시간 전부터 진행되고 있었다.

뱀파이어가 돼 버린 소교를 적군으로 위장, 뭐 원래 적군이었으니 위장이라고 할 수도 없지만 어쨌든, 미스트와 함께 요새로 침투!

양측 절벽의 폭발과 아군의 진격으로 적이 혼란에 빠진 틈에 성문을 개방한 것이다.

"큭! 어디서 갑자기 이런 놈들이 떼거리로……."

"대체 성문이 왜 열린 거야?"

"저 자식이다! 저 자식이 개폐실에서 나오는 걸 봤어!"

"아니, 하지만 저 사람은 우리 쪽 군복을 입고 있잖아. 아니, 그냥 우리 쪽 사람이잖아. 루이너 왕국에서 우리처럼 생긴 사람은 못 봤다고! 그런데 어째서……."

"빌어먹을, 뻔하잖아! 장교라는 놈들이 입으로는 조국이니 충성이니 떠들어 대면서 뒤로는 별의별 짓 다 해 가며 챙기는 게 어제오늘 일이야? 그렇다고 적에게 성문을 열어주다니…… 저 자식은 장교, 아니 동포도 아니야! 조국의 배신자! 매국노다!"

"죽여 버려!"

투투투투! 투투투투!

"힉! 힉!"

그 탓에 소교는 매국노로 찍혀 빗발치는 탄환에 깎여 나가는 기둥 뒤에 숨어 비명이나 질러 대야 하는 신세로 전락해 버렸지만 어쨌든.

"이제 시작입니다!"

워트가 발투스를 돌아보며 소리쳤다.

앞서 설명한 이유 덕분에 연합군은 큰 피해 없이 성문으로 진입하고 있었지만, 큰 피해가 없기는 적군도 마찬가지.

그 앞에는 성문이 열리기 전부터 적 부대가 떼 지어 몰려들고 있었다.

그러나 문제는 눈에 보이는 적이 아니다.

사전에 청영을 통해 확인했듯이 성벽에 배치된 적은 일부.

성벽 너머로 이어진 계곡에는 그 이상의 병력이 주둔한 병영이 곳곳에 자리 잡고 있었다.

당연히 놈들 역시 이곳의 상황을 파악했을 터!

"놈들이 이곳의 상황을 보고받고 병력을 집결해 진군해 오기까지 걸리는 시간은 길게 잡아도 20여 분 내외! 적 포대를 폭파한 지 약 10여 분이 지났으니 남은 시간은 10분밖에 없습니다!"

"알고 있네."

"그 전에 최소한 주요 시설만이라도 점거해 방어선을 구축해 두지 않으면……."

"워트 경!"

워트의 목소리에 고개를 돌리며 대답하던 발투스가 움찔하며 소리쳤다.

부아아앙-!

뒤이어 울리는 엔진음!

워트가 고개를 돌리자 여러 줄기의 빛이 그 앞을 휩쓸듯이 지나갔다.

"뭐, 뭐야? 저건……."

"이쪽으로 온다! 막아라! 아, 아니, 피해!"

선두에서 소리치는 중갑병 앞으로 돌진해 오는 트럭이 뿜어내는 헤드라이트였다.

당연히 병사가 막아 내기는 무리!

텅! 콰지지직-!

대여섯 대의 트럭이 들이닥치자 선두의 병사들이 사방으로 퉁겨져 날아갔다.

그리고 한데 뭉쳐 뒤따르던 아군과 충돌!

도미노처럼 이어지는 연쇄 충돌에 워트 바로 앞의 병사까지 휩쓸려 넘어질 때였다.

넘어진 병사를 짓밟으며 밀고 들어오던 십여 대의 트럭이 일제히 방향을 돌리며 멈춰 섰다.

"칼이나 휘둘러 대는 미개한 놈들이 여기가 어디라고 기어들어 오는 거냐? 떼 지어 몰려 들어오면 어떻게든 되리라고 생각하나?"

"어이, 저 원시인 놈들에게 대륙군의 위엄을 보여 줘라!"

"발사!"

투콰콰콰! 투콰콰콰!

트럭 후면에 장착된 기관총에서 뿜어지는 불길!

그야말로 비처럼 쏟아 내는 탄환 앞에서는 중갑병의 갑옷도 의미가 없었다.

몸을 일으키는 병사들의 갑옷은 불똥이 튀어 오를 때마다

움푹움푹 파였고, 곧 갈라진 갑옷 사이로 피가 터져 나왔다.

"큭! 안 돼! 중갑 부대원들은 급하게 일어나려고 하지 마라! 방패도 함부로 사용하면 안 된다! 잘못 막으면 퉁겨 나간 탄환에 아군이 맞을 위험이 있다! 최대한 몸을 낮추고 방패는 45도 각도로 세워 위쪽으로 탄환을 퉁겨 내라!"

그 뒤에서 발투스가 거칠게 투레질하며 물러나는 말을 진정시키며 소리쳤다.

"차린 경, 중갑병이 총격을 막는 사이에 휘하 기사를 이끌고 측면으로 우회해 검기로 요격하라! 이런 곳에서 머뭇거릴 시간이 없다! 서둘러!"

"네, 가자!"

몸을 돌린 기사가 방패로 뒤덮인 아군 진영을 비집고 뛰어나가며 소리쳤다.

그제야 발투스는 다시 워트를 돌아보았다.

그러나 곧 움찔하며 멈춰 섰고, 다시 와락 고개를 돌렸다.

고개를 돌리는 사이에 그의 명령대로 방패를 비껴들고 자세를 낮추고 있는 중갑병 사이를 가로지르는 워트를 목격했기 때문이다.

채채채챙-!

그 앞으로 날아드는 탄환은 모두 쇳소리를 일으키며 퉁겨 나가고 있었다.

그러나 날아드는 건 탄환만이 아니었다.

퍼펑-!

그 직후에 바로 앞에서 치솟는 불길!

"워트 경!"

발투스가 비명처럼 소리쳤다.

그러나 그때, 워트는 그 목소리에 반응하지 않았다.

바로 앞에서 일어난 폭발 탓에 들리지도 않았지만, 들렸어도 마찬가지였다.

고삐를 말아쥔 워트의 눈이 향한 곳은 정면!

트럭의 뒤에서 RPG를 날린, 아니 새 포탄을 장전하는 병사였다.

투콰콰콰! 투투투투!

물론 RPG병만 있는 게 아닌지라 그 와중에도 탄환이 빗발쳤고, 그런 놈들을 태운 트럭도 한 대만 있는 게 아닌지라 곳곳에서 불똥과 폭발이 잇따랐다.

그러나 워트도 생각 없이 돌진한 건 아니었다.

'레온만큼 잘 다룰 자신은 없지만, 이 거리라면⋯⋯.'

"흑영, 부탁한다!"

지금 워트가 타고 있는 말은 흑영이고⋯⋯.

팡-!

흑영은 이런 게 가능한 말이기 때문이다.

고삐를 잡아채는 것과 동시에 수십 미터 너머의 트럭 앞으로 이동하는 '도약 질주'!

물론 그렇다고 흑영의 능력만 믿고 돌진한 건 아니었다.

"헉! 뭐, 뭐야? 어떻게……."

푸확―!

흑영의 등에서 몸을 날린 워트는 일단 거슬리는 RPG병부터 제거!

피를 뿜으며 뒤로 넘어가는 놈의 몸을 밟으며 트럭 안으로 뛰어 들어갔다. 동시에 그 옆에 장착된 기관총을 난사하던 놈의 목이 갈라졌다.

푸확―!

"적이 들어왔다!"

"대, 대체 언제 여기까지…… 컥! 쏴, 쏴라!"

투투투투! 투투투투!

뒤이어 트럭이 들썩이며 총성이 빗발쳤다.

뒤쪽의 천막이 순식간에 누더기로 변하는 것과 동시에 트럭이 급발진했지만, 잠깐이었다.

끼이이익! 쨍!

그 앞의 유리창을 부수며 피투성이가 된 운전병이 튀어나왔다.

이에 더듬이를 잃은 곤충처럼 지그재그로 움직이다 뒤집히는 트럭 위로 워트가 솟아 나왔고, 이미 흑영은 그 아래로 뛰어오고 있었다.

"핫, 이거 참. 누가 누구를 조종하고 있는 건지 모르겠군.

어떻게 훈련해야 너처럼 되는 거냐?"

워트가 기가 막힌다는 표정으로 흑영의 등에 내려앉았다.

쉐에에엑-! 투투투투!

"뭐 어느 쪽이든 상관없지. 너나 나나 어차피 목적은 같으니까. 그렇지? 좋아, 가자!"

히히히힝! 팡-!

동시에 흑영은 다시 울음을 터뜨리며 '도약 질주'!

워트를 향해 탄환과 포탄을 뿜어내는 트럭의 옆으로 이동시켜 주었다.

이에 워트는 바로 짐칸을 덮은 천막을 뚫고 돌입!

한층 더 붉어진 모습으로 반대쪽 천막을 뚫고 나왔을 때였다.

거대한 검 형상의 빛이 그 앞을 가로질렀다. 그리고 10여 미터 떨어져 있는 트럭을 직격!

콰콰콰콰-!

트럭을 반으로 가르며 뒤집어 놓았다.

"크윽! 대, 대체…… 컥!"

그리고 그 사이에서 기어 나는 적병의 목에 박히는 화살!

"워트 형!"

뒤에서 젬의 고함이 들려온 건 그때였다.

"젠장! 노웨인 영지전 때 그렇게 혼자 설쳐 대다가 총에 맞아서 고생했던 거 벌써 잊었어? 대체 그 버릇은 언제나 고칠 거야!"

뒤이어 리디아의 고함이 들려왔고…….

"젬, 리디아, 비켜라!"

콰콰콰콰—!

이어지는 드미트리의 목소리와 함께 다시 어둠을 가르며 날아드는 거대한 검 형상의 빛!

그 끝에서 다시 트럭 한 대가 불길을 뿜으며 갈라졌다.

"드미트리 경을 따라 진군하라!"

"와아아아!"

이를 시작으로 곳곳에서 울리는 함성!

드미트리와 젬, 리디아와 함께 돌격해 오는 아르키네아 제국의 기사들이었다.

물론 루이너 왕국군도 지켜만 보지는 않았다.

"지금이다! 돌격!"

워트가 적진에 돌입해 성문 쪽으로 집중되던 포화가 분산되자 바로 공세로 전환!

자세를 낮추고 있던 중갑병을 앞세우고 돌격해 왔다.

그리고 때를 같이 해 발투스의 명령으로 전장을 우회한 기사들이 측면을 타격!

투콰콰콰! 퍼펑—!

무수한 검기로 트럭을 넝마처럼 찢어 놓았다.

그러나 당연히 적군의 전력이 성문 앞을 가로막은 십여 대의 트럭뿐일 리가 없다.

'그래도 일단 진입로는 확보해 발이 묶이는 상황은 피했지만……'

주위를 훑어보던 워트가 몸을 돌리며 소리쳤다.

"드미트리, 에단은?"

"전열의 속도가 떨어져 아직 아군의 반 이상이 안쪽으로 진입하지 못한 상태입니다. 이에 성벽에 배치된 적의 공격이 성문 앞에 모여 있는 아군에게 집중되는 상황이라 에단은 후열로 물러나 방어에 집중하고 있습니다."

"성벽 제압은?"

"조금 전에 루이너 왕국 병사들이 내부로 진입했습니다. 저희 쪽에서도 수인족과 워 울프, 하덴과 뱀파이어 일족을 보내 뒀습니다. 그러니 제압할 수는 있겠지만……."

"문제는 시간이겠지."

"네, 방금 연락을 받았는데 성벽 내부는 상상했던 것보다 복잡하고 통로도 좁은 지역이 많은 모양입니다. 화기를 사용하는 놈들 쪽이 유리한 지형이죠. 실제로 처음 진입했던 루이너 왕국의 부대에서 꽤 많은 사상자가 발생한 모양입니다."

"워 울프와 뱀파이어 일족이 지원하고 있는데도 말인가?"

"20여 명만으로는 한계가 있겠죠. 일단 가장 난감한 건 복잡한 내부 구조이기는 합니다만, 적병 중에는 수십 미터나 되는 범위를 한순간에 쑥대밭으로 만들어 버리는 폭발물이나, 화염을 뿜어내는 무기를 사용하는 자들도 있다고 합니다. 좁은 지형에서 그런 무기를 사용하며 저항하니 워 울프와 뱀파이어 일족도 쉽게 뚫고 들어가지 못하는 것 같습니다.”

“대비 정도는 해 뒀다는 말인가…….”

드미트리의 말에 워트가 미간을 찌푸리며 중얼거렸다.

그러나 곧 머리를 흔들며 말을 이었다.

“전투가 뜻대로 되지 않는다고 불평을 터뜨릴 수는 없지. 어차피 그런 상황이라면 증원은 의미가 없다! 그러니 성벽 쪽은 예정대로 발투스 왕자 휘하의 병력에 맡기고 우리는 이 주변의 적을 처리하는 데 집중한다!”

“제 생각도 같습니다.”

“좋아! 그럼…….”

워트가 눈매를 좁히며 주위를 둘러보았다.

성문 앞을 가로막았던 트럭은 모두 불길을 뿜어 올리고 있었다.

그러나 그 앞에서는 그 몇 배나 되는 트럭과 수십 배에 달하는 적병이 시시각각 거리를 좁혀 오고 있었다.

워트가 직접 뛰어들면서까지 급하게 앞서 도착한 트럭 부대를 처리한 이유가 그 때문이다.

그때 확인한 바와 같이 그 화력이 집중되면 중갑 부대조차 한시도 버티지 못할 터!

아군은 성문으로 들어서는 족족 벌집이 될 뿐이다.

그러나 이미 3,000여 명 가까이 성벽을 넘어온 지금이라면……

"드미트리, 이제부터 유격전으로 돌입한다! 최대한 넓은 범위로 병력을 분산시켜 놈들의 화력 분산을 유도, 각개격파한다!"

전장을 넓게 사용하는 기동 전술이 가능해지는 것이다.

'이 앞에는 몸을 숨길 지형지물이 얼마든지 있다. 그리고 개개인의 신체 능력은 놈들보다 우리 쪽이 압도적으로 위! 놈들의 집중사격만 피하면 얼마든지 각개격파 할 수 있다. 그사이에 아군이 성벽을 제압하면 그 뒤에 몇 배의 적병이 몰려온다고 하더라도!'

이게 워트가 그려 놓은 그림이었다.

물론 그냥 대충 그림만 그려 두고 있었다는 말은 아니다.

청영으로 확인한 적의 배치를 고려해 생각할 수 있는 모든 상황을 상정, 각 상황에 맞춰 대응할 수 있도록 세부적인 작전도 구상해 두었다.

"네!"

이에 드미트리가 몸을 돌려세울 때였다.

"그만둬."

그 위에서 낮은 목소리가 들려왔다.

몸을 돌리던 드미트리가 움찔하며 검을 움켜쥐었다.

그리고 방금 그 검으로 뿜어낸 검기로 갈라 놓은 트럭을 돌아보는 순간, 그 위로 복면을 쓴 사내가 뚝 떨어져 내렸다.

드미트리가 굳었던 얼굴을 풀며 중얼거렸다.

"이럴 때까지 꼭 그런 식으로 나타나야 하는 건가?"

"그게 더 빠르니까."

복면의 사내, 미스트는 눈길도 돌리지 않고 대답했다.

그리고 품에서 여러 장의 종이가 끼워진 서류철을 꺼내 워트에게 던져 주었다.

"이건……."

"방금 네가 저쪽과 얘기하던 저 성벽의 내부 구조도다."

"성벽의 내부 구조도?"

"그래, 진즉에 찾아 둘 생각이었는데, 내가 아는 건물과는 구조가 너무 달라서 어디에서부터 어떻게 찾아봐야 할지 당최 알 수가 없었지. 곳곳에 잠겨 있는 문의 자물쇠도 본 적이 없는 거였고. 뭐 그래도 시간이 넉넉했으면 어떻게든 됐겠지만 어쨌든, 그 소교인지 뭔지 하는 놈이 성문을 연 직후에 유난히 시끄럽게 떠들어 대다 도망치는 놈을 따라가 보니 아니나 다를까, 그런 게 있는 잔뜩 있는 방이 나오더군."

"그럼……."

이어지는 말에 워트가 와락 고개를 돌렸다.

성문, 정확히는 그곳에서 성벽 내부로 진입하는 루이너 왕국 병사들을 돌아본 것이다.

그러나 미스트가 고개를 저었다.

"그쪽에 도움이 될 만한 자료는 이미 넘겨줬다. 너도 신경 쓸 건 그쪽도 아닌 것 같고."

"그런 건 나도 알아. 그래서……."

"일단 보고 얘기해라."

미스트가 워트의 말을 자르며 말했다.

이에 펼쳐 든 서류철을 빠르게 훑으며 넘기던 워트의 눈에 당혹감이 번졌다.

그리고 다시 한 장을 넘겼을 때, 의문으로 변했다.

"뭐지, 이게?"

"나도 본 적이 없으니 몰라. 하지만 그 그림을 보니 떠오르는 게 있더군. 발투스에게 들었던 말 말이다."

"왕자님에게? 그럼 설마 이게……."

"확신은 못 해. 하지만 그때 들었던 말과 그렇게까지 비슷한 형태라면 그저 우연으로 넘길 수는 없겠지. 처음 그 얘기를 들었을 때는 무슨 헛소리인가 싶었지만……."

삐이이이―!

그때 밤하늘 저편에서 날카로운 울음이 들려왔다.

워트 일행과 루이너 왕국의 연합군이 성벽을 공략하는 사이, 계곡에 산재해 있는 적군의 동향을 확인하기 위해 보내 두었던 청영의 울음이었다.

투콰콰콰ー!

그리고 마치 뒤따르듯이 울리는 굉음!

순간 동시에 고개를 돌린 워트와 미스트, 드미트리의 눈동자가 흔들렸다.

그 굉음 때문이 아니었다.

굉음의 정체는 총성이었고, 그런 총성은 지금도 곳곳에서 귀가 먹먹해질 정도로 터져 나오는 중이다.

그럼에도 굳이 굉음이라고 말한 이유는 성문 쪽으로 진군해 오는 적병이 난사해 대는 소총보다 몇 배나 크고, 둔중한 총성이었기 때문이지만, 문제는 총성이 들려온 위치였다.

바로 청영의 울음이 들려온 곳과 같은 밤하늘!

그리고 그때, 마치 그걸 확인시켜 주기라도 하려는 듯 밤하늘에서 뻗어 나온 엄청난 밝기의 불빛이 아군 병사들을 스치고 지나갔고……

투콰콰콰ー!

다시 굉음이 울려 퍼졌다.

그리고 그 아래에서 연이어 뿜어져 올라오는 핏줄기!

"크윽! 뭐, 뭐야? 어떻게 하늘에서……."

불길을 뿜어 올리는 트럭 사이에서 대기 중이던 워트 휘하의 기사들이 당혹성을 터뜨렸다.

그러나 루이너 왕국 병사들의 얼굴에 떠오른 건 그런 게 아니었다.

"저, 저건 설마…….."

"강철 새다! 틀림없어! 저 꿰뚫는 것 같은 불빛과 굉음! 왕성에 폭풍을 일으키며 나타나 순식간에 수천 명을 죽이고 사라졌던 그 강철 새야!"

"그 뒤로는 본 적도, 본 사람이 있다는 말도 못 들었는데…….."

"여기서 나타날 줄은…….."

빠르게 밤하늘을 가로지르는 불빛을 올려다보는 그들의 얼굴에 떠오르는 건 공포였다.

워트와 미스트가 들었다던 말도 같은 내용이었다.

루이너 왕국이 침략자에 맞서 왕성에 최후의 방어선을 펼쳤을 때, 갑자기 나타나 불과 30여 분 만에 성내를 불바다로 만들고 사라진 십여 마리의 강철의 새.

선대 루이너 국왕이 항복을 결정하는 데 결정적인 영향을 준 사건이었다.

적어도 그, 미스트가 찾아온 서류에 섞여 있는 '헬리콥터'를 본 적이 없던 루이너 왕국 병사들에게 그건 신화에서나 나오는 괴물로밖에는 보이지 않았을 테니 말이다.

그건 지금도 마찬가지였다.

투콰콰콰ㅡ!

밤하늘에서 내리꽂히는 불빛을 따라 지면을 긁듯이 퍼부어지는 총격!

그 앞에서는 갑옷 따위는 아무런 의미도 없었다.

위에서 내리꽂히니 자세를 낮춰도, 그 위를 방패로 덮어도 의미가 없었다. 총격이 긁고 지나가면 모두 넝마처럼 찢기며 피를 뿜어 올릴 뿐이었다.

쉐에에엑- 펑! 퍼펑!

거기에 때때로 대기를 찢으며 내리꽂히는 포탄!

콰쾅-!

워트와 드미트리, 미스트가 모여 있던 트럭이 다시 화염에 휩싸이며 치솟아 올라갔다.

"워트 님!"

"큭! 나는 괜찮아! 미스트!"

반대쪽으로 퉁겨 날아간 드미트리의 고함에 바닥을 구르던 워트가 몸을 일으키며 소리쳤다.

"난 내가 알아서 해."

그 옆으로 미스트가 내려서며 대답했다.

"지금 네가 걱정해야 할 건 제가 알아서 못하는 녀석들 쪽이다."

"알고 있어!"

워트가 고개를 돌리며 소리쳤다.

그리고 마치 지면을 더듬듯이 움직이는 서너 줄기의 빛과 함께 이어지는 굉음과 그때마다 울리는 비명으로 들끓는 전장을 빠르게 훑다가 우뚝 멈춰 섰다.

조금 전 워트를 지나쳐 간 젬과 디리아가 있는 곳이었다.

"젬! 리디아!"

"워트, 저건 대체……."

"자세한 건 나도 몰라! 일단 너희는 그쪽에서 혼란에 빠진 병사들을 수습해라! 아직 아군이 성문으로 다 들어오지도 못한 상태야! 게다가 성벽 내부도 아직 완전히 제압하지 못했다! 그런 상황에서 진군하던 병사들까지 공포에 질린 채 성문 쪽으로 도망치면 혼란을 걷잡을 수 없어진다! 아군이 아군의 발목을 잡아 떼죽음을 당하는 일만큼은 막아야 해!"

"그럼 어떻게 해야……."

"놈들은 네 대! 그러니 일단 최대한 넓게 산개한다! 놈들의 공격을 막을 방법이 없는 지금으로서는 흩어져서 피해를 최소화하는 게 최선이다!"

"빌어먹을, 그게 말처럼……."

당연히 쉬운 일이 아니었다.

워트의 말처럼 헬기는 네 대뿐이었지만, 그 너머에도 수천에 달하는 적군이 몰려오고 있으니까.

그러나 당장 다른 방법이 없는 것도 사실.

주위를 훑어보던 리디아는 곧 잘근대던 입술을 꽉 깨물며 등에 채워진 검집에 대검을 집어넣었다. 그리고 바닥에 떨어져 있는 방패를 서너 개 겹쳐 들고 뛰어갔다.

"알았어! 어떻게든 해 볼게! 젬, 가자!"

"어? 으, 응!"

젬도 양손에 방패를 들고 뒤따랐다.

"드미트리, 말했듯이 저건 루이너 왕국 병사들이 말하던 것처럼 신화에나 나오는 괴물이 아니다! 적의 병기일 뿐이다! 즉, 결국 저걸 움직이는 건 이계의 병사고, 놈들이 조종하는 병기 역시 떨구지 못하는 건 아니라는 말이다!"

"알고 있습니다!"

워트의 말에 드미트리가 고개를 끄덕이며 크게 숨을 들이켰다.

"제국 기사단! 2형 요격하라!"

그리고 브레스처럼 뿜어내는 숨과 함께 폭음처럼 터져 나오는 목소리!

콰콰콰콰! 콰콰콰콰!

순간 이에 호응하듯이 곳곳에서 검기가 치솟아 올라갔다.

이로써 두 가지를 알 수 있었다.

하나는 그 와중에도 제국 쪽 기사들의 피해는 거의 없다는 것.

다른 하나는 적 헬기가 그런 실력의 기사들이 날리는 검기도 닿지 않을 정도로 높이 떠 있다는 것이다.

그러나 적어도 후자는 모르고 있던 것은 아니다.

그들은 제국을 양분한 그라디오스 후작과 왈드 공작이 고른 최정예.

설사 헬기가 아닌 진짜 신화 속의 괴물이 나타나더라도 혼란에 빠져 우왕좌왕할 리가 없는 기사들이 검기 한번 날리지 않고 있던 이유도 그 때문이었다.

헬기가 뿜어내는 빛이 검기로는 닿을 수 없는 높이라는 것쯤은 알고 있으니까.

그리고 이제 놈들도 알게 된 모양이다.

아마도 그래서일 것이다.

그 직후에 헬기가 낮아지는 이유가 말이다.

반에도 못 미치고 사라지는 검기를 보고 거리는 넉넉하다고 판단하고, 조금 고도를 낮추면 그 검기를 날리는 놈들을 좀 더 쉽게 쓸어버릴 수 있겠다고 생각했을 테니까.

그러나 착각이었다.

방금 드미트리가 소리친 2형 요격은 적과 접근전에 돌입했을 때 마력 소모를 줄이며 사용하는 검기, 즉 일부러 사정거리를 짧게 만든 검기였다.

그래도 일반 기사 수준의 거리였지만, 당연히 전력을 다해 날리는 검기는 그 이상!

"1형 요격!"

다시 검기가 빗발쳐 올라간 건 그때였다.

그리고 조금 전 검기가 사라졌던 지점을 돌파하며 하강하는 헬기를 타격!

헬기가 순식간에 걸레처럼 찢어졌다.

위잉! 콰콰콰콰— 퍼펑!

그리고 연기를 뿜으며 미친 듯이 회전하며 떨어져 폭발!

나머지도 네 대도 불안하게 흔들렸지만, 곧 균형을 잡으며 황급히 날아오르기 시작했다.

"드미트리, 이쪽이다!"

그때 워트가 흑영을 몰아 드미트리의 옆을 스쳐 지나가며 소리쳤다.

그리고 드미트리가 그 뒷자리로 뛰어 올라갔을 때!

팡—!

트럭의 잔해로 뛰어오른 흑영의 발아래에서 섬광이 터져 나왔다.

'도약 질주'를 발동한 흑영이 다시 모습을 드러낸 것은 10여 미터 위!

불안하게 흔들리며 상승하는 헬기의 아래였고…….

"타이탄 소드!"

콰콰콰콰! 콰직! 펑—!

그 등에서 뿜어져 올라간 거대한 검 형상의 검기가 헬기를 가르며 뻗어 올라갔다.

"드미트리, 놈들이 더 높이 올라가면 방법이 없다! 그 전에 한 대라도 더 격추해야 한다!"

"명령대로!"

드미트리가 포물선을 그리며 떨어지는 흑영의 등을 밟고

뛰어오르며 대답했다.

팡! 팡! 팡!

그리고 그대로 대기를 밟으며 다른 헬기를 향해 날아갔다.

아니, 날아가려 할 때, 갑자기 추락하는 헬기가 뿜어 올리는 연기가 확 갈라지며 흑영을 향해 섬광이 내리꽂혔다.

이에 황급히 몸을 돌린 드미트리가 그 앞으로 날아가는 순간.

쩡! 콰쾅-!

폭광과 함께 세 줄기의 빛이 뒤엉키며 수직으로 내리꽂혔다.

쩌쩡! 카캉! 치치치칭! 펑-!

그리고 격렬한 섬광을 터뜨리며 지면을 따라 이동하다가 다시 폭광을 일으키며 흩어졌다.

"워트 님!"

"큭! 난 괜찮아! 그보다…….."

한 줄기는 고개를 돌리며 소리치는 드미트리, 다른 한 줄기는 충돌과 동시에 한 박자 늦게 내려서는 흑영의 등에서 떨어진 워트였다.

"쳇, 설마 이런 상황에서 그런 속임수를 쓸 줄은 몰랐군. 할 수 없지. 잃은 걸 아까워할 상황도 아닌 것 같고 말이야."

다른 하나가 바로 지금 그 앞에서 알 수 없는 언어로 중얼거리는 남자였다.

"표정을 보니 무슨 말인지 못 알아듣는 모양이군. 뭐 그건 상관없지만…… 그 눈빛은 마음에 안 드는군. 네놈들의 검이나 창 따위에 죽어 주지 않는 게 믿어지지 않는다는 눈빛 말이야. 그럼 이제부터 보여 주지. 우리 쪽 세계에도 총질밖에 모르는 사람만 있는 게 아니라는 걸 말이야."

그리고 사내가 손에 쥔 창을 세차게 휘두르는 순간!

퍼퍼퍼펑─!

그 궤적을 따라 폭발이 일어났다.

그리고 이때, 드미트리와 워트는 한눈팔 상황이 아닌지라 모르고 있었지만, 미스트도 비슷한 상황이었다.

팡! 팡! 팡! 팡!

드미트리의 검기가 헬기를 갈라 놓을 때 미스트도 다른 헬기를 향해 날아가고 있었다.

그래도 드미트리처럼 헬기를 통째로 갈라 놓는 무식한 검기를 날려 대는 재주까지는 없었지만, 굳이 필요도 없었다.

"딱 봐도 저놈이군."

헬기와 같은 높이까지 올라오자마자 바로 알 수 있었다.

그 헬기를 조종하는 게 어떤 놈인지 말이다.

게다가 드미트리와 달리, 아니 드미트리에게도 워트가 붙어 있던 것처럼 미스트에게도 조력자가 붙어 있었다.

헬기가 있는 높이까지 올라오는 도중에 한 번 발판이 되어 주었던 청영이었다.

그리고 거기까지는 '도약 질주'로 드미트리의 발판이 되어 준 흑영과 같았지만, 청영은 거기서 한 번 더!

삐이이이! 콰콰콰콰—!

미스트를 향해 기관포를 돌리는 적병을 향해 '깃털 폭풍'까지 날려 주었다.

"이렇게까지 밥상을 차려 놨는데도 못 주워 먹으면 말이 안 되지!"

이에 미스트는 정밀 조준!

단 한 발의 검기로 헬기 앞부분에 타고 있던 놈의 목을 갈라 놓았다.

그리고 역시나, 조종사를 잃어버린 헬기가 좌우로 요동치며 추락할 때였다.

돌연 헬기 속에서 여러 줄기의 섬광이 뿜어져 날아왔다.

"뭐……."

퍼퍼퍼펑—!

황급히 단검을 추켜 올린 미스트와…….

삐이이이—!

호선을 그리며 회전하는 청영을 향해 날아가는 검기였다.

"……빌어먹을!"

미스트가 황급히 대기를 밟으며 날아올랐다.

그러나 결과적으로 보면 삽질이었다.

촤촤촤촤!

회전하는 청영을 따라 장막처럼 펼쳐지는 깃털!

하덴에게서 되찾은 힘 '철의 날개'로 습득한 스킬 '날개의 벽'이었다.

그 '날개의 벽'은 펼쳐지자마자 문자 그대로 갈아 버리듯이 검기를 소멸시켜 버렸고…….

"큭!"

뒤따라 날아오던 미스트까지 갈아 버렸다.

삐익! 삐이이이!

물론 본의는 아니었겠지만 어쨌든, 어깨 부분이 쓸려 나가는 충격에 타이밍을 놓친 미스트는 지면으로 추락했다.

그러나 비명을 터뜨릴 틈 따위는 없었다.

몸을 돌리기가 무섭게 그 위로 내리꽂히는 섬광!

콰쾅! 쾅! 쾅!

누운 자세로 몸을 굴리는 미스트 뒤로 연이어 섬광이 내리꽂히며 폭발을 일으켰다.

삐이이이! 콰콰콰콰ー!

그때 날카로운 울음과 함께 그 위로 무수한 깃털이 융단폭격을 쏟아붓듯이 내리꽂혔다.

미스트는 그제야 추격해 오는 섬광을 벗어나 몸을 일으킬 수 있었다. 그리고, 들어 올린 눈이 바닥을 구를 때보다 더 심하게 일그러졌다.

그 앞에서 폭발이 일어나며 반대쪽으로 청영이 피를 뿜으며 날아가고 있었기 때문이다.

그리고 그대로 바닥에 처박히려는 순간!

펑—!

지면을 폭발시키며 몸을 날린 미스트가 청영을 부둥켜안고 바닥을 굴렀다.

"청영!"

삐이! 삐이이이…….

상체를 세우며 소리치는 미스트의 품에서 낮은 울음이 흘러나왔다.

그 몸 한쪽이 검게 그을려 있었지만, 베인 상처는 보이지 않았다. 이에 한숨을 불어내는 미스트의 귀에 웃음기 섞인 목소리가 들려왔다.

"그 새 새끼가 꽤 소중한가 보지? 뭐 보기 드문 영물인 것 같기는 하지만, 그래 봤자 짐승. 만마전에서 무수한 피를 빨아들인 내 보검을 받아 낼 수 있을 리가 없지. 네놈도 말이야."

붉은빛을 뿜어내는 검을 든 사내.

추락하는 헬기에서 검기와 함께 솟아 나온 섬광이 바로 그 사내였다.

"턱없이 부족하겠지만, 일단 네놈들 탓에 고철로 변해 버린 헬기 값은 네놈들의 대가리로 대신하도록 하지."

미스트는 대답하지 않았다.

일단 그 입에서 나오는 불쾌한 억양의 언어를 알아듣지도 못했지만 어쨌든, 그냥 묵묵히 힘겹게 날갯짓하며 날아오르는 청영을 바라보았다.

"……개새끼가!"

그리고 입술을 일그러뜨리며 몸을 돌리는 순간!

펑—!

지면이 폭발했다.

그리고 치솟는 흙기둥 속에 레이저처럼 뻗어 나오는 두 줄기의 붉은 섬광!

칭—!

"큭! 이, 이 자식, 뭐가 이렇게 빠른……."

그 끝에서 울리는 날카로운 쇳소리와 함께 사내가 당혹성을 터뜨리며 물러났다.

그러나 붉은 섬광, 미스트는 멈추지 않았다.

튕겨 나오는 단검을 회전시키며 무릎 아래를 그었고, 동시에 반대쪽 손에 쥐어진 단검은 턱을 향해 치솟아 올라갔다.

그리고 막으면 막는 대로, 피하면 피하는 대로 궤도를 바꾸며 허리와 어깨, 옆구리, 다리를 노리며 파고들어 갔다.

푸확—!

"……그 속도만큼 실력이 따라 주지 않는 게 흠이군. 같이 죽겠다는 각오로 달려드는 용기는 가상하다만, 난 고작 너 같은 놈 따위와 같이 죽기 위해 그 지옥 같은 만마전에서 살아 나온 게 아니다!"

그러나 터져 올라오는 피와 함께 떠들어 대는 놈은 사내 쪽이었다.

그리고 놈이 뒷걸음질 치던 발로 바닥을 찍으며 교차하는 단검을 쳐올렸을 때, 미스트의 몸이 아래로 훅 가라앉으며 회전했다.

동시에 미스트를 따라 확 펼쳐지는 망토에서 무수한 섬광이 산탄처럼 뿜어져 나왔다.

그 정체는 수백 자루의 비도였다.

"아, 암기……."

그러나 흠칫하며 멈춰 서는 사내의 말처럼 암기라고 할 수는 없었다.

그 하나하나가 마스터급의 마력이 실린 칼날의 폭풍!

미스트가 놈의 반격에 어깨를 내준 이유가 그 칼날에 마력을 주입하고 있었기 때문이다.

해치울 자신이 없어서가 아니다.

전장에서, 그것도 청영에게 상처를 입힌 놈과 오래 싸울 생각도 없지만, 뭣보다 깔끔하게 해치워 줄 생각이 없기 때문이다.

콰콰콰콰―!

"이, 이런…… 컥! 크아아악"

그리고 미스트의 뜻대로, 놈은 무수한 비도가 박힌 모습으로 퉁겨져 날아갔다.

그러나 그 와중에도 용케 급소는 피했는지 피를 철철 흘리며 구르다가 다시 몸을 일으켰지만.

"다행으로 생각해라. 진짜 저 매의 주인 앞에서 같은 짓을 했다면 이 정도로 끝나지는 않았을 테니까."

뒤에서 들려오는 낮은 목소리와 함께 그 목에 붉은 실이 휘감겼다.

그리고 사내가 숨 막히는 비명을 터뜨렸을 때.

푸확—!

그 머리는 이미 바닥에 떨어진 뒤였다.

"후—!"

이에 미스트가 한숨을 불어 내며 몸을 돌렸을 때였다.

삐이이이! 투콰콰콰—!

청영의 울음과 함께 그 주위에서 흙기둥이 치솟아 올라왔다.

남아 있던 두 대의 헬기 중 하나가 수십 미터 높이에서 기관총을 퍼부어 대고 있었다.

그러나 미스트를 노리고 쏟아붓는 포화는 아니었다.

아니, 처음에는 미스트를 노리고 퍼부었겠지만, 미스트가 몸을 날려 피하자 그대로 지면을 긁으며 뻗어 나갔다.

퍼펑—!

그 끝에서 불길을 뿜으며 터져 올라오는 트럭.

좀 더 정확히 말하면 헬기의 포화는 그 옆에서 창을 든 사
내와 불꽃 튀는 싸움을 벌이다 물러나는 드미트리를 향한 쏟
아지고 있었다.

　"드미트리!"

　"전 괜찮습니다! 물러나십시오!"

　이에 드미트리가 워트를 향해 소리치며 몸을 굴릴 때였다.

　투콰콰콰! 투콰콰콰!

　거기에 또 하나, 아니 여러 개의 포화가 섞이기 시작했다.

　바로 성벽 곳곳에서 뿜어져 나오는 포화였다.

　간간이 어둠을 가르는 빛처럼 떠오르는 포화가 향하는 곳
은 드미트리를 공격하는 헬기!

　-늦어서 죄송합니다!

　성벽을 돌아보는 워트의 무전기에서 이 중위의 목소리가
흘러나온 건 그때였다.

　"점령이 끝난 건가?"

　-네! 저와 함께 절벽으로 파견되었던 대원들도 모두 무사히 복귀해
각 사대에 배치, 점검까지 끝냈습니다! 보시는 대로 사양이 좀 다르지만,
사용하는 데는 문제가 없습니다! 일단 지원하겠습니다!

　투콰콰콰-!

　빗발치는 포화에 헬기의 장갑에서 불똥이 튀어 올랐다.

　쉐에에엑- 퍼펑!

　그때 워트의 머리 위로 파공음이 가로질렀다.

    100여 미터 상공에서 연합군을 향해 포화를 쏟아붓던 또 다른 헬기가 날린 로켓포였다.

    그리고 그대로 밤하늘을 가로질러 성벽의 기관포 1기를 날려 버렸다.

    그러나 헬기도 그만한 대가를 치러야 했다.

    그사이에 본대와 합류한 건 이 중위 부대만이 아니었다.

    후방 지원을 하던 아군 전차 K−9도 도착! 그중 1기가 성문 위에서 쏟아지는 돌무더기를 뚫고 나오고 있었고…….

    투쾅−!

    그대로 포신을 들어 올리며 발사!

    동시에 기관포로 성벽을 긁어 대며 횡 이동하던 헬기의 프로펠러가 불길에 휩싸이며 터져 나갔다.

    그리고 그대로 사선으로 떨어지며 폭발!

    "……머저리 같은 놈들! 그새를 못 버티고 포대까지 몽땅 빼앗겨 버린 건가?"

    창을 든 사내가 얼굴을 일그러뜨리며 몸을 돌렸다.

    "놓치지 않는다!"

    드미트리가 바로 검기를 날리며 뒤쫓았다.

    아니, 뒤쫓으려 할 때였다.

    쾅쾅쾅쾅! 쾅쾅쾅쾅!

    밤하늘을 뒤흔들며 울려 나오는 폭음!

    동시에 사내를 추격하던 드미트리의 옆을 시작으로 곳곳

에서 불기둥이 터져 올라오기 시작했다.

"큭! 이, 이건……."

"캇! 멍청한 놈들! 성벽만 점령하면 이길 수 있다고 생각한 건가? 역시 원시인 같은 놈들이라 생각하는 수준도 뻔하군. 그렇게 저 성벽이 갖고 싶다면 가져라. 저 성벽과 함께 몽땅 잿가루로 만들어 줄 테니까!"

창을 든 사내가 주르륵 밀려나는 드미트리와 워트를 돌아보며 중얼거렸다.

그리고 기체를 돌리는 헬기에서 떨어지는 밧줄을 잡고 포연에 뒤덮인 밤하늘로 올라갔을 때.

콰콰콰쾅! 콰콰콰쾅!

폭음과 함께 다시 수십 개의 불기둥이 치솟아 올라왔다.

그 뒤를 따라 폭죽처럼 튀어 오르는 병사들!

"이게 대체……."

-워트 님, 전차 부대입니다!

워트의 무전기에서 이 중위의 고함이 터져 나왔다.

"뭐? 전차 부대? 전차라면……."

-기종까지는 확인할 수 없지만, 저희 K-9과 같은 타입의 전차입니다! 숫자는 약 20…… 아니, 30기 이상입니다! 거리는 약 3km! 10여 대의 장갑차와 20여 대의 군용트럭, 최소 5천 이상의 보병과 함께 진군해 오고 있습니다!

"무슨……."

이어지는 말에 워트의 얼굴이 딱딱하게 굳었다.

성벽 너머의 계곡에 연합군의 3배에 육박하는 적군이 포진해 있다는 건 알고 있었지만, 그 정도의 전차나 장갑차까지 있으리라고는 예상하지 못했기 때문이다.

워트는 물론, 직접 계곡을 정찰한 청영도.

삐익! 삐이! 삐이!

워트의 어깨에 내려앉으며 당황한 울음을 터뜨렸다.

'……숨겨져 있었다는 건가?'

순간 워트의 머릿속에 이런 생각이 떠올랐지만.

콰콰콰쾅! 콰콰콰쾅!

"워트 님!"

─피격! 워트 님, 1호기가 피격당했습니다! 레이더 파괴! 현 상태에서는 적과의 거리조차 파악이 안 돼 대응 사격조차 하기 힘듭니다! 게다가 기관부도 일부 작동하지 않아 당장 성문 앞에서 벗어나기 힘들어 2호기와 위치를 바꾸기도 어렵습니다!

─성벽의 기관포대 2곳이 당했습니다! 내부의 통로로 곳곳이 무너져 대원들의 이동도 원활하지 않습니다!

이어지는 폭음과 한꺼번에 몰려드는 비명과 고함에 그런 생각이 사라졌다.

"드미트리, 미스트, 여기에 있어봤자 놈들의 표적이 될 뿐이다! 지금 바로 리디아와 젬을 찾아 성벽 쪽으로 병력을 퇴각시켜라!"

워트가 와락 고개를 돌리며 소리쳤다.

그리고 흑영의 등에 올라 '도약 질주'로 쉴 새 없이 치솟는 불길 사이를 가로질러 성문으로 돌아왔을 때였다.

"워트 경!"

성벽 내부로 연결된 문 안쪽에서 고함이 들려왔다.

고개를 돌리자 온몸을 피로 물들인 발투스가 서너 명의 기사와 함께 뛰어나왔다.

그러나 워트와 눈이 마주치자 움찔하며 멈춰 섰다.

워트의 표정으로 어떤 말이 나올지 직감했기 때문이다.

"굳이 상황을 설명하지 않아도 아시리라고 생각합니다! 지금 당장 휘하 병사들에게 퇴각 명령을 내려 주십시오! 한시도 지체해서는 안 됩니다!"

"하, 하지만 여기서 물러나면……."

"이미 성벽은 우리 군이 완전히 장악했습니다! 이 성벽에도 놈들과 같은 병기가 있고 말입니다! 이런 상황이라면 놈들과 전면전을 펼칠 수는 없겠지만, 수성전으로 돌입하면 버틸 수 있을 테고, 역공을 펼칠 기회가 생길 겁니다!"

"네! 여기까지 와서 물러날 수는 없습니다! 이번 전투는 왕자님과 우리가 뼈를 깎는 심정으로 준비해 온 처음이자 마지막 기회! 여기서 물러나면 각지에서 궐기를 준비하며 모여 있는 저항군도 와해되어 버릴 겁니다! 그럼 남는 건 희망조차 없는 비참한 삶! 그런 삶을 연명하느니 차라리 여기서 놈들과 싸우다 죽는 편이 낫습니다!"

당황한 얼굴로 떠듬대는 발투스 뒤에서 기사들이 항의하듯이 소리쳤다.

워트가 미간을 찌푸리며 중얼거렸다.

"누구와 싸우겠다는 겁니까? 지금 당신들이 보고 있는 건 놈들이 수 킬로미터 밖에서 날리는 포격의 결과물입니다. 정말 이 성벽으로 놈들을 막아 낼 수 있으리라고 생각합니까? 아니, 놈들이 굳이 이곳까지 와서 당신들과 싸워 주리라고 생각합니까?"

"그, 그건……."

"확실하게 말하죠. 이미 여기에는 루이너 왕국 탈환의 희망은 물론, 명예로운 죽음조차 없습니다. 만약 지금 물러나지 않는다면 여기에 남겨지는 건 적을 보지도 못하고 개죽음당한 시체들밖에 남지 않게 될 겁니다."

워트가 발투스와 기사들을 훑어보며 말했다.

"기적이 일어나지 않는 한."

그리고 흙과 피를 뒤집어쓴 모습으로 몰려오는 병사들을 돌아보며 말을 이었을 때였다.

번쩍―!

돌연 저 멀리 보이는 밤하늘에 섬광이 번뜩였다.

순간 그 찰나의 그 빛에 구름이 소용돌이를 일으키며 벌어지는 장면이 스쳐 지나갔다.

그때 그 중심에서 한 줄기 빛이 어둠을 관통하듯이 내리꽂혔다.

'뭐지? 방금 그 빛은……'

그리고 워트가 미간을 좁히며 시선을 돌린 직후.

콰콰콰콰―!

그 빛이 떨어진 지점에서 수백 줄기의 빛이 뿜어져 올라왔다.

삐이? 삐이이이―!

퍼뜩 고개를 들어 올린 청영이 날카로운 울음을 터뜨리며 날아오른 건 그때였다.

강림

"후후후!"

태영의 입술이 실룩실룩 추켜져 올라갔다.

디스바로스가 차원 포탈을 만들었을 때, 먼저 가라는 카자드의 말에 태영은 살짝 당황했다.

그러나 오래가지는 않았다.

인제 와서 뭔 소리냐는 눈길로 돌아보는 태영을 넌 알 바 아니라는 눈길로 바라보는 카자드의 얼굴은 새삼 깨닫게 해 주었기 때문이다.

'생각해 보면…….'

태영과 카자드가 본의 아니게 서방 대륙까지 같이 와, 본의 아니게 공간에 틈으로 같이 떨어져, 본의 아니게 지금까지 같이 싸우게 된 건, 정말 본의가 아니었다는 사실을 말이다.

— 저 녀석, 또 무슨 꿍꿍이야?

즉, 이런 걸 묻는다고 순순히 대답해 줄 사이는 아니라는 말이다.

태영도 캐물을 생각은 들지 않았다.

뭐 애초에 말해 줄 생각이 눈곱만큼이라도 있었다면 이런 상황에서 먼저 가라고 하지도 않았겠지만 어쨌든.

"뭔가 나를 곤란하게 만들 꿍꿍이를 꾸미기 위해서는 아니겠지?"

"그런 걱정은 집어치우셔도 됩니다. 당장은 그럴 생각도 없지만, 혹시 그런 생각이 들더라도 뒤통수에 칼을 꽂는 일은 없을 테니 말입니다."

"그러시겠지."

그 본의 아닌 동행 덕에 적어도 이만한 믿음 정도는 생겼기 때문이다.

물론 그렇다고 찜찜한 기분까지 완전히 털어내기는 힘들었지만, 그런 이유로 바로 앞에 열려 있는 포탈로 들어가는 걸 미룰 생각은 들지 않았다.

"그럼 먼저 가지."

그리하여 태영은 망설임 없이 일보 전진.

포탈로 발을 들여놓자 다시 무수한 입자로 흩어져 날아가는 감각이 느껴졌다.

다른 점이 있다면 그 시간이 생각보다 길었다는 것이지만, 그 역시 당황할 일은 아니었다.

디스바로스의 설명에 따르면 그의 정신세계에서 태영이 떠올린 좌표까지 이동하려면 수십 개의 차원을 통과해야 한다고 했으니까.

번쩍─!

"됐어! 드디어 돌아와…… 뭐, 뭐야?"

태영이 당황한 건 되레 그 끝에 떠오른 공간의 틈으로 나왔을 때였다.

'……하늘?'

일단 그 틈 너머는 상공 한복판이었다.

그러나 여기까지는 당황할 정도의 일은 아니었다.

'나와 카자드가 공간의 틈으로 빨려 들어간 뒤로 시간이 얼마나 지났는지는 모르겠지만, 전후 상황을 생각하면 워트 일행은 아직 서방 대륙에 남아 있을 확률이 높아. 그리고 나와 카자드를 찾기 위해 뿔뿔이 흩어져 수색하고 있다면, 서방 대륙으로 돌아가 그간의 상황을 파악하고, 가장 빨리 부대원들에게 내가 돌아왔다는 사실을 알릴 방법은…….'

좌표를 꼭 장소에 특정할 필요는 없다는 디스바로스의 말에 태영은 바로 이런 생각과 함께 청영을 떠올렸기 때문이다.

그러니 포탈의 출구가 하늘에 열린 것도 충분히 이해할 수 있는 일이었고, 그 높이도 딱히 문제가 되지 않았다.

팡! 팡! 퍼펑-!

문제는 태영이 '에어 워크'로 낙하 속도를 줄이며 내리꽂힌 장소.

좀 더 정확히는 상공에서 떨어질 때 본, 그리고 지금 태영의 주위에서 놀란 얼굴로 돌아보는 엄청난 숫자의 병사들이었다.

그리고 태영 역시 당황한 얼굴로 놈들을 돌아봤지만, 잠깐이었다.

"뭐, 뭐야? 이놈은? 갑자기 어디에서…….'

- 이 언어는…….

"중국어야."

놈들의 입에서 흘러나오는 말만으로도 이해할 수 있었기 때문이다.

"디스바로스가 좌표 설정할 때 실수한 게 아니라면, 생각할 수 있는 건 하나밖에 없겠지. 이놈들도 허공에 다 총질을 해 대며 진군하고 있던 건 아닐 테고 말이야."

어떤 상황인지까지는 몰라도, 뭘 해야 할지는 말이다.

칭-!

순간 태영의 허리에서 그리모어가 뽑혀 나왔다.

"라이트 웨이브!"

그리고 그대로 세 줄기로 갈라지며 폭사!

"헉! 저, 저놈이……."

푸확! 푸확! 푸확!

흠칫 놀라 소리치던 세 놈은 채 말을 끝내지 못한 채 목이 날아갔다.

그러나 굳이 뒤이은 말이 없어도 상황은 명확!

"적이다! 이쪽에 적이 나타났다!"

투투투투!

다른 놈의 고함과 함께 사방에서 탄환이 빗발쳐 날아왔다.

그러나 그 탄환에 넝마처럼 찢어지는 건 이미 목 위로 피를 뿜어 올리며 쓰러지는 세 놈의 몸뿐이었다.

하필 태영이 떨어진 곳에 있다가 목이 날아가고, 그것도 모자라 남은 몸까지 동료가 쏴 대는 탄환에 벌집이 되어 버린 놈들은 문자 그대로 날벼락을 맞은 셈이지만, 딱히 억울할 일도 아니었다.

태영이 상공에서 열린 포탈로 나왔을 때 가장 먼저 본 게 그 아래를 개떼처럼 뒤덮은 병사들이었고, 태영이 떨어진 곳은 그 한복판!

"큭! 다, 다리가……."

"빌어먹을! 네놈들 눈은 장식이냐? 뵈는 게 없어? 이렇게 아군이 밀집해 있는 곳에서 무턱대고 총을 난사하면 어쩌자는 거야?"

태영이 탄환을 피해 놈들 사이를 가로지르자 꽤 여러 명이 같은 꼴을 당하기 시작했으니까.

그러나 당연히 일부러 그러는 건 아닐 것이다.

"멈춰! 사격 중지!"

"하, 하지만 놈이…… 컥!"

투투투투!

"큭! 멈추라는 말 안 들리냐? 저놈 하나 죽이자고 부대원을 다 죽일 참이냐? 사격은 안 돼! 소총에 대검을 장착하고 상대해라!"

이를 증명하듯이 한쪽에서 다급한 고함이 터져 나왔다.

그러나 그 역시 현명한 판단은 아니었다.

ㅡ……저렇게 말하는데?

"그럼 저놈이 이 주변에 있는 놈들의 대장이라는 말이겠지."

푸확ㅡ!

그 탓에 태영에게 찍혀서 바로 목이 날아갔으니까.

그러나 그와 동시에 유언이 돼 버린 놈이 남긴 말은 도움이 되기는 했다.

단, 태영에게.

그야말로 빈틈조차 보이지 않을 정도로 득실대는 놈들이 미친 듯이 총을 갈겨 대면 아무리 태영이라도 몇 발 정도 맞을지도 모르지만, 그게 검, 그것도 소총에 장착한 검이라면 상황은 많이 달라질 테니까.

그리고 곧 놈들도 알게 되었다.

대검을 장착하는 사이에 십여 명이 피를 뿜으며 쓰러지고,
대검을 장착한 뒤에도 십여 명 단위로 피를 뿜으며 쓰러지는
동료들을 보며 말이다.

"미, 미친……."

"뭐, 뭐야? 저 속도는? 제대로 보이지도 않잖아! 대체 놈
은 어디에 있는 거야?"

"여, 여기다! 이쪽으로…… 컥!"

푸확—!

"빌어먹을! 놈이 멋대로 날뛰도록 놔두면 안 돼! 일단 저
주위를 포위해서 놈을 몰아넣어라!"

"아니, 놈이 안 보여! 그사이…… 헉! 여, 여기다!"

푸확—! 푸확—!

"따라잡을 수가 없어! 아니, 따라잡는다고 해도…… 어?
네, 네놈들 어디 가는 거야?"

"젠장! 무리라고! 검, 아니 몸도 안 보이는 놈과 대체 무슨
수로 싸우라는 거야? 제 발로 죽으러 갈 수는 없잖아!"

"그렇다고 도망가면 어쩌자는 거야?"

푸확—! 푸확—! 푸확—!

그리고 놈들이 우왕좌왕하는 사이에 그 속도는 점점 빨라
졌다.

당연히 놈들은 대혼란!

뛰어오는 놈과 도망가는 놈, 어떻게 해야 할지 감도 못 잡는 놈들이 마구잡이로 뒤엉켰다.

당연히 그런 상태로 태영을 막을 수 있을 리가 없었다.

그러나 태영도 마냥 여유롭지만은 않았다.

-젠장, 대체 몇 놈이나 있는 거야? 끝도 안 보이잖아. 아니, 뭐 몇 놈이 있든 상관없지만…… 그 미라 자식, 정말 좌표를 제대로 찍기는 한 거야? 정작 우리가 찾는 놈들은 왜 안 보이냐고!

말했듯이 태영이 좌표로 떠올린 건 청영.

그리고 태영이 사라졌다고 청영이 혼자 돌아다니고 있을 리가 없음에도 청영은 물론, 워트나 다른 병사들이 보이지 않는 것이다.

-설마…….

"그럴 일은 없어. 이놈들이 그냥 진군하고 있는 게 아니잖아. 게다가 병사만 있는 것도 아니야. 떨어질 때 본 전차와 함께 포격하며 진군하고 있어. 워트든 누구든, 그 포격이 떨어지는 곳에 있다는 말이지."

-그럼 그 미라 자식이 좌표를 잘못 찍었다는 말이야?

"아니, 좌표는 내가 이동하기 전에 찍힌 거니까, 그때는 청영이 이곳을 정찰하던 도중이었을 확률이 높겠지. 하지만 그런 게 아니라도 잘못 찍은 건 아니야."

태영의 허리에 달린 '파마의 랜턴'이 얼마 남지 않은 광력을 뿜어내고 있지만, 밝아지는 기미조차 보이지 않는 이유가 그 때문이었다.

랜턴을 밝히는 것과 동시에 발동한 엘더 슬레이어의 스킬 '집광'에 의해 모두 그리모어로 빨려들어 가는 것이다.

–충전된 광력이 모두 소모되어 '파마의 랜턴'이 꺼졌습니다.

랜턴에 남아 있던 광력이 모두.

"분광!"

그리고 그리모어를 통해 다시 방출!

교도소에서 키메라와 싸울 때 사용했던 '집광'의 세트 스킬 '분광'이었다.

그러나 그때와는 전혀 달랐다.

그때는 키메라의 몸속이라 제대로 보지 못했지만, 지금은 사방이 탁 트인 평원이고, 때는 어둠에 뒤덮은 밤!

위이이잉! 콰콰콰콰–!

그리모어에서 일어난 빛의 폭발이 무수한 레이저처럼 퍼져 나가는 장면이 고스란히 보였다.

그 빛줄기가 뻗어 나간 거리는 약 100여 미터!

태영을 중심으로 거대한 돔 모양으로 뻗어 나온 빛줄기가 휩쓸고 지나가자 한순간에 모든 소리가 사라졌다.

모두 입을 다물었기 때문이다.

그 빛에 꿰뚫려 피를 뿜어 올리며 쓰러지는 100여 미터 범위의 적병은 물론, 그 경계에 늘어선 적병들도 넋 나간 얼굴로 바라보고 있을 뿐이었다.

그리고 마치 전염되듯이 적진 전체가 침묵에 휩싸이고, 곳곳에서 울리던 포성까지 멈췄을 때.

삐이이이—!

그 너머에서 날카로운 울음이 들려왔다.

—……퍼렁이다!

그리모어의 목소리와 함께 태영이 고개를 돌렸다.

그리고 빠르게 움직이는 눈이 밤하늘을 가로지르며 날아오는 청영을 찾아내는 순간.

핑—!

머릿속으로 무수한 영상이 빠르게 스쳐 지나갔다.

워트와 드미트리, 에단, 라르고와 하울, 일라, 다란을 필두로 한 수인족과 하덴과 데드릭, 발론 등의 워 울프와 뱀파이어 일족이 뒤섞인 영상이었다.

청영을 통해 전해지는 이미지였다.

그리고 그 이미지만으로도 태영은 대강 이해할 수 있었다.

태영이 디스바로스의 정신세계를 헤매는 동안 그들이 뭘 하고 있었는지, 왜 이런 곳까지 오게 됐는지. 그리고 또…….

투콰콰콰—!

청영을 향해 포화를 뿜으며 따라붙는 헬기도.

-저, 저건 또 뭐야? 아니, 저게 뭐든! 저 망할 자식이 감히 얻다 대고…… 주인!

물론 태영도 보고만 있을 생각은 없었다.

그리모어가 울컥한 목소리로 소리칠 때 태영은 이미 헬기를 향해 솟아오르고 있었다.

'에어 워크'로 차근차근 올라가고 있다는 말이 아니다.

오랜만에 다시 본 청영에게 기관총을 난사해 대는 놈들을 보고 울컥 치밀어 오른 건 그리모어만이 아니니까.

쾅-!

폭음과 함께 흙기둥을 뿜어 올리며 사선으로 폭사!

-뒈져라, 이 자식들아!

"타키온!"

번쩍! 쩌쩌쩌쩍-!

그대로 헬기의 중심을 가르며 지나갔다.

그리고 길게 선회하며 태영을 향해 날아오는 청영을 돌아봤을 때, 반으로 갈라지며 폭발하는 헬기 속에서 섬광과 함께 한 사내가 솟아 나왔다.

허리에 비껴든 창으로 검기를 뿜어 대며 날아오는 사내는 조금 전 드미트리와 격돌하다가 퇴각한 창술사였다.

그러나 태영도 거기까지는 알 수 없었고, 굳이 알 필요도 없었다.

"큭! 네놈은 또 뭐……."

사내의 앞에서 터져 나가는 검기를 뚫고 들어오는 검!

순간 사내가 황급히 발아래로 마력을 폭발시키며 멈춰 서며 창을 추켜세웠다.

그리고 무수한 잔상이 만들어 내며 복잡하게 창을 휘둘렀지만, 그뿐이었다.

파캉-!

그 위로 떨어지는 단 한 줄기의 섬광에 그 모든 것이 허망하게 사라졌다.

"마, 말도 안 돼. 어, 어떻게……."

콰직-!

그리고 떠듬대는 놈의 면상에서 울리는 파열음!

놈보다 수 미터 높은 곳으로 떠올랐다가 떨어지는 태영이 발에 찍히는 소리였다.

- 좋아! 주인, 밟아 줘라!

당연히 그러려고 검이 아닌 발로 놈의 면상을 밟아 준 것이다.

콱! 콱! 콱! 콱!

이에 연이어 놈의 면상을 찍어 대며 낙하!

그때마다 제대로 얼굴도 본 적이 없는 놈은 면상은 봐도 모를 정도로 뭉개졌고…….

쾅! 푸확-!

바닥에 처박히며 터져 나갔다.

퍼펑! 퍼펑! 퍼펑!

그때 그 주위에서 연이어 섬광이 폭발했다.

폭죽처럼 터진 놈의 머리와 함께 치솟았다가 쏟아지는 흙더미 사이를 뚫고 나오자 우르르 물러가는 적병들 틈으로 검과 창 따위를 든 놈들이 뛰어나오고 있었다.

펑! 펑! 펑!

태영의 뒤에서 연이어 섬광이 폭발했다.

적병들 틈에서 뛰어나온 놈들이 검과 창 따위로 날려 대는 검기였다.

앞만이 아니었다. 그 옆쪽에서도 검기가 날아왔고, 태영을 피해 우르르 밀려나는 놈들 사이에서도 서너 명이 검기를 날리며 뛰어나왔다.

그리고 태영이 그리모어를 휘둘러 검기를 쳐 내며 멈춰 섰을 때, 이미 대여섯 명의 사내들이 그 주위를 포위하고 있었다.

– 이놈들은…….

"대격변이 일어나고 이만한 시간이 지났으니 놈들 중에도 몇 놈쯤은 있겠지. 총 대신 검이나 창을 선택하고, 검기를 날릴 정도의 실력을 쌓은 놈들이 말이야."

– 뭐 그렇긴 하겠지만 좀 전에 놈들의 검기를 막을 때 느껴지던 감각이 다른 때와는 좀 다르군. 콕 짚어 말하기는 힘들지만, 좀 불쾌한 느낌이 든달까…….

"뭐든."

태영이 허리에서 '파마의 랜턴'을 풀러 위로 던졌다.

순간 서로 시선을 교환하며 거리를 좁혀 오던 놈들이 움찔하며 멈춰 섰다.

그러나 놈들과는 아무런 상관도 없었다.

"청영, 워트에게 전해라! 내가 지금, 여기로 돌아왔다고!"

그 위를 스치며 솟아오르는 발톱으로 '파마의 랜턴'을 낚아채는 청영에게 하는 말이다.

"뭐지? 저 매는?"

"그보다는 저놈이 매에게 던진 물건이 더 수상하지만, 어느 쪽이든 떨어뜨려 보면 알겠지."

"방심하지 마라!"

"알고 있어. 일격에 헬기를 갈라 놓고, 순식간에 타오의 머리를 저렇게 만들어 놓는 걸 보면 방심하고 싶어도 못한다고. 뭐 타오 녀석은 저쪽에서 돌아올 때 이미 내상을 입었던 것 같지만……."

퍼퍼퍼펑-!

놈들이 검기를 날리며 거리를 좁혀 온 건 그때였다.

"어이, 너희는 저 매를 잡아라!"

그 위로 두 놈이 동료의 등을 밟으며 날아올랐다.

'에어 워크'와는 다르지만, 순식간인 가속은 '에어 워크'보다 빠른 체술이었다.

그러나 같은 기술이라도 사용하는 사람이 다르면 위력도 달라지는 법!

조금 전 태영이 헬기에서 뛰어나온 놈의 면상을 콱콱 밟아 줄 수 있었던 이유가 그 때문이다.

일반적으로 '에어 워크'로 한 번에 뛰어오를 수 있는 높이는 약 1미터 내외.

'에어 워크'는 발아래에서 폭발시킬 마력의 반발력을 발판으로 삼아 뛰어오르는 기술이지만, 다리로 보낼 수 있는 마력의 양은 제한적이기 때문이다.

그러나 태영은 모든 기맥이 뚫린 각성자!

그런 제한 따위는 없었다.

물론 그렇다고 모든 마력을 한꺼번에 발아래로 보낼 수 있다는 말은 아니다.

그러나 지금의 태영은 막 각성자의 몸을 얻었을 때와는 다르다.

뭐든 시간이 지난 만큼 익숙해지기 마련이고, 거기에 노력도 게을리하지 않은 덕분에 지금의 태영은 미세한 기맥 하나까지 의지대로 다룰 수 있는 경지에 도달!

그 마력 루트를 총동원하면 다른 사람의 몇 배에 해당하는 마력을 이동시킬 수 있었다.

즉, 마음만 먹으면 얼마든지 가능하다는 말이다.

팡-!

"헉! 뭐 이런……."

한 번의 도약으로 10여 미터 위를 날아가는 놈의 앞까지 날아오르는 것도 말이다.

그리고 당연히, 그건 꼭 다리에만 특정된 얘기가 아니다.

"어림없다!"

그러니 놈이 이딴 소리를 떠들어 대며 검을 들어 올려도 막을 수 있을 리가 없다.

휘루루루! 콰콰콰콰!

수천, 수만 번의 훈련으로 태영의 마력은 이미 모든 기맥을 통해 뻗어 나가고 있었고, 그 마력이 담고 뻗어 나가는 검은 수천, 수만 번의 훈련으로 얻은 섬돌(閃突)!

쩡! 푸확-!

튕겨 날아가는 놈의 검 뒤에서 피가 터져 나왔다.

떨어지는 놈의 몸을 밟고 반대쪽으로 날아가는 태영의 앞에서 소리 없는 비명을 터뜨리며 검을 들어 올리던 놈도 마찬가지였다.

쩡! 콰지지직-!

목이 뻥 뚫린 앞의 놈과 달리 '영참'에 세로로 갈라졌다는 게 다를 뿐이다.

"무, 무슨……."

"이, 이놈은 뭐야? 대체 저런 괴물 같은 놈이 어디서 나났냐고! 루이너 왕국에 이런 놈이 있다는 말은 들어 본 적도 없다고!"

기겁한 얼굴로 주춤대는 놈들 앞에 태영이 내려선 건 그다음이었다.

"그런 얼굴로 떠들어 봤자 뭔 말인지도 모르니 닥치고 빨리 와라. 아니, 내가 가지. 차례대로 오라고 해서는 밤을 새워도 끝나지 않을 것 같으니까."

후두두두. 챙-!

쏟아지는 피 속에서 태영이 그리모어를 수평으로 세우며 중얼거렸다.

그러나 그때, 한쪽 시야에는 다른 장면이 펼쳐지고 있었다.

콰쾅! 콰쾅!

태영의 귀에도 전해지는 굉음을 뿜어내며 전진하는 전차와 그 빈틈을 채우듯이 총을 난사하며 따라붙는 수천의 병사들.

삐이이이-!

그 위를 가로지르는 청영의 눈을 통해 전달되는 장면이었다. 그리고 곧 다시 앞으로 향하는 청영의 눈에 곳곳에 불길이 번지는 성벽이 떠올랐을 때.

"청영-!"

익숙한 목소리가 들려왔다.

그 목소리에 반응하듯 빠르게 아래로 하강하는 청영의 눈에 떠오르는 건 워트였다.

그리고 좀 더 거리가 가까워지는 순간.

"청영, 갑자기 왜……."

청영을 향해 뛰어오던 워트가 움찔하며 입을 다물었다.

그리고 믿어지지 않는다는 눈으로 청영이 쥐고 있는 '파마의 랜턴'을 바라보고, 더 믿어지지 않는다는 듯한 표정으로 다시 청영을 바라보았다.

"그, 그 랜턴은…… 돌아온 거냐?"

삐, 삐익! 삐익!

"돌아왔다고? 정말, 정말 돌아왔다는 거야? 그럼 혹시 방금 저 안쪽에서 번쩍인 빛도……."

삑! 삐빅!

청영이 밝은 울음을 터뜨렸다.

순간 워트가 왈칵 치미는 얼굴로 입술을 꽉 깨물며 고개를 돌렸다.

"됐어! 그래, 알아! 무슨 말인지 알아! 이제 됐어! 발투스 왕자님, 이제 됐습니다!"

"워트 경, 그게 무슨 말인가? 되다니?"

"레온이 돌아왔습니다!"

"레온? 레온이라면 경과 미스트라는 남자가 찾던……."

"네! 틀림없습니다! 저 청영이 쥐고 있는 랜턴은 틀림없이 레온의 랜턴! 대체 어떻게 갑자기 저기에 나타났는지는 모르겠지만…… 아니, 그런 건 상관없습니다! 지금까지 어디에 있었든, 중요한 건 지금 여기에, 아니 저기에 레온이 나타났다는 겁니다!"

"그, 그럼 큰일이 아닌가?"

"큰일이지."

당황한 얼굴로 되묻는 발투스의 뒤에서 또 다른 목소리가 들려왔다.

발투스가 고개를 돌리자 그, 미스트가 복면 사이로 드러난 눈으로 청영의 뒤에서 뿜어져 나오는 불길을 돌아보며 말을 이었다.

"저놈들이 말이야."

"저, 저놈들이라니? 하지만……."

"레온이 돌아왔다. 이 녀석의 표정을 보면서도 아직 그게 무슨 의미인지 이해하지 못하는 건가?"

미스트가 슬쩍 턱으로 워트를 가리키며 대답했다.

그러나 굳이 워트를 돌아볼 필요도 없었다.

삐이이이─!

그때 다시 날아오른 청영은 성벽 앞을 가로지르며 긴 울음을 터뜨리고 있었고…….

"저, 저건 주인님의 랜턴이다! 어, 어째서 청영이 주인님의 랜턴을……."

"멍청한 녀석, 보고도 모르겠나? 갑자기 날아갔다가 돌아온 청영이 주인님의 랜턴을 가지고 돌아왔다면 뻔하지 않은가?"

"틀림없어! 아까 저 하늘에서 떨어진 빛이 주인님이다!"

"자, 잠깐, 라르고 경, 주인님이라면 설마…….."

"하! 몰라서 묻는 거냐? 우리가 주인님이라고 부르는 사람이 레온 님, 그분 외에 또 누가 있겠나?"

"레, 레온 님이 저기에 계신다고? 대체 어떻게…….."

"거기까지는 모르겠지만, 그 되다 만 짐승 같은 놈들이 하는 말은 사실이다. 그래, 좀 전까지는 긴가민가했지만, 지금은 확실히 느껴지는군. 이 감각은 틀림없이 나, 하덴의 유일무이한 주인, 레온 님이다. 하지만…… 음…….."

"왜 그러십니까? 혹시 주인님에게 무슨 일이라도…….."

"넌 느끼지 못하는 건가?"

"네?"

"이…… 아니, 됐다. 이걸 느끼지도 못한다면 어차피 설명해도 알아듣지 못하겠지만, 주인님이 돌아왔다면 그런 말이나 할 때도 아니지. 네놈들은 어떨지 몰라도 난 늦게 왔다고 구박받고 싶은 생각은 없으니까."

"저희도 마찬가지입니다! 아, 아니, 구박받는 게 무섭다는 게 아니라…….."

"뭐든 상관없어! 수인족 전사들이여, 주인님이 돌아오셨다! 좀 전에 너희가 본 그 빛이 바로 주인님이다! 네놈들이 목숨을 걸 다른 이유가 더 필요한가?"

"없습니다!"

라르고와 하울, 일라, 다란을 따라 소리치는 수인족은 물론, 살짝 찜찜한 얼굴로 중얼대는 하덴과 데드릭, 발론 주위의 워 울프와 뱀파이어, 베릴과 이 중위, 박 중사, 그리고 자레드와 흑철 기사단까지.

청영의 아래로 스쳐 지나가는 사람 모두가 워트와 같은 표정을 떠올리고 있었다.

그리고 청영이 다시 워트 쪽으로 방향을 틀었을 때.

"전군, 돌격하라!"

워트의 입에서 쩌렁쩌렁한 고함이 터져 나왔다.

"와아아아─!"

발테아르의 병사들을 시작으로 아르키네아 제국과 노월 왕국의 연합군이 우레와 같은 함성을 터뜨리며 돌진한 건 그때였다.

반면 루이너 왕국군은 연합군의 분위기에 따라가지 못하고 머뭇거렸지만.

"도, 돌진이라니……."

"말했을 텐데? 우리의 목적은 오직 하나, 레온을 찾는 거라고 말이야. 그러니 망설일 일도 없고, 망설일 이유도 없지. 적어도 우리 쪽에 있는 사람들은 모두 레온이 청영에게 랜턴을 들려 보낸 게 무슨 의미인지 알고 있을 테니까."

"그야……."

"지금이 바로 놈들을 쓸어버릴 때라는 말이다."

"쓸어버린다고? 이런 상황에서? 대체 어떻게 그런……."

"그건 내가 알 바가 아니지. 아마 방금 온 힘을 다해 소리친 워트도 모를 테고, 그 말에 눈에 뒤집혀서 뛰어나가는 녀석 중 반 정도는 아예 그런 생각조차 없을 거다. 그럼에도 저 불길 속으로 뛰어가는 이유가 궁금하다면 따라와라."

미스트가 발투스의 말을 기다리지 않고 근처의 말을 잡아타고 달리며 말했다.

"왕자님, 더 늦으면 워트 경의 부대와는……."

"……돌진한다!"

이에 복잡한 눈으로 바라보던 발투스의 입에서 나온 목소리와 함께 루이너 왕국군도 연합군을 따라 돌격하기 시작했다.

그러나 누구보다 빨리 적진에 도착한 건 청영이었다.

그리고 단숨에 전차를 앞세우고 파도처럼 밀려오는 적군 위를 가로지르는 청영의 눈에 클로즈업되듯이 적과 뒤엉킨 태영의 모습이 떠올랐다.

아니, 정확히는 그새 피투성이가 된 놈들을 일방적으로 몰아붙이고 있었지만 어쨌든.

"청영, 와라!"

삐이이이-!

그리고 뒤이어 들려오는 목소리에 급강하!

쥐고 있던 '파마의 랜턴'을 치켜 올라오는 태영의 손으로 건네주었고…….

번쩍-!

그대로 섬광을 일으키며 그 장갑 속으로 사라졌다.

그리고 태영이 앞을 향해 뻗는 순간!

장갑에서 무수한 빛이 뿜어지며 거대한 뱀의 형상이 떠올랐다.

청영의 '잠재된 영혼의 힘' 용으로 한 짝만 착용하고 있던 장갑에서 불러낸 고대종 뱀, 헬 스네이크였다.

"저, 저건 대체……."

"비, 빌어먹을! 이건 마, 말도 안 돼! 이럴 수는……."

"시, 싫어! 안 돼-!"

콰콰콰콰-!

헬 스네이크는 이미 피떡이 돼 버린 놈들을 휩쓸며 질주!

그 너머에서 비명을 터뜨리는 100여 명의 적군까지 집어삼키며 전차를 들이받았다.

이에 전차가 굉음을 일으키며 들썩일 때, 태영은 이미 그 위로 떨어지고 있었다.

-하! 다음 상대는 이놈인가? 좋지, 좀 전까지 앞에서 알짱대던 놈들보다는 이놈이 낫지. 주인이 불러낸 헬 스네이크에 들이받히고도 멀쩡한 놈이라…… 어디 한번 제대로 붙어 보자고!

"붙고 자시고 할 것도 없어."

태영은 그리모어가 의욕적으로 뿜어 올리는 오러 소드로 해치의 이음새를 일격에 절단!

"헉! 네, 네놈은······."

푸확―!

"파이어볼!"

그 아래에서 이따만 한 눈으로 올려다보는 놈까지 날려 버리고, 그 안쪽으로 불덩이를 날려 준 뒤에 해치를 닫았다.

쿠쿠쿠쿵―!

안쪽에서 둔탁한 폭음이 울리며 전차가 멈췄다.

― 이게 끝이야?

"전차라도 혼자 움직이는 건 아니니까. 조종하는 사람이 죽어 버리면 이런 거지. 게다가 전차는 아군 진영을 향해 포격하기 힘드니 딱히 위협이랄 것도 없지만······."

문제는 그 숫자였다.

태영이 타고 있는 전차의 옆으로 30여 대의 전차가 늘어서 있었다.

콰쾅! 콰쾅! 콰쾅!

그리고 그 앞으로 쉴 새 없이 뿜어져 나오는 불길!

그때마다 청영을 따르듯이 진군해 오는 워트 일행과 루이너 왕국군 주위에서 불기둥이 치솟아 올라왔다.

"모두 멈췄군. 그렇다면······."

진격을 멈추고 포격을 뿜어 대는 전차를 바라보던 태영의
입술을 추켜져 올라간 건 그때였다.

※

"저쪽이다!"

"쏴라!"

투투투투! 투투투투!

주위에서 거친 고함과 총성이 잇달았다.

그러나 사방에서 날아드는 탄환은 해치 틈으로 시커먼 연
기가 흘러나오는 전차의 포탑에서 불똥을 일으킬 뿐이었다.

"없습니다! 적이 보이지 않습니다!"

"어, 어디로……."

"위! 위쪽입니다! 놈이 위에 있습니다!"

두리번대는 적병들 사이에서 한 병사가 고개를 들어 올리
며 소리쳤다.

그 시선 끝에 그가 있었다.

푸른 오러가 일렁이는 검을 들고 어둠을 꿰뚫듯이 솟아오
르는 사내는 태영이었다.

처음 발견한 적병의 시선에 나머지 병사들의 시선이 더해
졌을 때, 발아래에서 마찰을 일으키듯 터지는 섬광과 함께
태영이 그 방향으로 회전했다.

그리고 그대로 돌진!

"노, 놈이……."

한 줄기 섬광이 황급히 총을 들어 올리는 적병을 향해 사선으로 내리꽂혔다.

펑! 콰콰콰콰─!

그 아래에서 해일처럼 퍼져 나오는 폭발!

"20여 명이 한순간에……."

"마, 말도 안 돼! 저건 사람이 아니야! 괴물! 괴물이야!"

주위에서 비명 같은 목소리가 터져 나왔다.

적병을 넝마처럼 찢어 대며 밀려 나간 폭발의 끝에서 떠오르는 태영을 보고 하는 말이다.

그러나 그런 말을 하기에는 일렀다.

"디스바로스."

태영이 낮은 목소리로 중얼거렸을 때였다.

왼팔에 감겨 있는 너덜너덜한 붕대가 갑자기 확 조여지는 감각이 전해졌다.

쿠쿠쿠쿠─!

동시에 머리 위에서 울리는 굉음.

천천히 몸을 일으키는 태영을 중심으로 밤하늘을 뒤덮은 구름이 거대한 소용돌이를 일으키며 회전하고 있었다.

"와라! 지금, 여기다!"

번쩍! 콰쾅─!

그리고 이어지는 목소리와 함께 그 중심에서 내리꽂히는 섬광!

망연한 얼굴로 태영을 바라보던 적병들이 폭풍과 함께 뿜어져 올라온 흙더미에 휩쓸려 와르르 밀려났다.

"큭! 대, 대체 또 무슨……."

그리고 다시 고개를 돌리다가 더 망연한 얼굴이 되었다.

그 눈으로 더듬어 올라가는 흙먼지 속에서 거대한 형상이 떠오르고 있었다.

너덜너덜한 붕대에 감긴 20여 미터 크기의 미라였다.

"이건 꿈이야……."

"지, 지금 여기서 무슨 일이 벌어지고 있는 거지? 대체 저 미라는……."

"빌어먹을, 보면 모르나? 적이다! 쏴라! 병신처럼 멍하니 쳐다보고 있지만 말고 쏘란 말이다!"

투투! 투투투!

어딘가에서 터져 나온 고함에 어딘가에서 총성이 울렸다.

그러나 되레 가까운 곳에서 그 미라, 디스바로스를 바라보는 적병들은 총을 들어 올릴 생각조차 못 하는 얼굴로 바라볼 뿐이었다.

디스바로스 역시 총격 따위는 신경도 쓰지 않고 태영을 내려다보았다.

- 이렇게 빨리 호출당하게 될 줄은 몰랐군.

"불만인가?"

- 먼저 계약을 청한 건 내 쪽이니 불평할 처지는 아니지. 너도 심심해서 부른 건 아닐 테고 말이야. 말했듯이 내가 이곳에 머물 수 있는 시간은 한정적이니 불필요한 말은 넘어가지. 자, 내가 뭘 하면 되지?

"적병들 사이에서 포격하고 있는 전차를 처리해 줬으면 좋겠군. 할 수 있겠나?"

- 시간이 허락하는 만큼은.

디스바로스가 몸을 돌리며 대답했다.

그리고 한 걸음.

쭉 뻗어 올라간 다리는 간간이 총성이 울리는 적군을 넘어 전차 옆으로 떨어졌다.

뒤이어 반대쪽 다리가 빠른 속도로 따라붙었을 때.

콰쾅―!

그 끝에서 폭음이 터져 나왔다.

디스바로스의 발에 차인 전차가 날아오르며 일으킨 폭음이었다. 그리고 그대로 수십 미터를 날아가 포격을 뿜어내는 다른 전차와 충돌!

퍼펑! 콰콰콰콰―!

한데 뭉쳐 굴러가며 폭발을 일으켰다.

- 오! 저 녀석, 말라비틀어진 주제에 아직 뼈는 튼튼한 모양이군.

그리모어가 놀란 목소리로 말했지만, 당연히 그 모습을 지켜보는 적병들의 얼굴로 퍼져 나가는 충격은 그 정도 수준이 아니었다.

"저, 전차가……."

"괴, 괴물! 괴물이다!"

지금까지 태영도 괴물이라는 말을 몇 번이나 들어 봤지만, 주변에서뿐이었다.

그러나 디스바로스의 덩치는 20여 미터.

크기가 크기인지라 아직 어두운 밤이라도 수백 미터 뒤의 적군도 볼 수 있었다.

콰쾅! 콰쾅!

황급히 포탑을 회전시킨 전차가 뿜어 대는 포격에 휩싸이고도 끄떡없는 모습도.

─흠, 그만한 쇳덩이로 둘러싸인 병기를 사용한 공격이 이 정도밖에 안 되는 건가? 이 세계의 인간들이 가련하게 느껴질 정도로군. 아니, 리더쿨을 해치운 인간도 있는 곳이니 저런 것들만 보고 그리 말할 수는 없겠지만…… 뭐든 상성은 있기 마련이지. 그래, 저런 것들이라도 저 인간에게는 꽤 귀찮겠어.

차라라락! 쿠쿠쿠쿠! 콰쾅!

디스바로스의 몸에서 뻗어 나간 십여 줄기의 붕대에 휘감긴 전차가 이리저리 끌려다니다가 서로 충돌하며 폭발하는 장면도 말이다.

그야말로 압도적인 비주얼!

30여 대나 되는 전차는 일방적으로 짓밟혀 연이어 폭발을 일으킬 뿐이었다.

"헉! 저, 전차가 이쪽으로 온다!"

"머, 멈춰! 이쪽은…… 큭! 아, 안 돼! 으아아아!"

그리고 비명을 터뜨리는 아군을 깔아뭉개면서까지 발버둥치던 마지막 전차가 붕대에 휘감겨 날아가 바닥에 처박히며 폭발했을 때였다.

쿠쿠쿠쿠! 촤라라락!

돌연 다시 하늘에서 소용돌이가 일어나며 그 중심에서 무수한 쇠사슬이 쏟아졌다.

- 아슬아슬하게 시간 안에 끝냈군.

"결국, 이렇게 되는 건가?"

- 그래, 말했듯이 이게 내 운명이니까. 그렇다고 그런 눈으로 볼 필요 없다. 난 잠깐이나마 자유를 맛본 것만으로도 만족하고 있으니까. 앞으로도 종종 느끼게 해 줬으면 좋겠군.

"그러지. 난 쓸 만하다고 생각하는 건 닳아 없어질 때까지 써먹어야 직성이 풀리는 사람이니까. 일부러 써먹을 상황을 만들어서라도 말이야."

- 그럴 것 같아서 계약한 거다.

쇠사슬에 휘감기는 디스바로스가 태영을 돌아보며 웃었다.

-아, 녀와 함께 있던 인간이 부탁하더군. 녀를 만나면 말을 전해 달라고 말이야. 그 인간 역시 네가 곧 나를 부를 거라는 걸 알고 있었다는 말이겠지.

"말?"

-그래, 그건…….

"뭐? 그럼 카자드는 지금……."

머릿속으로 흘러들어오는 말에 태영이 움찔하며 고개를 들어 올렸다.

-여기까지다.

그러나 디스바로스는 고개를 저으며 말했다.

촤라라락-!

순간 쇠사슬이 쉿소리를 일으키며 팽팽하게 당겨졌고, 디스바로스는 그 쇠사슬에 이끌려 다시 소용돌이의 중심으로 빨려 들어갔다.

-뭔가, 좀 안쓰럽군.

빠르게 좁아지는 소용돌이와 함께 그리모어의 씁쓸한 목소리가 들려왔다.

"사, 사라졌다!"

반면 절망적인 얼굴로 이리 뛰고, 저리 구르던 적병들의 입에서는 환호성이 터져 나왔다.

그러나 잠깐이었다.

그때 놈들을 돌아보는 태영의 손에서 일렁이던 빛무리가

갑옷으로 옮겨 가고 있었고…….

"청영!"

삐이이이! 쿠쿵-!

날카로운 울음과 함께 그들 앞에 또 다른 괴물이 솟아 나왔기 때문이다.

수직으로는 디스바로스보다 작지만, 수평으로는 몇 배에 달하는 거대한 골격의 괴물! 그 빛이 터져 나온 '패왕의 뼈갑주'의 본래 주인, 본 드래곤이었다.

그리고 드래곤 하면 브레스!

"드, 드래곤이라니……."

"어째서! 대체 어째서 이렇게 계속! 이건 아니야! 아니라고! 해도 너무하잖아!"

– 뭐 지금은 저 녀석들이 더 안쓰럽지만 말이야.

바로 비명으로 바뀌는 목소리를 들으니 태영도 그런 생각이 들었다.

그러나 태영이 떨어지기 전에는 태영의 동료들이 그런 말을 하고 있었고, 놈들은 살의가 충만한 웃음을 짓고 있었을 뿐이다.

뭐 그렇다고 놈들과 똑같이 살의가 충만한 웃음을 보여 주고 싶은 생각은 없지만, 망설일 이유 따위는 코딱지만큼도 없었다.

적을 해치우는 만큼 아군을 살릴 수 있다는 건 전장의 법

칙이니까.

쿠콰콰콰—!

그리하여 뿜어지는 사기의 브레스!

본 드래곤을 머리를 따라 일대를 휩쓸고 지나가는 브레스는 순식간에 수백의 적병을 시커멓게 타들어 간 시체로 만들어 놓았다.

일단 여기까지가 한 단락.

삐이이이—!

충전된 에너지를 소진한 청영이 갑옷에서 솟아 나오고……

"레온—!"

뒤에서 익숙한 목소리가 들려왔다.

고개를 돌리자 워트가 드미트리, 에단, 자레드 등을 필두로 한 기사단을 이끌고 돌진해 오고 있었다.

"너……."

태영과 눈이 마주치자 워트가 와락 얼굴을 일그러뜨렸다.

그러나 곧 볼을 실룩대며 입술을 추켜 올렸다.

"듣고 싶은 말도, 해 주고 싶은 말도 많지만, 상황이 이러니 미루도록 하지. 하지만 이 말만큼은 꼭 지금 해야겠다. 눈물 나게 반갑다, 이 자식아!"

"나도 반갑군, 눈물 날 정도는 아니지만."

"망할 자식!"

워트가 히죽 웃는 태영의 옆을 지나가며 소리쳤다.

"적은 이미 혼란에 빠져 있다! 이 기회를 놓쳐서는 안 된다! 드미트리, 에단, 휘하 병력을 데리고 좌측의 적을 친다! 리디아, 전령으로 따라붙어라! 울란 경은 휘하 병력을 이끌고 우측으로! 이쪽 전령 역할은 젬, 네게 맡긴다! 자레드 경과 흑철 기사단은 나와 함께 우리 측에 합류한 루이너 왕국군을 이끌고 정면을 친다!"

"네!"

우렁찬 대답과 함께 워트와 함께 달리던 병사들이 세 방향으로 갈라졌다.

그리고 우왕좌왕하는 적군과 충돌!

-흠, 블러드 폴에서도 느꼈지만, 그때보다 더 각이 잡힌 모양새로군. 뭐 주인이 한바탕 휘저어 놓은 뒤라서 그런 것이기는 하지만, 이제 적어도 풋내기 취급은 못 하겠어.

그리모어의 말대로 워트는 확실히 눈에 띄게 능숙해진 솜씨로 병력을 지휘하며 적을 몰아붙이기 시작했다.

그때 그 앞으로 검은 안개가 밀려 들어와 연이어 사람의 형상으로 바뀌며 떨어졌다.

"주인님, 돌아오셨습니까?"

하덴과 함께 날아온 데드릭과 뱀파이어 부대였다.

"그래, 내가 없는 사이에도 딴짓하지 않고 워트를 잘 도와준 모양이더군. 저 성벽을 점령할 때는 꽤 고전한 것 같지만 말이야."

"그건……."

"어떤 상황이었는지는 대강 알고 있다. 딱히 뭐라고 할 생각도 없고. 하지만 넌 내 직속 부하고 데드릭과 나머지 뱀파이어도 내가 직접 선별해 데려온 발테아르의 정예다. 그런 모습만 보여 주고 만다면 루이너 왕국군과 첫 대면 하는 나로서는 체면이 서지 않겠지."

"명령만 내려 주십시오!"

"너희는 적진으로 들어가 부대장급으로 보이는 놈들을 생포해라. 단, 몸과 마음을 다해 우리에게 협조할 놈들만. 무슨 말인지 알겠지?"

"물론입니다. 그런데……."

바로 몸을 돌리던 하덴이 멈칫하며 다시 태영을 돌아보았다.

"괜찮으십니까?"

─호오, 이 녀석…….

하덴의 말에 그리모어가 약간 놀란 목소리로 중얼거렸다.

그러나 태영은 그저 피식 웃으며 끄덕였다.

"아직은."

"그렇군요. 알겠습니다. 데드릭, 가자!"

하덴이 다시 안개로 변해 날아가며 소리치자 데드릭과 뱀파이어도 안개로 변해 뒤따랐다.

"발론, 하덴 일행을 쫓아가 보조하고 뱀파이어로 변하는 적이 나오면 놈들을 데리고 전장을 벗어나라. 난전 중이라 우리 측 병사도 그렇겠지만, 루이너 병사들도 적과 구분하기 힘들 테니까."

"알겠습니다!"

태영의 옆을 지나치며 대답하는 사람, 아니 워 울프는 발론이었다.

"주인님!"

그리고 그 직후에 들려오는 또 다른 목소리!

미친 듯이 꼬리를 흔들어 대며 뛰어오는 견인족 족장 다란과 라르고, 하울, 일라를 선두로 달려오는 병사들은 발테아르의 주력 수인족 전사들이었다.

미스트도 그들과 섞여 있었다.

그리고 그 뒤로는 발투스와 루이너 왕국군이 바짝 따라붙고 있었지만.

"레온, 적당히 좀 해라."

"나도 좋아서 사라졌던 게 아니야. 걱정했나?"

"하! 걱정? 내가 그딴 걸 왜 해? 지금처럼 히죽대는 얼굴로 나타날 게 뻔한데. 그것도 이전보다 강해져서 말이야. 그러니 새삼스러운 일도 아니다 싶지만, 이번에는 좀 심하다고 생각하지 않냐? 따라가 주기 힘들단 말이다."

히히히힝-!

그때 앞에서 흑영이 울음을 터뜨리며 달려왔다.

워트가 다른 말로 바꿔 타고 본래 주인에게 돌려보내 준 것이다.

이에 태영은 가벼운 동작으로 흑영의 등에 안착!

"그래도 따라와."

태영이 히죽 웃으며 미스트의 앞으로 돌진했다.

❧

"노, 놈들이 몰려온다!"

"당황할 것 없다! 상대는 말을 타고 검이나 휘둘러 대는 미개인들이다!"

"하, 하지만 좀 전에는……."

"그런 건 신경 쓸 것 없어! 놈들도 믿는 구석이 있어서 저 관문을 공격했을 터! 아마 좀 전의 괴물들이 놈들이 준비한 비장의 카드였겠지만, 그 뒤로는 나타나지 않잖아. 즉, 그게 놈들이 사용하는 마법이든 뭐든, 단발성에 불과하다는 말이다!"

연합군의 진격에 우왕좌왕하는 적군 사이에서 꽤 날카로운 목소리가 터져 나왔다.

"이제 남은 건 저놈들밖에 없다는 말이다! 그럼 머릿수든, 화력이든 우리가 밀릴 이유는 전혀 없어! 오는 족족 벌집으로 만들어 줘라!"

그 말대로였다.

이러쿵저러쿵해도 총은 이계보다 수백 년이나 앞서 있는 무기.

석궁보다 수십 배 이상 강력한 탄환을 비처럼 뿌려 댈 수 있는 총의 위력은 확실히 압도적이다.

단, 상대가 적당히 훈련받은 병사라면.

이런 상황에서도 제법 날카롭게 지적한 놈이 모르는 게 바로 그 부분이다.

지금 놈들을 향해 돌진해 오는 사람들은 평범한 병사가 아닌 기사, 그것도 드넓은 중앙대륙에서도 최상위에 속하는 기사들.

투투투투! 채채채챙-!

"어, 어째서……."

"총알이 갑옷에…… 아, 아니, 막고 있어! 검으로 총알을 막아 내고 있다고! 그것도 어쩌다 한 놈이 아니라 저놈들 모두가!"

놈들 수준에서는 충분히 괴물이라고 불릴 만한 사람들이었다.

쉐에에엑- 퍼펑!

"마, 말도 안 돼! RPG조차……."

심지어 그중에는 그야말로 힘의 피라미드 꼭짓점에 해당

하는 위치까지 오른 기사도 포함되어 있었다.

아군을 통째로 뒤덮는 실드를 펼치는 기사처럼 방어력 면에서나…….

콰콰콰콰—!

트럭조차 일격에 쪼개 버리는 거대한 검 형상의 검기를 날려 대는 기사처럼 공격력 면에서도.

그러니 막을 수 없었고, 그 결과는 명확!

"분쇄—!"

두두두두! 퍼펑—!

기사단은 말 그대로 적진의 선두를 분쇄하며 들이닥쳤다.

그리고 그대로 적진 한복판까지 밀고 들어와 산개! 총알마저 막아 내는 검으로 적진을 휩쓸며 질주하기 시작했다.

"주인님의 명령이다! 몽땅 쓸…… 아니, 다른 놈들을 신경 쓸 것 없다! 역사와 전통이 있는 귀족 출신답게 잡졸 따위는 다른 녀석들에게 넘겨주고 우리는 지휘관만 상대한다! 뭐 저딴 놈들을 던필로 만들어야 하는 건 내키지 않지만……."

"우리도 좋아서 너희 보조를 하는 건 아니다. 하지만 주인님의 명령은 절대적! 불평 따위는 집어치워라!"

"쳇, 내가 로드 시절에는 제대로 눈도 못 마주치던 녀석이…… 나도 불평하는 게 아니야! 불평할 일도 아니고. 주인님 명령이니 일단 만들어 보기는 하겠지만, 뱀파이어는커녕 던필로 인정할 생각은 없으니까. 놈들은 그냥 개다!"

"그건 마음에 드는군. 좋아, 최선을 다해 길을 열어 주지."

게다가 그 뒤에 이런 말을 떠들어 대며 들이닥치는 건 인간조차 아니었다.

검은 안개와 거대한 늑대.

그러나 이들에게 둘러싸인다고 다 죽는 건 아니었다.

대부분 순식간에 말라비틀어진 시체로 변했지만, 매우 드물게 멀쩡한 모습으로 살아나오는 병사도 있었다.

"크으으…… 나, 나는…… 그래, 이제야 알겠어! 내가 섬겨야 할 사람은 따로 있었어! 이제야 알았다고! 내 적은 네놈들이다!"

"대, 대대장님, 어디에 총을 들이대는 겁니까? 적은 이쪽이 아닙니다!"

"아니, 네놈들이다! 아마도! 아니, 확실히! 우하하하! 다 죽어라!"

투투투투ㅡ!

그러나 정상이 아니었다.

"어이! 설치지 마, 인마! 까불다 칼 맞아 뒈지고 싶지 않으면 얼른 이리 와!"

뭐 그 직후에는 늑대에게 목덜미를 잡힌 채 끌려갔지만 어쨌든, 가물에 콩 나는 확률이라도 그 대부분이 대대장 이상급의 지휘관!

병사들이 우수수 죽어 나자빠지는 상황에서 지휘관들까지

미쳐 날뛰니 당연히 혼란은 급가속!

그 탓에 더 우왕좌왕 헤매고, 그 탓에 더 많이 썰려 나가고, 또 그 탓에 더 우왕좌왕 헤매는 악순환이 반복되었다.

그러나 놈들도 마냥 당하고만 있지는 않았다.

적군 안에도 꽤 있었기 때문이다.

그야말로 상위 1%라고 할 수 있는 중앙대륙의 기사들처럼, 아니 그 이상의 전투력을 갖춘 전사들이 말이다.

"쳇, 머저리 같은 놈들. 할 수 없지. 비켜라!"

"엇? 저, 저 사람들은……."

"만마군(萬魔軍)이다! 드디어 만마군이 도착했다! 이제 됐어! 만마군은 바로 앞에서 기관총을 들이부어도 끄떡없는 초인! 만마군이 오면 저놈들도 멋대로 날뛰지 못하게 될 거다!"

바로 검과 창을 비켜 들고 슬렁대는 적병을 가로질러 오는 사내들이었다.

그리고 그들이 전방으로 나오는 것과 동시에 전황은 다시 반전!

……할 수 있었을지도 모른다.

콰쾅-!

도중에 한 사내가 그 위로 내리꽂히지 않았다면.

"큭! 뭐, 뭐야? 이놈은……."

쩌쩡! 푸확-!

놈들이 그 사내의 검을 한 번이라도 제대로 막아 낼 수 있었다면.

"적이다! 그것도 상당한 고수야! 봉마진을 만들어 놈을 포위하고 한꺼번에 몰아쳐서 처리해야 한다!"

하다못해 허둥지둥 펼치기 시작한 그 봉마진이라는 것으로 그의 발목이라도 묶을 수 있었다면 말이다.

그러나 모두 이루어지지 않았다.

그, 태영이 적진을 가로질러 온 이유가 이미 청영을 통해 파악한 놈들이 전장에 난입하는 걸 막기 위해서였으니까.

그리고 놈들이 상위 0.1의 실력자라면 태영은 0.00001% 수준!

게다가 혼자도 아니었다.

삐이이이! 히히히힝!

그리모어는 물론, 오랜만에 합류한 청영과 흑영까지 더해진 완전체!

"큭! 이, 이건 평범한 깃털이 아니다! 암기다!"

"그런 건 네가 떠들어 대지 않아도 알고 있어! 애초에 평범한 깃털이 비도처럼 날아올 리가 없잖아! 하지만 호신강기로 막아 낼 수 있는 수준이다! 그보다…… 헉! 어, 어떻게……."

쩌쩡! 푸확-!

"웨이! 이런 빌어먹을! 웨이가 이미 당했다! 검기를…… 엇? 사, 사라졌다! 놈이 타고 있던 말까지 사라졌어! 대체 어떻게…… 헉! 네, 네놈!"

그 결과가 이것이다.

놈들의 머리 위에서 비처럼 쏟아지는 청영의 깃털과 그 아래에서 연이어 '도약 질주'를 펼치며 문자 그대로 동에 번쩍 서에 번쩍하는 흑영!

쩌쩡! 푸확-!

그리고 흑영의 등에서 그때마다 일격에 놈들을 목을 갈라 놓는 태영!

"황릉! 헉! 노, 놈이 여기…… 크헉!"

"과, 곽가까지 일격에……."

놈들이 할 수 있는 일은 그저 이리저리 휩쓸리며 죽어 가는 놈들의 이름을 부르는 것뿐이었다.

그러나 곧 그마저도 할 수 없게 되었다.

"젠장, 잠시 안 보는 사이에 아예 사람도 아니게 됐군. 따라오라고 했으면 속도를 조절해 주는 척이라도 해 줘야 하는 거 아니냐?"

곧 미스트도 합류했기 때문이다.

그리고 그 말처럼, 도착하기 전에 여러 가지 의미에서 따라잡기 힘들다고 판단. 화끈한 전투는 일찌감치 포기하고 태영을 보조하는 쪽으로 방향을 선회했다.

휘리릭! 푸확-! 푸확-!

덕분에 한층 폭넓게 움직이는 그리모어의 끝에서 연이어 치솟는 피! 피! 피!

"아, 안 돼! 저놈들은 괴물이야! 이대로는 전멸한다! 퇴각! 퇴각해라! 어이! 네놈들은 뭘 보고만 있는 거냐? 우리는 네놈들과는 다른 몸이다! 총이 안 되면 몸으로도 이놈들을 막아!"

다급해진 놈들이 와락 고개를 돌리며 소리쳤다.

그러나 주위의 적병들은 그럴 몸도 없었다.

"컹컹컹! 우하! 역시 주인님! 굉장해! 굉장합니다!"

"크, 적당히 해라, 강아지! 주인님이 굉장한 걸 이제 알았냐? 그보다…… 크르르르! 감히 어떤 놈이 주제도 모르고 주인님을 향해 그따위 쇠붙이를 들이대는 것이냐!"

"그것만으로도 죽을죄! 찢어 죽여 주마! 크와아아―!"

"쳇, 이놈이나 저놈이나 완전 흥분해서는…… 비켜! 길막지 마! 주인님의 칭찬은 내가 받을 거다! 냐아아아옹―!"

일라의 말처럼 꼬리를 파닥대는 다란과 라르고, 하울과 함께 몰려온 수인족 전사들이 주위를 에워싸고 놈들의 몸을 갈라 놓고 있었기 때문이다.

"수, 수인족이 이렇게 강했던 건가?"

"아니, 이렇게 강한 수인족은 본 적이 없습니다. 저 수인족도, 다른 수인족과 비교할 수 없을 정도로 강하기는 했지만, 성벽 앞에서 봤을 때는 저 정도까지는 아니었습니다. 저 청영과 흑영이라는 매와 말도 그렇고요."

"그럼……."

"저 남자의 영향이라고밖에 볼 수 없겠죠."

"저 남자가…… 워트 경과 미스트가 말하던 그 레온…….."

뒤에서 지켜보던 발투스가 기사의 말에 그윽한 눈으로 태영을 바라보며 중얼거렸다.

그러나 정작 태영은 '도약 질주'로 전혀 다른 방향으로 이동한 뒤였다.

그리고 그런 말을 하는 것도 딱히 할 일이 없어서였다.

아니, 정확히 말하면 기다리고 있었다.

누구라도 알 수 있었기 때문이다.

그사이에 만마군이라고 불린 일당은 세 명밖에 남지 않았고, 놈들도 오래 버티지 못하리라는 것쯤은 말이다.

쩌쩡! 푸확─!

그리고 역시나, 카운트 다운하듯이 줄어들던 머릿수가 0이 되었을 때였다.

태영이 치솟는 핏줄기와 함께 솟아 올라갔다.

그리고 마찰을 일으키듯이 허공에서 섬광을 일으키며 방향을 선회하며 낙하!

"타키온!"

넓게 펼쳐지는 화려한 검광을 그리며 내리꽂혔다.

그러나 그 결과물은 경악 그 자체!

위이이잉! 콰콰콰콰─!

검광이 휩쓸고 지나가자 수십 명의 적병이 형체도 없이 사라졌다.

"가자! 놈들을 쓸어버려라!"

그리고 기다렸다는 듯이 그 공백으로 밀고 들어가는 수인족 부대!

"차린, 벡스, 아이언, 지금이다! 방금 이번 전투의 쐐기가 박혔다! 남은 것은 섬멸! 진을 두껍게 만들 필요도 없다! 각자 휘하 부대를 이끌고 흩어져 넓게 진을 펼치고 워트 경의 기사단을 보조하라! 나는…….."

빠르게 명령을 내린 발투스가 태영을 돌아보았다.

"저 남자를 따르겠다."

그 뒤의 전투는 발투스의 말대로 진행되었다.

압도적인 화력을 갖춘 성벽 앞의 포대는 포격 한 번 못 해보고 전멸!

그 직후 성벽 지원을 위해 급파된 헬기도 격추!

연이어 나타난 괴물 군단에 전차 부대도 전멸!

거기에 믿었던 만마군까지 0이 되어 버리자 적군의 전의도 0으로 추락!

"아, 안 돼! 저런 놈들과 싸우는 건 그냥 개죽음이야!"

"으아아아! 비켜! 비키란 말이다!"

놈들이 비명을 터뜨리며 도망치기 시작했다.

그러나 역사가 증명하듯 이럴 때야말로 가장 많은 전사자가 발생하는 법.

도미노처럼 이리 밀리고, 저리 밀리며 쓰러지는 놈들은 제들끼리 밟고 밟히며 죽어 나갔다.

그렇다고 연합군이 지켜만 보고 있었다는 말은 아니다.

마치 낙엽을 쓸어 담듯 놈들을 베어 가르며 진군!

거의 달리는 속도로 이동하는 계곡이 산등성이 사이로 떠오르는 태양과 함께 밝아지기 시작했을 때였다.

-……주인.

"그래, 알고 있어."

그리모어의 말에 태영이 살짝 끄떡인 태영이 고개를 돌리며 소리쳤다.

"여기까지다! 각 부대장은 진군을 멈추고 부대를 점검하라! 워트, 정리를 맡기겠다!"

"응? 내가? 왜……."

"나는 잠시 움직일 수 없어! 다란, 라르고, 하울, 일라, 나를 호위해라!"

"네? 호위라니……."

태영이 흑영의 등에서 내려서며 소리치자 족장들이 고개를 갸웃거렸다.

그때 그 사이로 하덴이 떨어져 내리며 인상을 찌푸렸다.

"멍청한 놈들, 입만 열면 주인님, 주인님 하면서도 정작 지금 주인님의 상태를 눈치챈 놈은 한 마리도 없는 건가? 데드릭, 네놈도 아직 모르겠나?"

“아닙니다.”

그 옆으로 데드릭이 떨어지며 대답했다.

이를 시작으로 가부좌를 틀고 앉은 태영을 중심으로 나머지 뱀파이어가 원을 그리며 떨어졌다.

살짝 고개를 끄덕인 하덴이 족장들을 돌아보며 다시 입을 열었다.

“지금 주인님의 몸은 정상이 아니다.”

“뭐? 그, 그럼⋯⋯.”

“걱정 마라. 너희가 걱정하는 것과는 다른 거니까. 아마도⋯⋯ 아니, 나도 잘 모르겠군. 주인님의 몸속에서 무슨 일이 벌어지고 있는지. 하지만⋯⋯ 지금 잘못 건드리면 주인님이 위험해질 수 있다는 것만은 확실하게 말할 수 있다.”

촤촤촤촤—!

그 말이 끝나기가 무섭게 수인족 전사들이 태영의 주위를 겹겹이 에워쌌다.

그리고⋯⋯.

원정군의 최종 목표

"후-!"

태영이 긴 숨을 불어 냈다.

주위에서 하덴과 몇몇 귀에 익은 목소리가 들려왔다. 그러나 점점 멀어지다가 곧 들리지 않게 되었다.

태영은 모든 의식을 내면에 집중했다.

몸속의 상태를 떠오르는 이미지대로 말하자면 태풍이었다.

단전에서 끓어 넘치듯이 치솟아 올라오는 마력이 기맥을 뒤흔들며 내달리고 있었다.

그때마다 온몸의 신경이 가닥가닥 끊어져 나가는 듯한 통증이 느껴졌다.

그러나 태영의 숨소리는 거칠어지지 않았다.

아니, 거칠어지면 안 된다.

숨이 거칠어진다는 건 몸 어딘가에 힘이 들어간다는 의미고, 그게 어떤 상황을 불러일으키게 될지 알고 있어서다.

물론 그게 마음만 먹는다고 되는 일은 아니다.

그러나 뭐든 익숙해지기 나름.

태영에게는 경험이 있었다.

대격변 직후에 그리모어를 찾아갔던 유적에서 처음 '각성자'의 신체를 얻을 때부터 지금까지 각성자의 레벨이 오를 때마다 겪어 왔던 일이다.

그러나 지금 태영의 몸 상태는 그 어느 때보다도 위험했다.

그 상태로 너무 오래 방치해 둔 탓이다.

예전에 발테아르에서 찾아 들어갔던 디멘션 던전에서 데스나이트를 쓰러뜨렸을 때, 붕괴하는 던전에서 탈출하느라 제때 레벨업을 하지 못했을 때처럼 말이다.

이번에도 마찬가지였다.

'……왔다!'

태영이 그 감각을 인지한 건 리디큘을 쓰러뜨린 직후였다.

그때와 다른 점이 있다면 그다음.

'일단…… 누른다!'

데스나이트 때는 어쩔 수 없이 레벨업을 미뤄야 했지만,

이번에는 태영이 본인의 의지로 날뛰는 마력을 억누르며 미루고 있었다는 것이다.

이유는 두 가지다.

그리고 그중 하나는 사실 태영이 오래전부터 고민해 오던 것과 관련이 있었다.

'나는 제대로 성장하고 있는 건가?'

바로 이거다.

얼마 전까지는 이 부분에 대해서는 의문이 없었다.

이번의 태영은 과거에는 있는지조차 몰랐던 각성자의 신체를 얻었고, 이를 기반으로 이미 한참 전에 과거의 수준을 뛰어넘었기 때문이다.

그 덕에 알게 되었다.

'예전에는 그때보다 조금만 더 강해지면 될 거로 생각했다. 하지만 이제 확실히 알겠어. 그건 개미가 자신을 눌러 죽이는 손가락을 보며 느끼는 감상이었을 뿐이야. 아는 것만큼 보이는 법. 그때의 나는 마인의 진짜 힘조차 이해하지 못하는 수준이었던 거다.'

태영을 수없이 좌절시킬 그 벽이, 상상하던 것보다 훨씬 높은 벽이었다는 사실을 말이다.

이를 처음 실감한 건 노월 왕국에서였다.

그때 태영은 게이트를 열고 나오는 마인을 물리쳤고, 그로 인해 영웅 대접을 받게 됐지만, 누구보다 태영이 잘 알고 있었다.

'그건 내 힘이 아니었다. 만약 그때 디비니티가 발동하지 않았다면 제대로 싸워 보지도 못하고 당했을 거다. 물론 그래도 결과적으로 마인을 물리친 건 사실이고, 이제 디비니티도 나와 별개의 힘이라고 말할 수는 없겠지만…….'

그마저도 팔 하나였다.

사람이 개미에게 물려 손가락을 뗐다고 개미가 이겼다고 할 수는 없다는 말이다.

그러나 문제는 단순히 그런 격차가 아니었다.

'과거 중앙대륙에 마인이 나타난 건 몇 년이 더 지난 시점이었다. 대체 놈들이 어째서, 또 어떻게 몇 년이나 앞당겨 마인을 불러낼 수 있게 됐는지는 모르지만, 설사 이게 본격적인 시작이 아니라더라도 틀림없이 모든 일이 이전보다 빨리 진행될 거다. 물론 나 역시 이전보다 훨씬 빠른 속도로 강해지고 있지만…… 이 상태로 그저 좀 더 레벨을 올리고 스킬 몇 가지를 더 배운다고 내가 놈들을 뛰어넘을 수 있을까?'

그럴 수 있다는 생각이 들지 않는다는 것이다.

'하지만 이건 선택의 문제가 아니다! 어떻게든 하는 수밖에 없어! 아니, 해내겠다! 무슨 수를 써서라도!'

그리고 이런 각오만으로 되는 일도 아니었다.

그 증거가 리디큘과의 전투였다.

비록 세계는 다르지만, 놈 역시 마인과 같은 존재.

카자드와 협력하기는 했지만, 초반에 태영은 리디큘을 압도했고, 이 세계에서 나타날 마인도 뛰어넘을 수 있다는 자신감에 사로잡혔다.

그러나 곧 그게 일부러 밀리는 척했을 뿐이라는 걸 알게 되는 순간 그 자신감은 그대로 좌절로 바뀌었다.

그리고 그때 모든 일이 시작되었다.

리디큘이 태영조차 모르고 있던 그리모어를 불러낸 건 그 이름처럼 조롱할 목적이었겠지만, 태영은 그리모어를 포기하지 않았고, 그로 인해 '자바워크'라는 스킬을 익힐 수 있었다.

그러나 '자바워크'는 태영의 마력으로 발동되는 스킬이 아니다.

그 에너지는 그리모어에 축적되어 있던 '타락한 영혼의 잔재'. 즉, 마기를 태워 폭발적인 힘으로 전환하는 스킬이다.

그러나 리디큘은 마기를 쏟아부어 그리모어를 불러낸 장본인.

당연히 그리모어를 압도하는 마기를 가지고 있었고, 그 격차는 마기를 태워 끌어 올리는 힘으로 메꾸기 힘든 수준이었다.

그럼에도 압도적인 힘으로 리디큘을 쓰러뜨릴 수 있던 이유는 그때 사용된 게 그리모어의 힘만이 아니었기 때문이다.

아니, 처음에는 그리모어의 힘이라고 생각했다.

그때 리디큘조차 막아 내지 못했던 힘은 지금까지는 느껴 보지 못한, 아니 상상조차 해 본 적이 없을 정도로 강하고, 또 이질적인 힘이었으니까.

그러나 곧 알게 되었다.

'자바워크'라는 스킬이 발휘하는 힘의 본질을 말이다.

'이건…… 내 힘이다!'

'자바워크'가 태우는 건 마기만이 아니었다.

당시 그리모어와 결합해 있던 태영의 마력과 광력도 태우고 있었다.

리디큘을 쓰러뜨릴 수 있던 건 '자바워크'보다 이쪽이었다.

태영의 몸속에 따로 존재하던 마력과 광력의 결합!

이전에도 생각해 보지 않은 것은 아니었다.

시도도 해 보았다.

그러나 그때마다 물과 기름처럼 섞이지 않던 마력과 광력이 '자바워크'에 의해 태워지자 하나로 결합하기 시작했다.

그리고 그 결과는…….

콰콰콰쾅-!

문자 그대로 힘의 폭발이었다.

마치 1+1이 2가 아닌 10, 혹은 그 이상이 되어 버린 것처럼.

그러나 그때뿐이었다.

'자바워크'가 해제된 뒤에 다시 시도해 봤지만, 이전처럼 섞이지 않았다. 아니, 그 이전에 마력과 광력이 동시에 움직여지지도 않았다.

그러나…….

'그게 섞일 수 없다는 의미는 아니다. 애초에 섞일 수 없는 힘이었다면 자바워크에 의해 태워질 때도 섞이지 않았을 터! 마력과 광력은 분명 결합할 수 있어!'

그리고 그 결과는 이미 확인한 그대로!

'내가 가장 빨리 마인을 상대할 힘을 얻을 방법은 그것뿐이다! 이미 여러 번 실패했지만, 그때와는 달라. 지금은 그게 불가능한 일이 아니라는 걸 알게 됐다. 가능하다는 말은 곧 방법이 있다는 의미!'

태영이 리디큘을 해치운 직후에 날뛰기 시작하는 마력을 억눌러 온 이유가 그 때문이다.

한두 번 겪은 일이 아니니까, 당연히 이때 태영은 그게 각성자의 레벨업 신호라는 걸 알고 있었다.

그리고 또, 한두 번 겪은 일이 아니라 알고 있었다.

날뛰는 마력과는 별개로 한쪽에서 잔잔한 파동을 일으키는 또 다른 힘, 광력에서 그런 파동을 느껴지는 이유를 말이다.

'엘더 슬레이어의 레벨이 상승하기 전에 보이는 전조다. 이 상태라면 곧, 서너 번의 전투만으로도 레벨이 오를 거다.'

그때 생각했다.

조금 전에는 마력과 광력을 동시에 움직이기 힘들다고 말했지만, 사실 그건 정확한 표현이 아니었다.

움직이는 것 자체는 문제가 없었다.

그러나 말했듯이 두 힘은 물과 기름처럼 분리되어 있다.

그러니 합치려는 시도라도 해 보려면 그만한 압력을 가해야 하지만, 마력에 신경 쓰면 광력이, 광력에 신경 쓰면 마력이 밀려나 버리는 일이 반복된 것이다.

'하지만 각성자의 레벨이 오를 때는 내 의지와는 상관없이 마력이 폭주한다. 그건 엘더 슬레이어 역시 마찬가지! 만약 그 두 힘의 폭주를 동시에 일으킨다면……'

그래서 기다려 온 것이다.

이미 한계치까지 차오른 마력의 압력에 터져 나가는 기맥을 '고속 회복'으로 버티며, 엘더 슬레이어의 레벨업이 준비될 때까지 말이다.

그리고 얼마 전 만마군이라는 놈들을 해치우는 것과 동시에 준비 완료!

이제 남은 건…….

'각오다!'

태영이 입술을 꽉 깨물며 단전을 개방했을 때였다.

콰콰콰콰—!

폭발적으로 뿜어져 나오는 마력!

순간 단전과 연결된 모든 기맥이 풍선처럼 부풀어 올랐다.

그러나 이것도 한두 번 겪은 일이 아니라 기맥도 이전처럼 쉽게 터져 나가지는 않았고, 태영 역시 능숙하게 마력의 흐름을 잡아 나갔다.

'됐어. 일단 위기는 넘겼다. 아직 마력이 안정된 건 아니지만…… 안정된다면 일부러 지금까지 기다린 의미가 없지. 지금, 이때가 아니면 안 돼!'

동시에 태영은 다른 쪽에서 눌러놓고 있던 광력까지 모두 개방시켰다.

콰쾅—!

폭음과 함께 들썩이는 몸!

"주, 주인님!"

"멈춰! 몇 번이나 말해야 알아먹겠나? 지금 주인님은…… 나도 무슨 일이 일어나는지는 모르지만, 네놈들이 떠들어 대는 건 조금도 도움이 안 돼! 되레 위험하게 만들 뿐이다!"

"하, 하지만……."

"주인님이 걱정되면 닥쳐! 아니, 숨도 쉬지 마!"

귀로 흘러들어 오는 목소리가 웽웽대며 점차 멀어졌고…….

―주인!!

머릿속을 울리는 목소리에 퍼뜩 정신이 들었다.

―괘, 괜찮은 건가?

그러나 이어지는 말에 대답할 수는 없었다.

'어느 정도 예상은 했지만⋯⋯.'

예상보다 심각한 상태였다.

1초, 아니 그보다 짧은 시간이었겠지만, 의식이 끊어진 사이에 몸속의 기맥이 폐기 처분된 그물처럼 너덜너덜하게 변해 있었다.

그 기맥 속에서 격렬한 마찰을 일으키는 마력과 광력!

섞이는 기미는커녕 제어도 되지 않았다.

'실패⋯⋯.'

순간 머릿속에 불쑥 이런 단어가 떠올랐지만, 태영은 세차게 고개를 흔들어 날려 버렸다.

'⋯⋯하지 않는다!'

이미 마력과 광력을 풀어 놓았다.

다시 주워 담을 방법도 없지만, 그럴 생각도 없었다.

'실패하면 죽거나, 설사 살아도 폐인이 될 뿐이다! 하지만 시도하지 않았어도 결과는 마찬가지다! 잘해야 몇 달 더 살다가 죽을 뿐! 살 방법은 마인을 무찌를 힘을 얻는 것뿐이고, 그러기 위해 내가 최종적으로 도달한 결론이 이거다! 설사 잘못 생각한 것이라도, 그 결과 죽게 되더라도, 실패는 할지언정 포기는 하지 않는다!'

태영만이 아니었다.

그때 갑자기 팔을 따라 흘러들어 오는 후끈한 열기.

– 버텨라, 주인! 어떻게든! 주인이 나를 포기하지 않겠다고 말한 것처럼, 나도 주인을 포기하지 않는다!

그리모어가 흘려보내는 힘이었다.

디멘션 던전에서 탈출하느라 레벨업 타이밍을 놓쳐 태영이 내상을 입었을 때 같은 방법으로 힘을 나눠 준 적이 있어서였고, 태영 역시 그때의 기억 덕분에 바로 그 힘을 '고속 회복'으로 바꿔 터져 나간 기맥을 복구해 나갔다.

그때 생각지도 못했던 일이 일어나기 시작했다.

회복되는 기맥 안쪽에서 일어나던 마력과 광력의 충돌이 점차 가라앉았다.

그리고 어느 순간, 그 사이에서 지금까지와는 다른 느낌의 열기가 확 뿜어져 나왔다. 찰나에 가까울 정도로 짧은 시간이었지만, 분명히 느낄 수 있었다.

'방금 그건…….'

'자바워크' 상태에서 경험해 봤던, 마력과 광력이 합쳐진 또 다른 형태의 힘이었다.

아니, 지금까지는 그렇게 알고 있었지만…….

'설마…….'

태영은 황급히 다른 기맥에 '고속 회복'의 마력 패턴을 새겨 넣었다.

그러자 그곳에서도 좀 전과 같은 현상이 벌어졌다.

마력 패턴을 발동시키는 것과 동시에 그 주변에서 충돌하던 마력과 광력이 한순간 겹쳐졌다가 떨어졌다.

'우연이 아니야! 분명 마력과 광력이 고속 회복의 마력 패턴에 반응하고 있는 거야! 아니, 패턴이 아니라……!'

순간 태영은 머릿속에 마치 잃어버렸던 퍼즐 조각이 끼워지는 듯한 기분이 들었다.

'그때 마력과 광력이 합쳐졌던 건 자바워크에 의해 태워져서가 아니었어! 아니, 애초에 그때 합쳐진 건 그 두 가지만이 아니었어. 그때는 미처 의식하지 못했고, 그 뒤로도 미처 생각하지 못하고 있었지만 하나가 더 있었어!'

바로…….

−30/30…… 25/30…… 20/30…….

그때, '자바워크' 상태였던 태영의 눈앞에서는 연이어 이런 메시지가 떠오르고 있었다.

당시 마력과 광력 외에 하나 더 있었다고 하는 힘이 바로 그것이다.

바로 '자바워크'를 발동시킨 그리모어의 힘.

'애초에…….'

태영은 그 힘을 잘못 이해하고 있었다.

그리모어가 마인이나 마인화한 타라칸의 몸에서 흘러나오는 검은 기운을 흡수하는 걸 보면서도, 아니 그 탓이었다.

그리모어가 흡수하는 게 마기의 일종이라고 이해하고 넘어가 버린 이유가 말이다.

–그리모어가 [타락한 피의 종족의 잔영]을 흡수했습니다.
–[타락한 피의 종족의 잔영]을 흡수한 영향으로 마(魔) 속성의 힘이 증가했습니다.
–그리모어의 영격(靈格)이 ─만큼 상승했습니다.

그때마다 번번이 눈앞에 이런 메시지가 떠올랐는데도 말이다.

물론 그런 이유만으로 그게 마기가 아니라고 말할 수는 없었다. '타락한 피의 종족의 잔영'이 마기의 또 다른 이름이 아니라는 법은 없으니까.

그러나 중요한 건 그런 게 아니다.

그게 뭐든 그리모어에게 흡수되면 '영격'으로 전환되고, 적어도 그게 마기와는 전혀 다른 힘이라는 것만은 분명했다.

과거 그리모어의 힘을 받아 '고속 회복'을 사용할 때는 미처 생각하지 못했지만, 인간에게 마기는 힘이기라기보다

맹독!

마기였다면 그런 일이 가능했을 리가 없었다.

물론 그렇다고 마력도 아니었다.

'하지만 나는 그때도, 또 지금도 그리모어가 불어 넣어

주는 힘으로 아무런 위화감조차 느끼지 못하고 고속 회복을 사용하고 있다. 그때 그게 가능했던 이유로 생각할 수 있는 건…….'

동화율이다.

즉, 태영이 떠올린 내용이 모두 사실이라면 그리모어의 '영격'은 동화율에 따라 태영이 사용할 수 있는 힘으로도 전환이 가능해진다는 말이다.

'그게 정답인지 아닌지는 모른다. 하지만 그렇게 가정하면 이전까지 섞인 적이 없는 마력과 광력이 자바워크 상태에서는 섞인 것도, 또 지금은 다시 섞이지 않는 것도 설명할 수 있어. 지금 그리모어가 내게 불어 넣어 주는 힘은 마력도, 광력도, 심지어 영격도 아니다. 오직 나를 위해, 내게 필요한 형태로 변환된 힘! 자바워크 상태에서 마력과 광력을 합쳐질 수 있던 건 그 힘이 매개체가 됐기 때문이다!'

방금 고속 회복의 패턴이 발동할 때 순간적으로 마력과 광력이 합쳐졌던 이유를 설명할 방법은 이것뿐이었다.

그리고 이는 곧 사실로 증명되었다.

태영이 그 힘을 그대로 기맥으로 밀어 넣자 격렬하게 충돌하던 두 힘이 바로 잠잠해졌다.

그러나 그것도 잠시, 그 힘이 마력과 광력이 일으키는 격류에 휩쓸려 사라지자 다시 충돌을 일으키기 시작했지만…….

"그리모어!"

태영의 고함과 함께 팔로 엄청난 열기가 밀려 들어왔다.

– 잘은 모르겠지만, 필요하다면 얼마든지 써라!

태영은 팔로 밀려 들어오는 힘을 그대로 단전으로 밀어 넣었다.

치치치치–!

마치 뜨거운 쇠에 물을 들이부은 것처럼 마력과 광력이 들끓었다.

그리고 여러 가지 물감을 양동이에 쏟아붓고 휘젓는 것처럼 소용돌이를 일으키며 뒤엉키기 시작했다.

그 중심에서 솟아오르는 또 다른 힘!

'……이거다!'

'자바워크'로 변했을 때 느껴지던 것과 같은 힘이었다.

그때 그 힘이 마력과 광력에 떠밀리듯이 기맥으로 뻗어 나갔다.

아직 기맥은 곳곳이 찢어진 상태였지만, 통증 따위는 느껴지지 않았다. 되레 그 힘이 지나가자 통증이 사라지며 기맥이 치유되기 시작했다.

그리고 몸 곳곳에서 날뛰는 마력과 광력을 밀어내며 단전으로 돌아왔을 때, 그 양이 몇 배로 급증했다.

치치치치–!

태영이 계속 그리모어로부터 밀려 들어오는 힘을 쏟아부어 그사이에도 단전의 마력과 광력이 결합하고 있어서지만,

그게 전부는 아니었다.

　-[그리모어]의 영격이 감소하고 있습니다.
　-150…… 130…… 110…….

　눈앞에 떠오른 메시지에서 빠르게 줄어가는 숫자!
　그리모어로부터 흘러들어 오는 힘이 그대로 흡수되고 있다는 의미였다.
　마치 물 위에 떨어뜨린 잉크 한 방울이 수면 전체로 확 퍼지는 것처럼, 수십 배로 증폭하며.
　그 힘을 매개체로 겹쳐지는 마력과 광력도 마찬가지였다.
　그 사이에 '×'을 끼워 넣은 것처럼 폭발적으로 확산하며 몇 배의 양으로 증폭되었다.
　태영의 단전과 기맥에 모두 담아 두기 힘들 정도의 양이었다. 그러자 차고 넘치는 힘은 곧 기맥을 넘어 몸에 흡수되기 시작했고…….
　쩌쩌쩌쩍-!
　피부가 쩍쩍 갈라졌다.

　-……50.

　그리고 150이었던 그리모어의 영력이 50까지 떨어졌을 때.

쩡-!

몸 중심을 가로지르는 굉음과 함께 균열에 뒤덮인 피부가 우수수 떨어졌다.

"하아……."

태영의 입에서 긴 숨이 흘러나왔다.

그 뒤를 따라 파란색과 백색, 회색의 연기가 차례차례 흘러나왔다.

그러나 머리 위에서 겹쳐지자 그와는 전혀 다른, 말로 표현하기 힘든 색으로 바뀌며 다시 태영의 입으로 흘러 들어갔다.

-신체가 [초월자]로 변환되었습니다.

-[각성자 Lv.5]와 [엘더 슬레이어 Lv.4]가 [초월자]의 신체에 흡수되었습니다.

-[초월자] 특성으로 흡수된 신체와 직업에 포함된 모든 특성이 최대치로 상향되어 계승되었습니다.

-[각성자]의 잠재 능력 [힘의 원천 : 마소 흡수율 상승], [재능의 원천 : 스킬 습득률 상승], [지식의 원천 : 지식 습득률 상승], [용기의 원천 : 모든 피해에 대한 적항력]이 100%로 상승했습니다.

-[엘더 슬레이어]의 직업 특성 [라이트 세이버]에 적용되는 광도에 따른 신체 능력 보정이 최대 50%로 상향되었습니다.
  -[라이트 세이버] 마스터리와 관련된 하위 스킬이 모두 개방되었습니다.

  -[초월자]의 특성으로 [마력]과 [광력]이 통합, 새로운 스텟 [광마력]이 추가됐습니다.

  -신체 능력이 대폭 향상되었습니다.
  -근력 : 543⇒793(+90) 순발력 : 637⇒887(+30) 지구력 : 582⇒832(+90) 광마력 : 581⇒959(+288) 카리스마 : 120⇒250
  -종합 평가 레벨 : 297⇒397

  "후-!"
  태영은 이런 메시지와 함께 천천히 눈을 떴다.
  그 앞으로 다란과 라르고, 하울, 일라와 함께 주위를 에워싸고 있는 수인족 전사들이 보였다.
  그 너머에는 워트나 드미트리 등도 보였고, 전투 내내 태영을 따라다니던 발투스와 그 휘하의 기사와 병사 들도 보였다.
  그러나 주위는 바늘 하나 떨어지는 소리까지 들릴 정도로 조용했다.

그들을 훑어본 태영이 몸을 일으킬 때까지.

모두 숨 쉬는 방법마저 잊어버린 듯한 얼굴로 멍하니 태영을 바라보고 있을 뿐이었다.

ㅡ……무리도 아니지.

"뭐?"

그리모어의 목소리에 태영이 고개를 돌렸을 때였다.

ㅡ 자각하지 못하는 건가? 지금 주인은…….

"경하드립니다!"

하덴이 그리모어의 말을 씹으며 뛰어나와 그대로 몸을 던지듯 납작 엎드리며 소리쳤다.

그리고 벌겋게 상기된 얼굴을 들어 올리며 말을 이었다.

"처음 뵀을 때부터 평범한 분은 아니라고 생각했지만, 정말 이런…… 저 하덴은 주인님의 종이라는 사실이 자랑스러워 몸 둘 바를 모르겠습니다! 드디어 인간을 버리셨군요."

"인간을 버려?"

"네, 지금 주인님이 뿜어내는 기운은 틀림없이 인간 이상의 존재! 그야말로 신이라고 할 수밖에 없는…….."

"집어치워."

태영이 미간을 찌푸리며 중얼거렸다.

"내가 이전보다 강해졌다는 건 나도 알고 있다. 하지만 얼마나 강해지건 나는 나다. 인간을 그만둘 생각 따위는 없어. 그런다고 신이 될 수 있다는 생각도 하지 않지만, 설령 시켜

준다고 해도 내 쪽에서 거절이다. 내가 목숨을 걸고 강해지려는 이유가 바로 그 신이라는 놈에게 한 방 먹여 주기 위해서니까."

정확히는 그 졸개를 자칭하는 사도를 때려잡기 위해서지만 어쨌든, 태영이 목숨을 건 도박 같은 레벨업을 한 이유가 그 때문이다.

그 상태로는 그 졸개 놈들조차 당해 내지 못할 테니까.

그러나 다행히 도박은 성공으로 끝났고, 말했듯이 하덴이 법석을 떨며 떠들어 대는 정도는 아니라도 이전보다 몇 배나 강해졌다는 건 태영도 자각하고 있었다.

'지금의 나라면……'

혼자라도 리디큘 정도는 해치울 자신이 있었다.

그러나 본시 힘이란 상대적인 것.

리디큘보다 강한 놈이 나타나지 않는다는 보장은 없고, 한 놈만 나타난다는 보장도 없다.

넘어야 할 벽이 얼마나 높은지도 모르면서 주어진 것에 만족할 수는 없다는 말이다.

태영이 강해지고자 하는 이유는 만족을 위해서가 아닌, 살아남기 위해서니까.

삐이이이-!

그때 청영이 어깨에 내려앉아 볼에 머리를 비벼 대기 시작했다.

"그러니까……."

가볍게 머리를 쓰다듬던 태영이 빙긋 웃으며 말했다.

"이제 네 차례다."

삐이?

청영이 고개를 갸웃거렸다.

🌀

아르키네아 제국의 황도.

그 중심에 자리 잡은 황성의 회의실에는 십여 명의 사내들이 모여 있었다.

그러나 그들 모두가 제국의 귀족은 아니었다.

긴 테이블의 좌우에 줄지어 앉아 있는 사람들은 제국을 제외한 나머지 왕국의 귀족들, 정확히는 각 왕국에서 파견된 대사였다.

그리고 그들을 불러모은 사람이 그 테이블 끝에 서 있는 중년인, 아르키네아 제국을 양분하고 있는 대귀족 중 한 명, 그라디오스 후작이었다.

테이블에 둘러앉은 사내들의 면면을 주욱 훑어보던 그, 그라디오스 후작이 살짝 고개를 숙이며 입을 열었다.

"먼저 갑자기 전갈을 보내 모이시게 한 부분에 대해서 사죄의 말부터 드리겠습니다."

"아니, 뭐……."

"그런 말씀은 하지 않으셔도 됩니다. 저희가 바빠 봤자 대제국에서 중책을 맡고 계신 후작님만 하겠습니까? 특히 요즘에는 더 바쁘시다고 들었습니다만."

"사실입니다."

"흠, 그렇게 말씀하시니 더 궁금해지는군요. 그런 분께서 저와 각국의 대사님들을 한자리로 불러들이신 이유가 말입니다. 후작님께서 직접 나오실 정도면 작은 일은 아니겠지만…… 좋지 않은 일은 아니었으면 좋겠군요."

"안타깝게도 그런 약속을 할 수는 없겠군요."

"네?"

"모두 얼마 전 제국 각지에서 작은 소동이 있었다는 것 정도는 알고 계시리라고 생각합니다. 아마 피네스 경께서 제가 바쁠 거라고 말씀하신 것도 그 일을 두고 한 말이었으리라 생각합니다. 굳이 구체적으로 언급하지 않은 이유는 저를 배려해 주신 것일 테고."

"그야……."

그라디오스 후작의 말에 자색 망토를 걸친 중년 귀족, 디스티아 왕국의 대사가 부담스러운 얼굴로 말끝을 흐렸다.

다른 대사들도 마찬가지였다.

그들이 그런 표정을 짓는 이유는 얼마 전 제국에서 일어난 일이 방금 그라디오스 후작이 말한 것처럼 작은 소동이 아니었기 때문이다.

12개나 되는 영지에서 하루 만에 적게는 50여 명, 많게는 300명까지 약 1,500이 동시에 체포된 사건이다.

그것도 이름만 대면 알 만한 대상인이나 몇몇은 해당 영지의 영주까지 포함해서 말이다.

대외적으로 공표된 죄목은 사교 활동 가담이었다.

그러나 귀족, 그것도 중앙대륙에서 가장 막강한 제국에 대사로 파견된 귀족 중에 그 말을 곧이곧대로 믿는 사람은 없었다.

그들의 시각에서 본 그 사건은 둘 중 하나.

첫째는 역모다.

일반적으로 어느 나라에서든 역모 사건은 입에 올리는 것조차 금기. 국내는 물론, 외부적으로도 악영향을 미치는 일이라 적당히 다른 죄목을 붙여 처리하는 게 일반적이고, 실제로 사교 활동은 꽤 자주 사용되는 죄목이기 때문이다.

그러나 대사들이 부담스럽게 생각하는 건 두 번째, 그 사건이 제국을 양분하고 있는 그라디오스 후작과 왈드 공작의 암투에 의한 결과였을 때다.

만약 실제로 그 일이 암투에 의한 결과이고, 그로부터 얼마 지나지도 않아 그라디오스 후작이 각국의 대사를 불러모았다면…….

"늦었군."

그때 회의실의 문이 열리며 두 사람이 들어왔다.

"어디까지 얘기하고 있었나?"

"인사까지입니다."

"인사라…… 그런데도 저런 표정들을 하고 있다는 말인가? 나를 쳐다보는 눈빛도 그렇고, 내가 들어오기 전까지 무슨 생각을 하고 있었는지 뻔히 보이는군."

혀를 차며 놀란 얼굴로 바라보는 대사들을 훑어보며 노인은 바로 왈드 공작이었다.

그리고 그 뒤를 따라 들어오는 남자는…….

🌀

삐익! 삐익! 삐一!

청영이 눈을 동그랗게 만들며 놀란 울음을 터뜨렸다.

방금 태영이 푸른 빛이 감도는 주먹만 한 크기의 돌을 꺼내 들자 보이는 반응이었다.

"그럴 줄 알았지."

예상했던 반응이었다.

청영이 한눈에 알아본 것처럼 태영도, 뭐 한눈에 알아봤다고 말할 수는 없지만 어쨌든, 적어도 그 돌을 손에 쥐었을 때는 확실히 알고 있었다.

그리고 그때, 새삼 실감했다.

역시 어떤 일이든 이미 일어난 일은 다 그럴 만한 이유가 있어서 일어나는 법이라고 말이다.

바로 그 돌이었기 때문이다.

돌을 건네줄 때 디스바로스가 한 말처럼 그 정신세계의 차원 벽에 구멍을 뚫어 놓은 것도, 공간의 틈에 떨어진 태영이 그 구멍을 찾아 들어갈 수 있던 것도.

삐이이이-!

청영의 울음에 공명하듯 파르르 진동하는 그 돌!

바로 태영의 부름에 응답하기 위해 청영이 버려야 했던, 이제 다시 태영의 손에 들려 돌아온 힘의 파편이었다.

"자, 받아라!"

태영이 빙긋 웃으며 돌을 머리 위로 던져 올렸다.

그리고 번뜩이는 속도로 따라 올라간 청영이 파편과 겹쳐지는 순간!

팡-!

폭죽처럼 터지는 돌에서 무수한 빛무리가 뿜어져 나와 청영을 휘감았다.

청영의 몸을 타고 흐르는 빛이 모이는 곳은 부리.

삐이이이-!

상공을 선회하던 청영이 울음을 터뜨리며 내리꽂혔다.

이전과는 비교도 할 수 없는, 마치 대기를 뒤흔들며 떨어지는 뇌성과도 같은 울음이었다.

그리고 활짝 펼친 날개를 펄럭이며 다시 태영의 어깨에 내려앉았을 때.

　　-소환수 [청영]이 잃어버린 힘의 일부를 찾았습니다.
　　-잃어버린 힘의 일부를 되찾아 [청영]의 신체 능력이 대폭 향상되었습니다.

　　-근력 : 224⇒254 속도 : 497⇒542 지구력 : 262⇒282 마력 : 245⇒290
　　종합 평가 레벨 : 68⇒83

　　-잃어버린 힘의 일부를 되찾아 [청영]이 환수 스킬 [왕의 부리]를 각성했습니다.

　　-청영이 환수 스킬 [왕의 부리]의 각성으로 새로운 스킬을 습득했습니다.
　　[돌파 Lv.1] [천조의 포효 Lv.1] [왕의 부름 Lv.1]

　　"이번에는 부리인가?"
　　그 앞으로 떠오르는 메시지에 태영이 만족스러운 웃음을 지으며 중얼거렸다.
　　청영도 꽤 만족한 듯 그 볼에 열렬히 머리를 비벼 왔다.

삐이! 삐삐삐!

"고마워할 것 없어. 따지고 보면 네가 이 힘을 잃어버린 건 내 탓이었으니까. 이번에 도움을 받은 것도 되레 내 쪽이고."

삐이?

"그런 게 있어. 어쨌든…… 고생했다."

태영이 머리를 갸웃대는 청영의 머리를 쓰다듬으며 피식 웃었다.

푸르르르.

그러자 흑영이 슬쩍 옆으로 다가오며 머리를 들이밀었다.

"그래, 너도."

태영은 흑영의 머리까지 쓰다듬어 준 뒤에 고개를 돌렸다.

"뭐 대충 이렇게 되리라고 생각하고 있었지."

태영과 눈과 마주친 움찔한 미스트가 어깨를 으쓱이며 대수롭지 않은 목소리로 중얼거렸다.

그 옆에서 하덴이 같잖다는 웃음을 떠올렸다.

"하! 물론 그러셨겠지. 주인님이 사라졌다는 말을 듣자마자 살기를 풀풀 날리며 바다를 건너온 것도 그래서였을 테고 말이야."

"너희가 걱정돼서 그런 거다. 저 녀석이 사라지면 걱정해야 할 건 남은 녀석들 쪽이니까."

"그래서 오자마자 워트 녀석의 목에 칼부터 들이댄 거고?"

"가벼운 농담이었지."

미스트가 그 말처럼 가볍게 대답하며 워트를 돌아보았다.

그때까지도 워트는 리디아와 젬, 드미트리, 에단 등과 함께 멍하니 태영을 바라보고 있었다.

그러다 자신에게 향하는 눈길에 무슨 일이냐는 표정으로 돌아보았고, 다시 같은 표정으로 태영을 돌아보았다.

"레온, 대체 어떻게……."

"짧게 끝날 얘기가 아니니 일단 정리부터 하자."

"……그래."

이어지는 태영의 말에 워트는 뭔가를 꾹 눌러 참는 얼굴로 고개를 끄덕였다.

"각 부대장은 부대원을 점검하고, 주변을 정리해라!"

그 말로 태영을 겹겹이 에워싸고 있던 병사들은 일단 해산.

워트의 지시에 따라 지휘관들은 휘하 부대를 점검하는 한편, 구획을 정해 전장을 돌아다니며 부상자를 수습하고, 전리품을 수거하기 시작했다.

"이자들인가?"

"네, 모두 13명, 이제 주인님의 명령이라면 기꺼이 맨땅에 대가리를 박고 죽을 충실한 멍멍이들이죠."

"뭐 본의는 아니겠지만 말이지."

"아, 아닙니다! 저희는 진짜 하덴 님의 말처럼……."

"닥쳐라. 아직도 네놈들의 위치를 모르는 거냐? 네놈들은 주인님 아래, 내 아래, 저 병사들 아래, 이 땅바닥에 여기저기에 기어 다니는 벌레보다도 아래다. 그런 놈들이 감히 누구 앞에서 대가리를 쳐들고 주둥이를 놀리는 거냐?"

"죄, 죄송합니다!"

그사이 태영은 하덴의 말에 잠시 들어 올렸던 대가리를 다시 바닥에 처박는 대륙군, 정확히는 전직 대륙군이었던 신입 뱀파이어를 찾아갔다.

물론 하덴처럼 군기나 잡으려고 찾아간 것은 아니었다.

방금 하덴이 설명한 것처럼 태영과 그들의 격차는 군대로 치면 국가원수와 아직 계급장조차 못 단 훈련병 수준.

"적당히 해."

그 정도까지 차이가 나면 되레 부드러워지는 법이다.

물론 꼭 그래서는 아니겠지만······.

"다행히 이계어를 할 줄 아는 모양이군."

"네, 대격변 이후 이쪽 인간들이 서방 대륙이라고 부르는 지역으로 파견된 부대의 대대장급 이상은 모두 이계어를 배우고 있습니다!"

"하긴, 필요하기는 하겠지. 그럼······ 아니, 그보다 일단 그 대가리부터 드는 게 좋겠군. 뒤통수와 대화하고 싶지는 않으니까."

"네, 감사합니다!"

"방금 한 말 어디에 감사하다는 말을 들을 부분이 있었는지는 모르겠지만, 뭐 됐고. 너희에게 물어봐야 할 게 좀 있다."

"뭐든 물어보십시오!"

"그래, 그럼 먼저 너희가 속해 있던 군대, 자칭 대륙군의 부대 위치와 각 부대의 인원 편성, 운용 중인 시설이나 병기 같은 것부터 시작해 보지."

"네!"

이어지는 태영의 질문에 열과 성의를 다해 줄줄 털어놓기 시작했다.

그것만으로도 적지 않은 분량이었지만, 중간중간 태영이 보충 질문까지 끼워 넣자 얘기는 오후가 한참 지나서야 대강 마무리되었다.

원정군과 루이너 왕국군이 주변 정리를 마친 것도 그때쯤 이었다.

일단 그 결과부터 말하자면 원정군의 사상자는 거의 없는 수준이었다.

그러나 의외라고 할 수는 없었다.

태영은 대격변이 발생한 지 1년 가까이 됐는데도 아직 총에만 매달리고 있는 적에게 당할 병사는 아예 데려오지도 않으니까.

워트나 드미트리, 에단, 자레드 등의 지휘관 외에는 병사라고 부르지만, 편의상 그렇게 부르고 있을 뿐 모두 홀로 수십 명을 상대할 수 있는 상급 기사들이다.

발테아르의 병력도 마찬가지.

아르키네아 제국과 노월 왕국의 병력과 비교하면 조금 부족한 감이 있지만, 그들이 입고 있는 건 태영이 때려잡은 본 드래곤으로 양산해 낸 '드래곤 본 아머'.

총알은커녕 RPG로도 뚫기 힘든 갑옷이 기본 장비다.

워 울프와 뱀파이어는 그냥 맞아도 끄떡없고.

그 덕에 전사자는 불과 4명, 부상자는 50여 명이었지만, 중상자는 많지 않았다.

반면 루이너 왕국 측은 전사자만 700여 명이었다.

그러나 당연히, 그것도 적군과 비교할 만한 숫자는 아니었다.

이번 전투로 처음 연합군의 기습을 받은 성벽의 적군은 태영이 돌아오기도 전에 몰살!

태영의 등장과 함께 떼 지어 몰려오던 적군은 박살!

나머지 적군은 그 충격으로 우왕좌왕하는 사이에 돌격해 온 연합군에 참살!

다양한 상황에 맞춰 다양한 방식으로 죽어 나간 적군은 루이너 왕국군의 10배. 즉, 7천에 달했다.

주변 정리에 시간이 걸린 이유가 그 때문이었다.

많은 적이 죽었다는 말은, 그만큼 많은 전리품이 남겨져 있다는 의미니까.

이에 연합군은 총과 수류탄, RPG 등 약 8천에 달하는 화기를 수거.

아쉽게도 헬기까지는 무리였지만, 추가로 아직 기동이 가능한 전차 3대와 트럭 5대를 손에 넣을 수 있었다.

그러나 태영의 관심을 끄는 전리품은 따로 있었다.

[아올리스의 창(창)]

주요 구성 : 아다만티움 합금, 티렌토의 목뼈, 그 외······.

등급 : 에픽+

종합 공격력 : 350 (참격 : C 타격 : B+ 관통 : A+)

이펙트 스킬 [환영섬 : 적의 집중력과 마력을 흐트러뜨리는 음파 발산]

※현재는 실전된 고대 제국의 기술로 제련된 아다만티움 합금으로 제작된 창. 특수한 음파를 발산하는 몬스터 티렌토의 목뼈를 특수한 주법으로 처리해 창날 아래에 부착, 창끝을 빠르게 움직이면 적을 혼란에 빠뜨리는 음파를 발산합니다.

[타락의 거죽(하프 플레이트 아머)]

주요 구성 : 고대인의 가죽, 경계의 강철, 그 외······.

등급 : 에픽+

종합 방어력 : 200 (참격 : A 타격 : B+ 관통 : B)

이펙트 스킬 : [저주의 재생 : 전투 중 갑옷에 손상이 발생할 경우, 피해를 입힌 적에게 하급 저주 효과를 부여하며 갑옷의 손상을 자동으로 복구한다.]

※특수한 주법으로 처리한 고대인의 가죽에 수백 미터 이하의 지하에서만 얻을 수 있는 경계의 강철을 덧대 만든 갑옷······.

바로 이쪽, 신입 뱀파이어들이 만마군이라고 부르던 놈들이 떨군 장비품이었다.

－호오, 꽤 쓸 만해 보이는군. 뭐 놈들의 실력을 생각하면 개 발에 편자라는 말밖에 나오지 않지만, 아니 이 경우에는 상대가 나빴다고 해야 하나?

태영 입장에서는 그놈이나 저놈이나 다 고만고만해 보여서 어느 쪽인지는 모르겠지만 어쨌든.

사냥터든 전장이든 전리품은 직접 해치운 사람이 차지하는 게 이계의 암묵적인 규칙.

그 꽤 쓸 만한 전리품은 모두 태영 앞에 모였다.

그러나 그리모어는 더 쓸 만하고, 방어구는 웬만하면 직접 만들어 입는 편이 좋다고 생각하는지라 태영은 패스.

다란과 라르고, 하울, 일라, 베릴과 이 중위 등에게 적당히 나눠 주었다.

이로써 일단 전후 처리는 끝.

그 이후에 태영은 연합군과 함께 일단 다시 성벽으로 돌아왔고…….

"레온!"

"이제야 제대로 인사하는군요. 발투스 엘 루이너라고 합니다."

워트와 함께 온 발투스와 정식으로 마주하게 된 건 그다음이었다.

"레온이다."

태영은 살짝 고개를 끄덕이며 대답했다.

- 어이, 주인, 이름 뒤에 루이너가 붙어 있는데? 그럼 루이너 왕
국의 직계 왕족이라는 말 아니야?

미처 거기까지는 생각하지 않고 한 대답이지만, 안다고 딱
히 달라질 것도 없었다.

그리모어는 종종 잊어버리는 모양이지만, 태영은 공왕이
니까.

그래서인지는 모르겠지만, 발투스나 그 주위의 루이너 기
사들도 이의를 제기하지는 않았다.

되레 뭔가 감동한 표정을 떠올리고 있었다.

"워트 경에게 말씀 많이 들었습니다. 들을 때마다 과하다
고 생각했지만…… 직접 뵈니 되레 부족했었다는 생각이 드
는군요."

이어지는 말에 슬쩍 시선을 돌리자 워트가 쓴웃음을 지으
며 고개를 저었다.

"제가 부족했던 게 아닙니다. 저 친구가 과한 거죠."

"친구라……."

발투스가 부러운 얼굴로 중얼거렸다.

그러다 다시 태영의 눈길이 돌아오자 얼른 고개를 숙이며
말했다.

"먼저 감사부터 드리겠습니다. 이미 전황을 전해 들으셨

는지는 모르겠지만, 레온 님이 아니었다면 저희는 이 성벽을 포기하고 퇴각할 수밖에 없었을 겁니다. 루이너 왕국을 수복하겠다는 결의도 헛된 망상으로 끝났을 테고 말입니다."

"바꿔 말하면 이 성벽을 점령하면 루이너 왕국을 수복할 수 있다는 말인가?"

"물론입니다."

태영의 질문에 발투스가 자신 넘치는 표정으로 대답했다.

"루이너 왕국을 수복하고자 하는 사람은 이곳에 있는 병사들만이 아닙니다. 그동안 루이너 왕국의 비밀 조직, 타클라마칸은 은밀히 각 도시에서 병사들을 모으고 있었습니다. 적의 병력이 밀집해 있는 지역은 아직 무리지만, 우리가 성벽을 점령했다는 소식을 전해 들은 그들이 일제히 궐기해 각 도시를 되찾으면 전력은 계속 늘어날 겁니다. 반면 본국과의 연결 통로가 끊어진 놈들은……."

"됐다."

태영이 발투스의 말을 끊었다.

그리고 잠시 미간을 찌푸리며 생각하다가 씁쓸한 목소리로 중얼거렸다.

"루이너 왕국이 왜 몇 달 만에 무너졌는지 알 것 같군."

"그게 무슨……."

발투스가 당황한 얼굴로 태영을 바라보았다.

"레온, 아무리 그래도 그런 식으로 말하는 건⋯⋯."

"아무리 그래도?"

태영이 워트를 돌아보며 되물었다.

"그건 내가 왜 그렇게 말하는지 안다는 말이군."

"그, 그건⋯⋯."

"그리고 내 생각에는, 그게 무슨 말이냐는 눈으로 바라보는 저 사람도 정말 내가 무슨 말을 하는지 몰라서 그러고 있는 것 같지는 않은데?"

"음⋯⋯."

태영이 다시 돌아보는 저 사람, 발투스의 입에서 신음이 흘러나왔다.

그러나 입을 열지는 않았다.

태영의 말대로 그 역시 모르지 않는다는 의미다.

아니, 모를 리가 없었다.

준비 단계였다면 모르고 있었을 수도 있겠지만, 적어도 지금은 알고 있을 것이다.

그렇다고 발투스의 계획이 모두 잘못됐다는 말은 아니다.

좀 전에는 포괄적으로 설명하느라 자세히 말하지는 않았지만, 발투스가 각지에 마련해 뒀다는 준비도 허술하지는 않을 것이다.

그동안 루이너 왕국을 점령하고 있는 적군에게 들키지 않았다는 것만 봐도 알 수 있다.

분명 의용군의 소집과 그 뒤의 일까지 촘촘하게 계획을 세워 뒀을 터.

발투스의 말대로 그들이 일제히 궐기하면 각 도시에서 점령군을 몰아낼 수 있을 것이다.

또, 그런 사태가 동시다발적으로 벌어지면 적 기지도 쉽게 병력을 움직일 수 없을 테고, 의용군을 잘만 활용하면 그대로 발을 묶어 놓고 야금야금 해치울 방법은 얼마든지 있다.

그러나 여기에는 한 가지 전제가 필요하다.

바로 발투스가 놈들의 연결 통로, 즉 이 성벽을 완전히 봉쇄할 수 있어야 한다는 것이다.

그러나 방금 발투스는 제 입으로 말했다.

태영이 제때 나타나 주지 않았다면 성벽을 포기하고 퇴각할 수밖에 없었다고. 바꿔 말하면 다시 그만한 적군이 몰려오면 지킬 수 없다는 말이다.

태영이 이대로 성벽에 눌러앉지 않는 한.

"적이 다시 그만한 병력을 보내올 여력이 있다는 것쯤은 알고 있겠지?"

"네."

"이제 나와 중앙대륙의 원정군이 여기에 머물러 있을 이유가 없다는 것도 알고 있겠지?"

"알고 있습니다."

"그럼 놈들이 다시 성벽을 탈환하기 위해 몰려오면 어떻게 대처할 생각인가?"

"그건……."

발투스가 어두운 얼굴로 고개를 숙였다.

그러나 곧 입술을 꽉 깨물며 다시 고개를 들어 올렸다.

"저희는 이미 이곳에 발을 들여놨습니다. 다시 돌아갈 수도 없고, 돌아갈 생각도 없습니다. 어차피 이곳을 지킬 방법이 없다면 우리를 기다리는 건 죽음보다 더한 고통과 굴욕뿐. 지금까지는 한 줄기 희망이라도 품을 수 있었기에 참고 버텨 왔지만, 미래가 없다면 차라리 이 성벽을 지키다 죽겠습니다. 그로 인해 그동안 고통받아 온 국민이 잠시나마 안식을 얻을 수 있도록 조금이라도 더 오래 버티며."

"저희 생각도 같습니다! 비참해질지언정 비굴하게 살 생각은 없습니다!"

주위의 기사들도 단호한 얼굴로 소리쳤다.

"죽음을 각오했다……."

이에 잠시 그들을 훑어보던 태영이 슬쩍 입술을 추켜 올리며 말을 이었다.

"그럼 얘기가 빠르겠군."

"네?"

"자, 그럼 이제 내가 제안하지. 아니, 그 전에 먼저 확인부터 해 봐야겠군. 혹시 네가 각지에 준비해 뒀다는 의용군에게 이미 연락을 보냈나?"

"아직 보내지 못했습니다."

"다행이군. 순서를 바꾸지 않아도 될 테니까."

"순서라니……."

"간단한 얘기다. 워트, 이쪽 지역의 지도 가지고 있나?"

"응? 어! 그, 그래."

태영의 말에 발투스와 사이좋게 뭔 말을 하는지 모르겠다는 표정으로 지켜보던 워트가 얼른 지도를 꺼내 펼쳐 놓았다.

"여기가……."

"일일이 설명하지 않아도 돼. 대강 알고 있어."

태영은 고개를 저으며 지도를 짚으며 설명하려는 워트의 말을 끊었다.

실물은 처음이지만, 워트와 발투스의 작전 회의를 지켜본 청영이 전해 준 이미지를 통해 이미 본 적이 있기 때문이다.

"이 성벽이 봉쇄되면 곤란해지는 건 아실라타 산맥 너머의 적보다 당연히 이쪽, 현재 루이너 왕국에 주둔하고 있는 놈들이다. 하지만 네 말대로 각지에서 의용군이 들고일어난다면 움직이지 못하겠지. 그런 상황에서 주둔지를 비워 둘 수도 없고, 이동 중에 어디서 기습을 받게 될지도 모르니까. 그럼 반대로 의용군이 봉기하지 않는다면 어떻게 될까?"

"그야…….'

"생각할 것도 없겠지."

태영이 지도에 그려진 성벽 주위의 표식들을 짚어 나가며 말했다.

"현재 루이너 왕국 내에 놈들의 병력이 가장 많이 모여 있는 곳은 여기와 여기, 여기, 뒤쪽에서 이 성벽을 에워싸듯이 포진해 있는 세 기지다. 이 성벽이 북부와 연결된 통로라면 이 세 곳은 전진 기지, 이곳을 통해 왕래하는 물자와 병력을 서방 대륙 곳곳으로 보내는 허브와 같은 역할을 하는 곳이지. 따라서 당연히 가장 빨리 이곳의 상황을 알게 될 거고, 세 기지를 합하면 이곳에 주둔하던 병력보다 많으니…….'

"의용군이 움직이지 않는다면 높은 확률로 성벽을 탈환하러 오겠지."

"그렇겠지."

태영이 고개를 끄덕였다.

이어 워트가 한 말처럼 그 위치에서 성벽 쪽으로 손가락을 끌고 가다가 탁 퉁기며 말을 이었다.

"그리고…… 여기서 박살 나는 거지."

"그 말은…….'

"그래, 구체적인 작전은 좀 더 의논해 봐야겠지만, 일단 상황이 예상대로 진행된다면 여기까지는 도와주지. 아니, 나는 그럴 생각인데, 너는?"

"너는 원정군의 사령관이다. 이번 일로 새삼 그 사실을 절감했고 말이야. 네가 그러기로 했다면 반대할 생각은 없어. 아니, 솔직히 말하면 내가 부탁하고 싶은 기분이다. 발투스 왕자님의 심정도 충분히 이해되니까. 그리고 네 말대로 이 세 기지의 적군을 처리한다면 루이너 왕국에 상당한 도움이 되겠지만…… 근본적인 문제는 해결되지 않잖아. 발투스 왕자님이 걱정하는 건 반대쪽, 북부에서 몰려올 적군이니까."

"그쪽은 걱정할 것 없어."

"뭐?"

"자, 여기서 제안이다."

발투스를 돌아본 태영이 다시 지도 위에서 손가락을 이동시켰다.

"놈들을 섬멸한 뒤에 우리는 바로 이곳을 이탈해 이동할 거다. 아니, 정확히 말하면 네가 내 제안을 받아들이면 그렇게 될 거고, 거절한다면 지금 바로 이동할 거다. 내가 하려는 제안이 이곳의 루이너 왕국군도 우리와 함께 이동하는 거니까, 여기까지."

태영이 손가락을 멈추며 말했다.

그러자 그 손가락을 따라 움직이던 워트와 발투스가 눈이 휘둥그레졌다.

"거, 거기는……."

"보다시피, 적의 심장부지."

"시, 심장부라고?"

"그래, 하덴이 길들인 녀석들을 통해서도 확인했어. 놈들의 심장부는 여기, 대격변이 일어나기 전의 세계에서도 그 나라의 수도였던 북경이라는 곳이다."

"지, 지금 제정신으로 하는 소리야?"

"물론이지."

태영이 씨익 웃으며 대답했다.

"복잡하게 생각할 문제도 아니잖아. 이 나라에 사람은 많지만, 그들 모두가 병사도 아니고, 그 병사를 움직이는 건 결국 여기에 모여 있는 놈들이다. 즉, 여기를 날려 버리면 루이너 왕국도 더는 침공받을 걱정을 할 필요도 없고, 중앙대륙 역시 서방 대륙과 같은 일이 당할 걱정 따위는 하지 않아도 되는 거지. 우리에게나 루이너 왕국에나 좋은 일뿐이잖아."

"그런 말을 하는 게 아니잖아!"

워트가 버럭 소리쳤다.

"우리와 루이너 왕국군을 다 합쳐도 이제 채 5천 명도 안 돼! 그런 전력으로 얼마나 많은 적이 있는지도 모를……."

"신입 뱀파이어에게 확인해 보니 대격변 때 꽤 많이 흩어졌지만, 아직 100만 가까이 남아 있다고 하더군."

"1…… 100만……."

"하지만 그 숫자가 한꺼번에 우르르 몰려다닐 리가 없잖아. 애초에 그 100만이라는 숫자는 행정병이나 보급관 같은 비전투 병력도 포함된 숫자일 테고, 적을 막겠다고 다른 곳은 텅텅 비워 둘 수도 없지. 그런 부분까지 고려하면 꽤 줄어들지 않겠어?"

"그걸 지금 말이라고……."

워트가 황당한 눈으로 태영을 바라보았다.

그리고 할 말은 많지만, 뭔 말을 해야 할지 모르겠다는 듯이 입을 들썩이다 다물기를 반복하다가 한숨을 불어 내며 중얼거렸다.

"……대체 뭐야?"

"뭐가?"

"내가 아는 넌 무모한 사람은 아니야. 아니, 무모할 때도 있지만, 적어도 아예 승산이 없는 짓은 하지 않지. 적에게 몰입한 나머지 계산도 못 하게 될 정도로 둔하지도 않고. 네가 하덴이 떠들어 대던 것처럼 인간으로 느껴지지 않을 만큼 강해졌다고 해도 그것만 믿고 그런 짓을 하겠다고 할 녀석이 아니라는 건 알고 있다는 말이다. 그런데도 그런 말을 하고 있다면 아직 말하지 않은 게 있다는 말이잖아."

─ 그래도 하루라도 더 주인을 본 녀석이 낫긴 하군.

그런 모양이다.

워트의 말대로 태영도 아무 생각 없이 그저 적이 거기에 있으니 가겠다고 하는 게 아니다.

첫째 이유는 그럴 수밖에 없기 때문이다.

두 번째 이유는…….

"있긴 하지, 믿는 구석이 말이야."

↻

"음……."

회의실 곳곳에서 무거운 침음성이 흘러나왔다.

아르키네아 제국의 황성 회의실에서 조금 전 그라디오스 후작이 나눠 준 서류를 넘기는 각국의 대사들이 흘리는 침음성이었다.

그 정적 아닌 정적을 깬 사람은 디스티아 왕국의 대사였다.

"정말 이게 모두 사실입니까?"

"꽤 건방진 말을 하는군."

대사의 눈이 향한 건 그라디오스 후작 쪽이었지만, 대답한 사람은 그 옆의 왈드 공작이었다.

"읽어 봤으면 알겠지만, 그건 나와 그라디오스 경이 직접 작성한 서류다. 그게 무슨 의미인지 몰라서 묻는 건가? 아니면 나와 그라디오스 경이 각국의 대사를 불러모아 놓고 허황한 소문 따위나 떠들어 대고 있을 정도로 노망이 났다고 생각하는 건가?”

“그런 말이 아니라…….”

디스티아 대사가 찔끔하며 한 톤 낮아진 목소리로 변명하듯이 말을 이었다.

“내용이 너무 충격적이어서 그렇습니다. 제국에서, 그것도 열두 곳이나 되는 곳에서 노월 왕국에서 나타난 것과 같은 괴물을 불러내려는 자들이 있었다니…… 대체 무슨 목적으로 그런 짓을 했다는 말입니까?”

“그건 제가 말씀드리죠.”

그때 왈드 공작 앞으로 한 청년이 나서며 대답했다.

따로 소개한 적은 없지만, 회의실에 있는 사람 중 그가 누구인지 모르는 사람은 없었다.

깔끔한 정복 차림의 사내는 카자드.

제국, 아니 중앙대륙 최강의 마법사로 불리는 남자니까.

그리고…….

“놈들의 목적은 하나, 이 세계의 파멸입니다.”

“……뭐?”

“그, 그게 무슨 말인가? 파멸이라니?”

“말 그대로의 의미입니다. 이 세계의 생명체를 하나도 남김없이 없애는 것이죠.”

“그, 그런 짓을 해서 놈들이 얻는 게 뭐란 말인가?”

“그건 저도 모르죠. 제가 대답해 드릴 수 있는 건 하나뿐입니다. 이대로 방관하면 실제로 그런 일이 벌어질 것이고, 그 시기가 머지않다는 겁니다."

"하, 하지만 이 서류에는……."

"네, 다행히 제국에서 그런 짓을 획책하던 자들은 모두 잡아들였죠. 하지만 그 뿌리는 여전히 남아 있습니다. 공교롭게도 대격변으로 중앙대륙과 이어져 버린 이계의 대륙에 말입니다."

그 중앙대륙 최강 마법사의 입에서 나온 말은 각 왕국을 대표하는 대사들을 충격으로 몰아넣었다.

"경들을 불러모은 이유가 그 때문이다."

그때 자리를 바꾸듯이 다시 왈드 공작이 앞으로 나서며 말했다.

"방금 카자드 경이 말했듯이 놈들의 목적은 이 세계의 파멸이다. 당연히 이대로 지켜만 볼 수는 없지. 이에 제국은 최대한 빨리, 또 최대한 많은 병력을 동원해 놈들이 또 다른 수작을 부리기 전에 심장부를 날려 버릴 계획이다. 여기, 그라디오스 후작이 직접 군을 지휘해서 말이다."

거기까지 말한 왈드 공작이 잠시 말을 멈췄다.

그리고 놀란 눈으로 그라디오스 후작을 돌아보는 대사들을 훑어보다가 슬쩍 입술을 추켜 올리며 말을 이었다.

"적어도 중앙대륙에서 그라디오스 경의 무공을 의심하는 사람은 없을 터. 경들이 보내 줄 병사들의 목숨을 믿고 맡기기에는 충분하겠지."

"그, 그 말은……."

대사들은 카자드의 말을 들었을 때와는 또 다른 충격에 휩싸였다.

적의 심장부로!

아르키네아 제국의 황성.

그 회의실에 모인 각국의 대사들은 당혹과 혼란에 휩싸인 얼굴로 서로를 돌아보았다.

같은 표정을 떠올리는 사람들의 얼굴에서 이 상황을 납득할 만한 답을 찾을 수 있으리라는 기대를 해서는 아니었다.

실제로 당황하고 있기도 하지만, 그 모습을 가감 없이 보여 주는 것으로 그만큼 받아들이기 힘든 말이라는 의미를 전달하려는 의도도 깔려 있었다.

그러나 정작 왈드 공작은 무시.

"자, 그럼……."

대사들의 표정 따위는 보이지도 않는다는 듯이 다시 입을 열 때였다.

"자, 잠깐 기다려 주십시오!"

한 대사가 다급한 얼굴로 소리쳤다.

왈드 공작이 눈가를 찌푸리며 고개를 돌렸다.

"뭔가?"

"바, 방금 공작님께서 한 말은 제국을 제외한 나머지, 그러니까 저희 측 왕국에서도 병력을 참전시키라는 말입니까?"

"지금 그 말을 하려는 중이었네. 지금 경의 질문은 그런 내 말을 끊고 할 말도 아니고, 더구나 그렇게 당황한 얼굴로 할 말은 더더욱 아니라고 생각하는데?"

"어, 어찌 당황하지 않을 수 있겠습니까? 갑자기 왕국의 병력을 보내라니? 그게 그렇게 쉽게 할 말이 아니라는 건 공작님도 아시지 않습니까?"

"쉽게?"

왈드 공작의 눈가에 떠오른 주름이 한층 더 깊어졌다.

"경이야말로 참으로 쉽게 말하는군. 정말 내가 경의 말처럼 쉽게 떠들어 대고 있는 것처럼 보이는가?"

"하, 하지만……."

"아무래도 경의 눈과 귀는 제 역할을 해내지 못하고 있는 것 같군. 나는 경이 이해할 정도의 모습을 보여 주고, 또 설명도 충분히 해 줬다고 생각하는데 말이야. 나는 분명히 말했다. 놈들이 파멸시키려 하는 건 제국이 아니라 이 세계라고 말이다. 나는 그게 마땅히 모두가 힘을 합쳐 대응해야 하는 문제라고 생각하는데, 경의 생각은 다른 건가?"

"그런 말이 아닙니다. 하지만 그건 왈드 공작님 측의 주장일 뿐, 명확한 증거는 없지 않습니까? 그런 말만 믿고 병력을 보낼 수는……."

"신뢰의 문제였군."

왈드 공작이 쓴웃음을 지으며 중얼거렸다.

그리고 천천히 고개를 돌려 다른 대사들을 훑어보며 물었다.

"경들도 같은 생각인가?"

"아닙니다."

바로 대답한 사람은 왈드 공작과 가까운 곳에 앉아 있던 젊은 대사였다.

모두의 시선이 향하자 그가 몸을 일으키며 말을 이었다.

"모두가 아시다시피 저희 노월 왕국은 이미 공작님과 카자드 경이 말씀하신 마인이라는 존재의 습격을 받은 적이 있습니다. 당연히 저희도 그때부터 그 일과 관련된 조사를 진행하고 있었습니다. 그럼에도 아직 그 사건에 관해 명확하게 설명할 증거를 찾아내지는 못했지만, 적어도 왈드 공작님의 말씀이 근거 없는 추측이 아니라는 심증은 가지고 있습니다."

"긍정적인 의미로 받아들여도 되겠는가?"

"물론, 저희 노월 왕국은 제국 측이 요구하는 모든 요청을 받아들이겠습니다. 이는 노월 왕국의 국왕 폐하의 뜻이라고 생각하셔도 좋습니다."

"발테아르도 동참하겠습니다."

그때 그 옆에서 또 한 명의 젊은 사내가 몸을 일으키며 말했다.

그의 말대로 발테아르의 사절로 온 곽현경이었다.

"아직 작은 신생국이라 큰 도움이 되지는 않겠지만……."

그리고 그런 자리가 적응되지 않는 듯 쭈뼛거리며 덧붙이자 왈드 공작이 넉넉한 웃음을 지어 보이며 고개를 저었다.

"그런 말은 하지 않아도 되네. 이런 자리에서 겸손은 미덕이 아니고, 적어도 내가 아는 한 발테아르는 그런 겸손을 보여야 하는 나라도 아니니까. 그건 경 주위에 앉아 있는 사람들도 잘 알고 있을 테고 말이야."

"음……."

이어지는 왈드 공작의 말에 대사들이 꽤 불편한 얼굴이 되었다.

지난 몇 달 사이에 기하급수적으로 불어나고 있는 발테아르의 국민은 바로 그 대사들의 왕국에서 흘러나간 사람들로 채워지고 있는 것이니까.

그럼에도 이렇다 할 대응을 하지 못하고 있는 이유는 그 발테아르의 공왕인 레온.

정확히는 레온이 노월 왕국의 국왕 질리언과 혈맹을 맺었을 뿐만 아니라, 제국의 실력자와도 밀접한 관계를 맺고 있다는 소문이 있어서다.

그리고 지금 대사들의 눈앞에서 전개되는 장면은 그런 소문이 모두 사실임을 증명해 주고 있었지만 어쨌든.

노월 왕국의 대사와 곽현경으로 끝.

나머지 대사들은 여전히 서로의 눈치만 보고 있을 뿐이었다.

"더 없는 건가? 그럼 할 수 없지. 강제로 타국의 병력을 끌어올 수는 없으니까."

그리고 이어지는 왈드 공작의 말에 하나둘 안도의 한숨을 불었지만.

"대신 그만한 각오는 해 두는 게 좋을 거다."

"가, 각오라니요?"

"몰라서 묻는 건가? 모르는 척하는 건가? 아니, 괜한 물음이었군. 일국을 대표하는 대사라면 당연히 후자일 텐데 말이야."

"무슨……."

"나는 분명 말했다. 이번 일은 이 세계 전체의 운명이 걸린 일이라고 말이다. 제국은 중앙대륙의 패권국으로서 그 일에 앞장서려는 것이고. 그럼에도 돕지 않겠다면 나로서는 그 저의를 의심할 수밖에 없겠지. 예를 들면 제국의 병력이 빠져나간 사이에 뭔가 해 보겠다는 생각을 하는 건 아닌지 말이야."

왈드 공작의 말에 대사들이 기겁하며 소리쳤다.

"그, 그럴 리가 없지 않습니까?"

"나도 그렇게 믿고 싶다. 하지만 믿을 수가 없군. 당연하지 않은가? 조금 전 경들은 내 말만 믿고 병력을 보낼 수는 없다고 말했다. 그럼 나 역시 경들을 믿어야 할 이유가 없지 않은가?"

왈드 공작이 위협적인 눈빛으로 회의실을 쓸어보며 말했다.

"그러니 각오 정도는 해 둬야겠지. 실제로 그런 일이 벌어져도 그렇겠지만, 벌어지지 않아도."

"그, 그런……."

"이건 횡포입니다!"

그때 디스티아 왕국 대사가 거친 목소리로 소리쳤다.

왈드 공작이 같잖다는 웃음을 지었다.

"횡포라…… 세월이 참 빠르기는 하군. 코 묻은 손으로 내 바짓가랑이를 흔들며 쿠키를 달라고 졸라 대던 녀석이 제법 어려운 말도 구사하게 된 걸 보면 말이야."

"이, 이런 자리에서 그런 말은……."

"이런 자리니까 하는 말이다."

대사가 인상을 찌푸리자 왈드 공작이 웃음기를 지우며 말을 이었다.

"나는 그때 경의 아비와 중요한 대화를 나누고 있었다. 하지만 경의 아버지는 물론, 나 역시 경을 탓하지는 않았지. 당시 경은 아직 자신의 행동에 책임을 질 수 있는 나이가 아니었기 때문이지만, 더 중요한 이유가 있었지."

"더 중요한 이유?"

"경이 경의 아버지의 아들이었다는 것이다. 즉, 당시 경은 자각하지 못하고 있었더라도 그 지위에서 비롯된 권리를 누렸던 것이라는 말이지. 경이 아닌 다른 누구라도 마찬가지다. 모두 크든 작든 권리를 누리지. 그리고 권리에는 책임이 따르는 법. 지금 경들이 이해하지 못하고 있는 게 바로 그것이다."

"제국의 요청에 병력을 보내는 게 책임이라는 말입니까?"

"물론이지."

짧게 대답한 왈드 공작이 곽현경을 돌아보았다.

"발테아르 대사, 과거 레온 공이 발테아르를 건국하기 전, 타라칸이라는 자를 물리쳐야 한다고 말할 때도 지금처럼 동참하지 않으려는 자들이 있었다고 들었다. 그때 레온 공이 무슨 말을 했는지도. 그 말을 지금 이 자리에서도 해 줄 수 있겠는가?"

"네."

곽현경이 시선을 돌리는 대사들을 주욱 훑어보며 말했다.

"'무임승차는 용납하지 않겠다.'입니다."

"무임승차……."

"큭큭큭, 그라디오스 후작과 달리 나는 레온 공과 그다지 좋은 사이는 아니다. 아니, 솔직히 말하면 조금 안 좋은 사이라고 할 수 있다. 하지만 이렇게까지 생각하는 게 똑같다면 인정할 수밖에 없지."

왈드 공작이 키득대며 중얼거렸다.

그러나 다시 대사들을 향하는 얼굴에는 웃음기 따위는 보이지 않았다.

"그 말대로다. 나는 곧 출진할 제국의 병사들에게 말할 것이다. 이제부터 그대들이 흘릴 피는 다름 아닌 그 자신과 가족을 지키기 위함이라고. 절대 다른 누군가를 위해서가 아니라고. 그럼에도 만약 다른 누군가가 그대들이 피를 흘려 얻어 낸 권리를, 피 한 방울 흘리지 않고 공유하려 한다면 철저하게 그 대가를 치르게 해 주겠다고 말이다."

"그……."

디스티아 대사가 입을 움찔대다가 다물었다.

그리고 어깨를 늘어뜨린 채 한참을 묵묵히 앉아 있다가 한숨을 불어 내며 말했다.

"국왕 폐하를 설득해 보겠습니다."

"서두르는 게 좋을 거다. 기다림의 미학 따위를 떠들 상황은 아니니까."

The Final
더 파이널

"……최대한 빨리."

디스티아 대사가 덧붙였다.

그렇게 디스티아 대사가 백기를 들어 올리자 다른 대사들도 하나둘 한숨을 불어 내며 백기를 들어 올리기 시작했다.

그러자 왈드 공작이 빙긋 웃으며 말했다.

"제국의 고민을 이해해 줘서 고맙군. 물론 얼마나 고마워해야 할지는 경들의 조국이 보내온 병사들을 보고 생각해 봐야겠지만, 일단 그때까지는 오랜 시간 경들과 나눈 건설적인 대화를 기억해 두도록 하지."

어떤 병사를, 얼마나 보내는지도 두고 보겠다는 말이다.

덕분에 각국의 대사들은 한창 무거워진 얼굴로 분주히 회의실을 빠져나갔다.

그라디오스 후작은 그제야 왈드 공작을 돌아보았다.

"과격하시군요."

"때로는 그런 게 필요할 때도 있는 법이지. 그게 힘을 가진 자가 누릴 수 있는 특권이기도 하고 말이야."

"하지만 방금 대사들에게 말씀하신 것처럼 권리에는 책임이 따르는 법이죠. 이번 일은 앞으로 공작님의 대외적인 활동에 부담 요소로 작용하게 될지도 모릅니다."

그라디오스 후작의 말에 왈드 공작이 피식 웃었다.

"날 너무 과소평가하는군."

"그럴 리가요."

"알고 있을지도 모르겠지만, 방금 뛰어나간 사람 중에 내 돈을 먹어 보지 않은 사람은 없네. 그 돈이 독이라는 사실을 모르는 사람도 없고. 애초에 그런 것도 이해하지 못하는 놈에게는 1쿠퍼도 먹여 주지 않으니까. 경도 해 보면 알 걸세. 그들이 그 사실을 잊지 않는 한 가끔은 과격한 짓을 해도 곤란할 일 따위는 생기지 않는다는 걸 말이야. 힘없는 늙은이가 살아가기 위한 지혜라고 할 수 있지."

"뼈가 되고 살이 되는 조언이군요."

"그보다 걱정해야 할 사람은 되레 경 쪽 아닌가, 전장에 나가는 사람은 경이니까? 불안하다는 생각은 들지 않나?"

"저를 너무 과소평가하시는군요."

이번에는 그라디오스 후작이 피식 웃으며 말했다.

"그럴 리가."

왈드 공작도 그의 말을 흉내 내며 대답했다.

"경이 어떤 사람인지는 나도 잘 알고 있네. 이런 일을 맡길 사람은 경밖에 없다는 것도, 또 경이라면 실망시키지 않을 거라고는 것도 말이야."

"그렇게까지 말하면 뭐라 대답하기가 곤란합니다만……."

"내가 불안하지 않냐고 물은 건 앞으로 경이 할 일을 말하는 게 아니네. 그사이에 내가 뭘 할지에 대해서 한 말이지. 경이 자리를 비운 사이에 내가 뭔가 할지도 모른다는 생각은 들지 않는 건가?"

"그건 저와 공작님이 저 친구의 말을 얼마나 믿느냐의 문제겠죠."

그라디오스 후작이 왈드 공작의 뒤에 서 있는 카자드 쪽으로 시선을 움직이며 대답했다.

"일단 저는 카자드 경이 한 말을 믿습니다."

"물론 나도 믿네."

"그럼 걱정할 일은 없겠죠. 적어도 내가 아는 한, 공작님은 벼룩을 잡기 위해 집을 태워 버리는 짓을 할 정도로 어리석은 분은 아니니까요. 그럼에도 걱정할 만한 일이 생긴다면 제가 보는 눈이 없었다는 얘기일 테니 어쩔 수 없고 말입니다."

"할 말 없게 만드는군."

그 말대로, 그라디오스 후작과 왈드 공작이 중앙대륙의 연합군을 조직해 적의 심장부로 진군하기로 결정한 이유는 바로 그, 카자드 때문이다.

서방 대륙에서 사라졌다고 들었던 카자드가 갑자기 제국에 나타나 방금 왈드 공작이 회의실에서 한 말과 같은 내용을 전해 온 것이다.

그리고 그라디오스 후작과 왈드 공작은 그 말을 믿었다.

아니, 믿을 수밖에 없다고 해야겠지만 어쨌든.

"그럼 이제 자네는……."

"말했듯이 저는 연합군에 참가하지 않습니다. 하지만 목적지가 같으니 결국 만나게 되겠죠. 후작님이나 저나, 그때까지 무사하다면 말입니다."

그 말을 끝으로 카자드가 몸을 돌렸다.

그리고 천천히 내딛는 발아래로 빛이 번져 나왔고, 곧 그 빛과 함께 사라졌다.

ↄ

"연합군이라고?"

워트가 놀란 얼굴로 되물었다.

태영이 살짝 고개를 끄덕이며 대답했다.

"그래, 지금쯤이면 이미 구체적인 얘기가 진행되고 있거나, 끝났을 거야. 여유로운 상황이 아니라는 건 그쪽도 알고 있을 테니 말이야."

"그걸 어떻게……."

"내 쪽을 얘기하는 건지 그쪽을 얘기하는 건지는 모르겠지만, 대답은 같아. 들었으니까."

"듣다니? 누구에게?"

"너희가 진군할 때 포격을 날려 대던 전차 부대가 모여 있는 곳에 나타난 미라 봤지?"

"그 정도로 거대하면 보고 싶지 않아도 볼 수밖에 없지. 그렇지 않아도 그 거대한 미라에 대해서도 물어보려던 참이었는데…….”

“그건 내가 돌아오기 전까지 있었던 세계에서 만난 디스바로스라는 녀석이야. 이런저런 사정이 있어서 나와 일종의 소환수 같은 계약을 맺은 거고.”

“대체 어디서 뭘 하다 온 거야?”

이어지는 말에 워트가 기가 막힌다는 표정으로 중얼거렸다.

태영도 그런 감이 없진 않았다.

그때는 어떻게든 돌아가겠다는 생각밖에 없었지만, 막상 다시 떠올려 보니 황당한 일이었다는 생각이 들었고, 한두 문장으로 축약해 말하니 더 황당하게 느껴졌다.

그러나 인제 와서 새삼 풀어서 얘기해 줄 생각은 들지 않았다.

지금 중요한 건 그게 아니니까.

“그 디스바로스에게 들은 얘기야. 그가 있던 세계를 멸망시킨 건 사도, 일전에 노월 왕국의 왕성에서 나타난 마인과 같은 존재라고 말이야.”

“뭐? 왜?”

“디스바로스도 놈들이 그런 짓을 하는 이유까지는 모르고 있었어. 하지만 한 가지만은 분명하게 말하더군. 그 사도라는 놈들은 오직 그 목적 하나만을 위해 존재하는 놈들이라고 말이야. 즉, 놈들이 이 세계에 나타나는 목적도 같다는 말이지."

디스바로스에게 들은 말을 정확히 옮기자면 놈들은 그 목적만을 위해 존재한다기보다, 그 목적만을 위해 사용한다고 해야 했다.

다름 아닌 신이.

그러나 굳이 그런 단어까지 언급할 필요는 없었다.

아직 태영도 그 신이라는 놈이 어떤 놈을 말하는 건지 모르기도 하지만, 일단 신이라는 말을 해 버리면 필요 이상의 충격을 받을 게 뻔하기 때문이다.

"그, 그런……!"

뭐 그 단어를 빼놓아도 충분히 충격적인 표정을 짓고 있었지만 어쨌든.

"내가 다시 이곳으로 돌아올 때 카자드는 아직 할 말이 있다며 남았지. 그 뒤로 디스바로스와 카자드가 무슨 얘기를 했는지는 몰라. 하지만…… 어떻게 그런 결론에 도달했는지는 모르겠지만, 카자드는 시간이 없다고 생각하고 있는 것 같아."

"그건 또 무슨 말이야?"

"내게 연합군 얘기를 전해 준 건 디스바로스야. 내가 이곳으로 돌아온 지 얼마 안 돼 카자드는 중앙대륙으로 이동했고, 그곳에서 연합군을 조직해 곧바로 심장부로 진군할 테니 나는 반대쪽에서 그곳으로 이동해 달라는 말을 전해 달라고

했다더군."

"하지만 카자드는…….."

"믿을 수 있지."

태영이 워트의 말을 자르며 대답했다.

꼭 방금 워트를 기가 막히게 만들었던 일을 함께 겪어서만은 아니었다.

이전부터 알고 있었다.

태영은 수없이 회귀하며 그때마다 카자드를 만났지만, 거짓말을 하는 건 본 적이 없다.

물론 번번이 카자드의 손에 죽었던 태영으로서는 그걸 무턱대고 좋게 생각할 수는 없지만, 적어도 그 입에서 나오는 말은 믿어도 된다는 말이다.

적일 때도 그렇지만, 아군일 때는 더.

태영이 이번 일로 얻은 소득 중 하나가 그것이다.

적어도 사도와 관련된 일에서만큼은 카자드를 아군으로 믿어도 된다는 것.

"카자드는 틀림없이 어떻게든 연합군을 조직해 진군해 올 거야. 우리가 여기서 놈들의 심장부를 향해 일직선으로 이동한다고 해도 네가 걱정하는 것만큼의 압박은 없을 거라는 말이지. 그때 놈들은 이미 우리의 동향 따위에 신경 쓸 여력이 없을 테니까."

"그렇겠지. 정말 중앙대륙의 제국과 모든 왕국이 참여

한다면 대강만 잡아도 10만 이상, 그만한 대군이 놈들을 향해 진군한다면……."

"일단 여기까지다."

태영이 워트의 말을 끊으며 발투스를 돌아보았다.

"상황은 설명한 대로다. 이제 남은 건 네 선택이다. 여기 남을지, 아니면 나와 함께 적의 심장부를 박살 내러 갈지, 어느 쪽이지?"

발투스는 적의 심장부로 가겠다는 말을 꺼냈을 때부터 그저 당황한 얼굴로 바라만 보고 있었다.

그리고 그 뒤의 얘기가 이어지자 점점 더 당황한 얼굴로 변해 가고 있었다.

그러나 태영이 돌아봤을 때는 되레 담담한 얼굴이었다.

그 입에서 한숨이 흘러나왔다.

"따라가기 힘들군요."

"거절인가?"

"그런 말이 아닙니다. 사도니 세계 멸망이니 하는 말을 믿기가 힘들다는 말입니다. 하지만…… 레온 님은 믿습니다. 더 믿을 수 없는 모습을 직접 보여 주신 분이니까."

"뭐가 다른가?"

"제가 레온 님을 따라가는 건 와 닿지도 않는 세계 멸망을 막기 위해서가 아니라는 말입니다. 단지 레온 님을 따라가면 놈들의 심장부에 칼을 박아 넣을 수 있다는 믿음이 생겨서입니다. 아니, 그렇게 믿게 해 주셨기 때문입니다.”

―같은 말을 되게 길고 복잡하게 하는군. 왕자라서 그냥 '네.' 하고 따라오는 건 뭔가 모양 빠지는 짓이라고 생각하는 건가?

거기까지는 모르겠지만 어쨌든.

―뭐 어쨌든 같이 가겠다는 말인 것 같기는 하니 됐고, 그럼 이제 주인이 말한 것처럼 이곳으로 몰려오는 놈들을 박살 낼 준비를 하면 되는 건가?

그리모어의 말대로 할 일은 명확했다.

적이 올 줄 뻔히 알면서도 넋 놓고 기다리고 있는 건 멍청한 짓.

태영은 바로 작전 회의로 전환했다.

그리고 이때 세워진 작전을 기반으로 준비……는 태영이 직접 할 필요가 없었다.

명색이 공왕이니까.

물론 그렇다고 거들먹대며 놀고 있었다는 말은 아니다.

'분명 나는 이전보다 강한 힘을 얻었다. 하지만 여기서 멈출 수는 없다. 앞으로 내가 싸워야 할 적은 그 강력한 디스바로스조차 스스로 삶을 포기하게 만든 놈들이니까. 하지만 앞으로 나아가기 위해서는 먼저 자신의 위치부터 알아야 한다. 이번에 새로 얻은 힘부터 완전히 내 것으로 만들어서.'

힘을 얻는 것과 사용하는 건 다른 문제다.

아무리 강한 힘을 얻어도 제대로 활용하지 못한다면 돼지

목에 진주 목걸이.

지금 태영이 가장 먼저 할 일은 그거였다.

'나는 아직 광마력에 대해 아는 게 없어. 모르는 힘을 제대로 사용할 수는 없는 법. 먼저 그 힘을 이해하고, 익숙해질 필요가 있다.'

태영이 아는 한 그런 방법은 하나밖에 없었다.

될 때까지 고민하고, 될 때까지 해 보는 것!

이에 태영은 마경의 숲에서 처음 그리모어를 잡았을 때처럼, 아니 그 몇 배 이상 쉬지 않고 검을 휘둘렀다.

태영이 수련을 시작하고 가장 먼저 알게 된 게 바로 그거였다.

— 어이, 주인, 주인이 독하다는 건 새삼스러운 일도 아니지만, 이곳으로 돌아오기 전에는 꼬박 이삼일 동안 잠도 제대로 못 잤잖아. 돌아와서도 내내 싸우고 워트와 발투스라는 녀석과 저녁때까지 떠들었고. 그런데 고작 서너 시간 자고 일어나 다시 밤이 될 때까지 이러고 있는 건 좀 아니지 않아? 이쯤 되면 나도 슬슬 무서워진다고.

그래도 지치는 느낌이 없다는 것.

물론 전혀 피로를 느끼지 않는 건 아니지만, 그 감도는 이전의 10분의 1에도 미치지 않는 느낌이었다.

게다가 그마저도 잠시 휴식을 취하며 마력, 아니 광마력을 운용하면 대부분 회복되었다.

'피로를 느끼지 못하게 된 것도 마력이 광마력으로 전환된 영향이겠지. 직접 써 보니 더 확실하게 알겠어. 같은 양으로도 힘은 물론, 효율도 마력과는 비교도 안 돼.'

스킬을 써 보니 더 확실하게 체감할 수 있었다.

콰콰콰콰−!

지면을 가르며 뻗어 나가는 다섯 줄기의 섬광.

'라이트 웨이브−Ⅱ'였다.

'초월자'로 전환된 이후에도 '엘더 슬레이어'의 스킬은 모두 계승됐을 뿐만 아니라, 상위 스킬도 개방!

심지어 계승된 스킬과 새로 얻은 스킬 모두가 바로 만렙이 되어 있었다.

그러나 문자 그대로 대지를 찢으며 뻗어 나가는 '라이트 웨이브'는 그저 레벨이 올라 위력이 상승한 것만은 아니었다.

확실하게 느껴지기 때문이다.

마력을 사용했을 때도, 광력을 사용했을 때도 느껴 보지 못한 힘의 파동을 말이다.

심지어 그 힘의 흐름이 미세한 가닥 하나까지 선명하게 느껴졌다.

마치 힘을 사용하는 게 아니라 힘 그 자체가 된 감각!

'멋지군.'

태영은 검을 휘두를수록 의욕이 샘솟았다.

콰쾅! 번쩍! 콰콰콰콰!

태영은 그런 의욕을 몸으로 표현하는 일을 주저하지 않았고, 그런 태영의 의욕적인 훈련은 또 다른 효과를 가져왔다.

혹시 모를 안전사고를 피해 꽤 멀리 떨어져서 검을 휘두르고 있었지만, 태영의 일으키는 섬광은 멀리서도 보였고, 그 탓에 오며 가며 보게 된 병사들 쪽이었다.

"뭐, 뭐야, 저게?"

"저게 정말 사람이 검으로 만들어 내고 있는 거야? 레온 님이 우리가 상상하는 것 이상으로 강한 분이라는 건 알고 있었지만……."

"정말 그 뱀파이어의 말처럼 이제 사람으로 보이지도 않는군."

뭐 이런 평가는 둘째치고.

"저 정도로 강한 분이 아침부터 밤까지 검을 휘두르며 훈련을 하다니…… 대체 여기서 얼마나 더 강해지시려는 거야? 아니, 더 강해질 수 있기는 한 거야?"

"그야 모르지. 하지만 중요한 건 더 강해질 수 있느냐가 아니다. 저분은 그렇게 믿고 있고, 그런 믿음을 실현하기 위해 노력을 멈추지 않는다는 거다, 이미 저렇게 강하신데도."

"부끄러워지는군."

"그래, 부끄러워해야 할 일이지. 저분에 비하면 똥파리보다 못한 주제에 상급 기사랍시고 노력을 게을리한다면 말이야."

"······난 검을 휘두르는 것부터 다시 시작해야겠군. 지금,
바로."

"같이하지."

위잉! 위잉! 위잉!

기사들도 줄줄이 일어나 검을 휘둘러 대기 시작했다.

그러니 윗사람인 워트나 발투스, 드미트리, 에단, 자레드,
수인족 족장 등도 보고만 있을 수는 없었고, 아랫사람인 일
반 병사도 마찬가지.

위잉! 위잉! 위잉!

모두 사이좋게 검과 창 따위를 휘둘러 댔다.

"젠장, 돌겠군."

이에 결국 태영이라면 이부터 갈고, 그 탓에 끝까지 버티
던 울란도 대검을 집어 들고 동참할 수밖에 없었다.

그리고 그 무렵, 태영은 이들을 통해 새로운 사실을 알게
되었다.

발단은 잠시 훈련을 멈췄을 때 본 베릴이었다.

이때 베릴도 다른 기사들처럼 이 중위 일행과 섞여 훈련하
고 있었다.

그러나 베릴의 검은 이 중위 일행과는 조금 달랐다.

이 중위 일행처럼 그 기반은 분명 UDT 대원들이 사용하
던 '나이프파이팅'에 기반을 두고 있었지만, 되레 태영의

'0식'과 놀라울 정도로 닮아 있었다.

'형식에 얽매이지 말라는 내 말을 듣고 나름의 방법으로 찾아낸 답인가? 결국, 추구하는 바가 같으면 도달하는 곳도 같을 수밖에 없다는 말이겠지만……'

태영은 바로 간파했다.

'뭔가 좀…….'

같은 곳에 도달했다고 말하기는 아직 부족한 부분이 많다고 말이다.

아니, 아직 불필요한 동작과 힘이 들어가서 그런 것이니 되레 넘치는 부분이라고 해야겠지만 어쨌든, 일단 형식상이라도 베릴은 태영의 제자.

"베릴, 네가 어떤 검술을 추구하고 있는지는 짐작이 간다. 하지만 아직 불필요한 동작과 힘이 너무 많이 들어가고 있어."

"어, 어디에 말입니까?"

"그건 네가 알아내야지. 미세한 부분을 일일이 내가 지적할 수도 없고, 듣는다고 알 수 있는 것도 아니니까. 내가 해 줄 말은 그런 부분을 지나치게 의식하면 되레 더 불필요한 동작과 힘이 들어갈 뿐이라는 거다."

"……어렵군요."

"그게 말처럼 쉬우면 그렇게 검을 휘두를 필요도 없었겠지. 내가 조언해 줄 수 있는 건 동작이나 힘보다 먼저 호흡에 집중하라는 거다. 잠시 내가 봐줄 테니 한번 해 봐."

태영은 잠시 짬을 내 베릴의 훈련을 봐주었다.

그리고 곧 슬슬 짜증이 나기 시작했다.

베릴은 제자가 된 이후 처음 받아 보는 수련이라 그런지 감격에 겨운 얼굴로 정말 열심히 하고 있었지만, 그 탓인지 되레 이전보다 더 부자연스러워지고 있었기 때문이다.

따라서 이대로 놔두면 태영의 체면이 말이 아닌지라······.

"안 되겠군. 잡념이 있는 건지 이제 마력도 제대로 집중되지 않고 있어. 잠시 멈추고 이리 와 봐. 내가 같은 동작을 할 때 마력을 어떤 식으로 움직이는지 체감해 보면 도움이 되겠지."

보다 못한 태영이 직접 베릴의 몸에 마력을 불어 넣었을 때였다.

"컥! 쿨럭―!"

베릴이 왈칵 피를 토하며 쓰러졌다.

"베릴!"

"크······ 괘, 괜찮습니다."

베릴이 전혀 괜찮아 보이지 않는 창백한 얼굴을 들어 올리며 대답했다.

태영은 일단 베릴의 상태부터 확인해 보았다.

그러나 무턱대고 마력, 아니 광마력을 불어 넣을 수는 없었다.

'지금 내 힘은 광마력, 마력과는 다른 것이다. 하지만 별개의 힘은 아니야. 그 자체가 마력을 포함하고 있는 힘이야. 그러니 특별히 문제가 되지는 않으리라고 생각했는데…….'

뭐가 됐든 베릴이 피를 토한 건 그의 몸에 광마력을 불어넣은 직후.

물론 그렇다고 덮어 놓고 광마력 탓이라고 단정할 수는 없지만, 아니라고 단정할 수도 없다.

그리고 이때, 가장 난감한 부분은 지금 태영은 광마력밖에 없다는 것이었다.

따라서 태영이 베릴의 상태를 확인해 볼 방법도 광마력밖에 없지만, 광마력이 어떤 영향을 줬는지 확신할 수 없는 이상 함부로 불어 넣을 수 없었고, 광마력을 불어 넣지 않으면 확인할 수 없는, 이러지도 저러지도 못하는 상황에 머뭇거리고 있을 때였다.

"스, 스승님!"

베릴이 와락 고개를 들어 올리며 소리쳤다.

"뚜, 뚫려 버렸습니다!"

"뚫려?"

"네! 그동안 제가 검술을 사용할 때마다 어딘가 모르게 부족하다는 느낌을 받아 왔습니다. 왜 그런 느낌이 들었는지 이제야 알게 됐습니다. 방금 뚫린 기맥으로 마력을 움직여 보고 나서야 말입니다. 그렇군요. 스승님이 갑자기 그렇게 엄청난 마력을 불어 넣으신 이유가…….”

그렇게 엄청난 마력을 불어 넣었던 기억은 없다.

“오랫동안 형식에 사로잡힌 검술을 익히는 사이에 열화되어 있던 제 기맥을 뚫어 주기 위해서였군요. 뭐랄까…… 제가 말하면서도 믿어지지 않는군요. 열화되어 있던 기맥이 이렇게 막힘없이 마력이 흐를 정도로 뚫린다니, 아니 뚫을 수 있다니. 좀 전까지도 그런 일이 가능하리라고는 상상도 못 하고 있었습니다.”

태영도 상상도 못 하고 있었다.

“게다가 원래 사용하던 기맥도 이전보다 더 단단해진 느낌입니다. 아니, 부드러워졌고 할까? 마력 양에 따라 자연스럽게 활성화되는 것 같은 감각입니다. 지금이라면…….”

베릴이 벌떡 일어나 검을 휘두르기 시작했다.

“알 것 같습니다, 스승님! 이제 알 것 같다고요! 제가 어떤 문제가 있었는지, 스승님이 뚫어 주신 기맥으로 마력을 움직이며 검을 휘두르는 지금은 확실하게 알 것 같습니다!”

베릴이 흥분한 얼굴로 소리쳤다.

그 말대로 확실히 이전과는 달라진 모습이었다.

뭐 그렇다고 그렇게까지 흥분한 얼굴로 소리칠 정도의 변화까지는 아니었지만 어쨌든.

베릴의 훈련을 지켜볼 때 내내 거슬리던, 왠지 모르게 난잡하게 느껴지는 마력의 흐름이 정돈된 느낌이었다.

"그만하고 이리 와 봐."

이에 태영은 다시 베릴을 불렀다.

아직 뭐라고 단언하기는 힘들지만, 일단 광마력이 악영향을 끼친 것 같지는 않으니 무슨 일이 생긴 건지 제대로 조사해 보기 위해서였다.

그리고 곧 알게 되었다.

이계에서 정통 검술은 기본적으로 사사(師事)에서부터 시작한다.

스승에게 그 유파의 검술을 사용하기에 적합한 형태의 마력 루트를 각인받고, 이를 기반으로 수련해 나가는 방식이다.

따라서 당연히 사사 없이 수련하는 사람보다 성장이 빠를 수밖에 없다.

그러나 이는 곧 마력 루트가 정형화된다는 의미.

그 탓에 특정 유파의 검술을 한번 배우면 다른 검술은 익히기 힘들어진다는 단점이 있었다.

뭐 기술이란 습관처럼 굳어지기 마련이라 특정 유파의 검술을 배우지 않는 사람도 결과적으로는 대부분 같은 과정을 거치게 되지만 어쨌든.

'이 부분은 분명······.'

베릴 역시 오랫동안 한 유파의 검술을 익혀 온 탓에 그 검술의 마력 루트 외에 기맥은 열화, 즉 오랫동안 사용하지 않아 막혀 버린 배관처럼 되어 있었다.

그러니 당연히 마력이 원활하게 흐를 리가 없었고, 마력이 원활하게 흐르지 않으니 불필요한 힘이 들어가고, 불필요한 힘이 들어가니 군더더기가 붙는 것이다.

그러나 이 부분은 꾸준한 수련으로 좁아진 기맥을 조금씩 넓혀 가며 해결하는 수밖에 없었다.

아니, 그렇게 생각했다.

'좁아진 기맥에 부담이 되지 않도록 약간의 마력으로 내가 사용하는 마력 루트의 견본만 보여 줄 생각이었는데…….'

그대로 뚫어 버린 것이다.

마치 고압으로 녹슨 배관에 쌓인 노폐물을 한 방에 날려 버린 것처럼 말이다.

그리고 그때 알게 되었다.

'광마력이 마력보다 강한 위력을 발휘하는 건 단순히 속성이 달라서만은 아니었어. 나는 잘 느끼지 못하고 있었지만, 일반 마력을 몇 배나 압축해 놓은 것과 같은 형태의 힘인 거다. 그게 베릴의 몸속에서 한순간에 해체되는 바람에 좁아진 기맥을 뚫을 정도의 압력을 만들어 낸 거고. 하지만 만약 내가 조금만 더 광마력을 많이 불어 넣었다면…….'

몽땅 터져 나갔을지도 모른다고 말이다.

"감사합니다! 이제야…… 이제야 스승님의 진짜 제자로 인정받은 기분입니다!"

뭐 감격스러운 얼굴로 눈물까지 글썽이며 떠들어 대는 베릴에게 굳이 그런 부분까지 말할 필요는 없겠지만 어쨌든.

그 뒤로 베릴의 검술은 더 '0식'과 닮아 갔다.

태영이 견본으로 보여 주려던 게 '0식'의 마력 루트였고, 그게 견본으로 끝나지 않고 아예 고속도로로 만들어 버렸으니 당연한 결과였다.

'뭐 마력 루트가 뚫린다고 기술이 저절로 익혀지는 건 아니겠지. 그래도 확실히 이전보다는 좀 나아지기는 했군. 마력 루트가 뚫렸으니 앞으로는 조금 더 빨리 나아질 테고.'

그래도 태영이 보기에는 아직 갈 길이 멀어 보였지만.

"뭐, 뭐야? 저건?"

"갑자기 조금 전보다 검이 훨씬 빠르고 예리해졌어!"

베릴이 피를 토하며 쓰러지자 모여들고, 그 뒤에 벌떡 일어나 검을 휘둘러 대는 베릴을 바라보는 기사들의 눈에는 그렇게 보이지 않는 모양이다.

"조금 전에 레온 님이 손을 대자 베릴 경이 피를 토하며 쓰러졌잖아. 그러고 나서 바로 일어나 저렇게 달라진 검술을 보인다면 혹시…… 사사! 레온 님이 사사한 건가?"

"아니, 하지만 베릴 경은 이미 상급 기사 수준의 검술을 익히고 있었어. 그런 검사에게 사사했다는 말은 들어 본 적도 없어. 애초에 가능한 일도 아니잖아."

"하지만 저걸 달리 설명할 방법이 없잖아. 게다가 다른 사람도 아니고 레온 님이야. 레온 님이라면…….”

웅성대던 기사들이 하나둘 태영을 돌아보기 시작했다.

“……할 수 있다는 건가?”

이때, 연합군의 기사들에게 태영은 이미 상식 파괴의 아이콘이 되어 있었기 때문이다.

그리고…….

“그, 그럼 혹시 우리도 레온 님에게…….”

“……받을 수 있는 건가?”

그들의 눈빛이 일제히 기대감으로 불타오르기 시작했다.

그러나 태영의 기술은 일자전승의 비전!

‘뭐 베릴처럼 이전부터 나와 닮은 검술을 익혀 오던 게 아닌 기사들에게도 도움이 될지는 모르겠지만, 적어도 해가 될 일은 없을 테니 거절할 이유는 없겠지. 이제부터 치러야 할 전투를 생각해서도 그렇고, 나도 좀 더 알아보고 싶기도 하니까.’

……으로 삼을 생각은 없는지라 딱히 해 달라면 못 해 줄 것도 없었다.

“킥! 쿨럭!”

그때마다 피를 토하며 쓰러지는 건 태영이 아니니까.

딱히 많은 광마력이 필요한 일도 아니었다.

되레 많이 사용하면 기사도, 태영도 꽤 곤란할 일이 발생할 확률이 높은지라 소비되는 광마력은 태영이 보유한 광마력에 비하면 티도 안 나는 수준.

"큭! 쿨럭!"

"헉! 쿨럭!"

속전속결로 해치워 버릴 수 있다는 말이다.

이에 줄지어 몰려오던 기사들은 줄지어 피를 토하며 쓰러졌지만, 그것도 잠시.

"저, 정말 막혀 있던 기맥이 뚫렸어!"

"나도야! 예전에 테린 평원에서 중상을 입은 뒤로 폐쇄되다시피 한 기맥이 다시 뚫렸다고!"

"나는 지금 수준에 이르고 나서야 내가 익혀 오던 검술의 단점과 개선할 방법도 알게 됐지만, 이미 다른 기맥은 마력이 흐르지도 못할 정도로 좁아져 있어서 포기하고 있었어. 하지만 지금이라면……."

"될 것 같아! 뭐든!"

붕! 위잉! 붕!

기사들도 속전속결로 입가의 피를 닦아 내고 일어나 검을 휘둘러 대기 시작했다.

그러나 그 결과만은 속전속결로 퉁 치고 넘어갈 수준이 아니었다.

그들의 몸속에서 압축이 해체된 광마력의 압력으로 한 방에 막혔던 기맥이 뚫리고, 뚫려 있던 기맥은 더 넓어지는 기적을 체험했으니 당연히!

생각만 하던 검술이 가능해지고, 사용하던 검술은 더 강해졌다.

그리고 그중에는 베릴처럼 태영의 '0식'과 흡사한 형태로 검을 휘두르는 기사도 꽤 있었다.

한 번에 모든 기맥을 건드리면 위험하다고 생각한 태영은 광마력의 압력을 한정시켰고, 그 견본으로 삼은 게 '0식'의 마력 루트였기 때문이다.

그리고 이때, 태영은 미처 인식하지 못하고 있었지만…….

"이미 폐쇄된 기맥을 뚫다니, 필사적으로 수련해서 어찌 어찌 마력이 흐르게 만들었다는 말은 들어 본 적이 있지만, 이런 식으로 뚫었다는 말은 들어 본 적도 없어! 이건 그야말로 기적이야! 그 뱀파이어가 말한 것처럼 레온 님은 그야말로 신……."

"닥쳐, 멍청아! 그때 레온 님이 그 말을 듣고 불쾌해하시던 거 못 봤어? 너도 직접 봤잖아! 레온 님이 피나는 수련으로 얻은 힘을 기적 따위로 치부하지 말라고! 우리에게 일어난 일도 기적 같은 게 아니야! 사사한 거라고, 저 레온 님에게!"

"사사…… 그럼……."

"그래, 레온 님은 이제 우리의 스승이 되신 거다!"

그게 사사와 다를 바가 없고, 사사는 곧 이런 의미라는 걸 말이다.

"스승님!"

원정군의 기사들이 몽땅 태영의 제자가 돼 버리는 순간이었다.

"대사형이라고 불러라."

덩달아 베릴의 지위도 갑자기 급상승했지만 어쨌든.

과거 태영이 그 베릴에게 했던 말처럼 때로는 가르치며 배우는 게 더 많을 때도 있는 법.

의미는 좀 다르지만, 지금의 태영도 마찬가지였다.

다시 말하지만, 압축 폭탄과도 같은 광마력을 기사들의 몸에 불어 넣는 건 위험을 동반한 일.

혹시 모를 사고에 대비해 태영은 미리 마력 패턴을 확인할 필요가 있었고…….

－[창술의 이치]의 기초 지식을 습득했습니다.

－[둔기술의 이치]의 기초 지식을 습득했습니다.

－[회피의 이치]의 기초 지식을 습득했습니다…….

때때로 이런 메시지가 떠올랐기 때문이다.

－인제 와서?

그리고 태영은, 이런 생각은 하지 않았다.

물론 무턱대고 기술이 많은 게 좋다고 생각하는 건 아니다.

그러나 기술을 익히는 것과 이해하는 건 또 다른 문제다.

창술을 이해하고 창을 든 사람과 싸우는 것과 모르고 싸울 때는 당연히 다를 수밖에 없는 법.

단지 10인지 1인지가 다를 뿐, 뭐든 배워 두면 어떻게든 도움이 된다는 말이다.

'검술이든 창술이든 무기의 형태가 다를 뿐, 결국 추구하는 바는 크게 다르지 않아. 그럴 마음만 있다면 창술이나 둔기술에서도 검술을 이치를 찾아낼 수 있다는 말이다. 어디에 어떤 기술을 접목시킬 수 있고, 또 그로 인해 어떤 효과를 발휘할 수 있는지도 직접 해 보지 않고는 알 수 없는 일이지.'

태영은 여기서 멈출 생각이 없으니까.

'0식을 창안한 이후 좀처럼 잡히지 않던 새로운 검술의 실마리를 이런 곳에서 찾을 수 있을지도 몰라.'

이에 태영은 다시 수련에 돌입!

기사들을 통해 습득한 각종 '이치'의 마력 패턴을 하나하나 시험해 나갔다.

-스킬 [창술 : 투구 쪼개기 Lv.1]을 습득했습니다.

물론 이런 스킬을 배우기 위해서는 아니었다.

그런 건 소드 오러가 기본 사양인 그리모어를 손에 쥐었을 때부터 할 수 있었으니까.

그러나 이건 소드 오러 없이 투구를 쪼개는 기술.

본래라면 할 수 없는 일을 나름의 원리를 이용해 할 수 있도록 개발된 기술이라는 말이다.

거기에 모든 기맥이 뚫린 태영이 그 원리를 접목해 적당히 개조하고, 그리모어의 소드 오러를 더해 광마력으로 펼치면…….

콰콰콰콰-!

–스킬 [대지참(大地斬) Lv.1]을 습득했습니다.

형태도, 위력도 전혀 다른 기술이 만들어지기도 하는 것이다.

'초월자로 바뀌며 지식이나 스킬 습득률이 2배 가까이 뛰어올라서 그런가? 뭔가 바로바로 이해되고, 이전보다 훨씬 자연스럽게 익혀지는 느낌이야. 이런 감각으로 익혀 나가면 머지않아 내가 이상적으로 생각하는 새로운 검술의 실마리를 잡을 수 있을 것 같아.'

그러나 일단 여기까지.

–레온 님, 계곡 쪽으로 적군이 접근해 오고 있습니다!

무전기에서 이 중위의 목소리가 들려온 건 성벽을 함락시킨 지 나흘이 지났을 때였다.

간간이 눈발이 흩날리기 시작하는 하늘 아래.

끝도 보이지 않는 대삼림이 마치 일부러 그렇게 만들어 놓은 것처럼 뚝 끊어지고, 전혀 다른 색의 평원이 펼쳐져 있었다.

그리고 그 대삼림과 평원의 경계 지점.

"후우……."

그라디오스 후작이 하얀 입김을 뿜어 올리고 있었다.

"부쩍 추워졌군."

"시기도 장소도 그럴 만하니까요."

그 옆으로 다가오는 모어의 대답에 그라디오스 후작이 피식 웃으며 덧붙였다.

"사람도 그렇지. 보통 내 나이쯤 되면 이럴 때는 벽난로 근처에서 브랜디나 홀짝이고 있어야 하는 건데 말이야. 젠장, 말해 놓고 나니 벌써 그리워지기 시작하는군. 얼마나 지났지?"

"사흘입니다."

"체감상으로는 열흘쯤 지난 것 같지만, 생각보다 빨리 왔다고는 말할 수 없겠군. 고작 숲 하나를 통과하는 데 사흘이나 걸렸다니 말이야."

"그건 어떤 숲이냐에 따라 다르겠죠. 아마 중앙대륙에서 그렇게 말할 수 있는 사람은 후작님밖에 없을 겁니다. 중앙 대륙에서 대군을 이끌고 저 숲을 지나 여기까지 온 사람도 후작님이 처음일 테고 말입니다."

"그게 내가 그 달콤한 벽난로 앞자리를 뿌리치고 뛰어나온 이유지. 그런 타이틀을 얻을 기회는 많지 않으니까."

그라디오스 후작이 히죽 웃으며 고개를 돌렸을 때였다.

마치 그게 신호라도 된 듯이 뒤쪽의 숲에서 병사들이 나오기 시작했다.

마갑이 씌워진 말을 타고 한 손에는 창을 든 기사부터 시작해 제 몸보다 큰 방패를 든 철갑병, 족히 3미터는 될 듯한 창을 수직으로 추켜세운 창병, 그 뒤를 따르는 강철 활을 든 궁병!

삼림의 경계를 따라 엄청난 숫자의 병사들이 몰려나왔다.

숲을 짓밟듯이, 아니 실제로 짓밟으며 온 것이다.

지금 그라디오스 후작이 바라보는, 대격변으로 서방 대륙과 이어진 발탄 대수해를 말이다.

물론 발탄 대수해는 위험도 최상의 몬스터가 득실대는 밀림. 쉬운 일은 아니었지만, 어려운 일도 아니었다.

그들은 얼마 전 아르키네아 제국 황성에서 열린 회의에 참석했던 각국의 대사들이 본국에서 편성되어 포탈을 타고 제국 북부 국경에서 집결!

제국군과 합류해 무려 12만의 대군으로 몸집을 불린 중앙대륙의 연합군이었다. 그리고 거기에 제국 북부에서 소집된 수백의 헌터가 길잡이로 가세!

"여러모로 역사에 남을 일이지."

그 12만에 달하는 연합군의 총사령관인 그라디오스 후작의 말처럼 규모도, 또 그만한 규모의 병력이 발탄 대수해를 넘어온 것은 역사에 기록될 만한 대원정이었다.

그러나 당연히, 그저 그런 이유로 온 것은 아니었다.

그들의 목적은 하나!

"저쪽에서도 저희의 움직임을 파악하고 있던 모양이군요. 거리는 대략 3킬로미터, 약 5만 규모의 적군이 천천히 이쪽으로 진군해 오고 있습니다. 저희보다 숫자는 적지만, 하쿠인에게 들었던 전차 따위가 꽤 되는군요."

"뭐 이 정도까지 숫자가 불어나 버리면 당연히 살금살금 들어가는 건 무리겠지."

"그럴 생각도 없었던 거 아니었습니까?"

"어느 쪽이든."

그라디오스 후작이 어깨를 으쓱이며 대답했다.

그리고 목을 풀듯이 천천히 머리를 좌우로 움직이다가 모어가 망원경으로 바라보는 방향을 돌아보며 말을 이었다.

"놈들이 중앙대륙을 넘본 게 얼마나 큰 실수였는지 깨닫게 해 줘야겠지."

삐이이이—!

그때 갑자기 날카로운 울음과 함께 그 앞으로 파란 매가 스쳐 지나갔다.

"후작님, 저 매는……."

"그래, 세상에 둘도 없는 길조로군."

모어가 움찔하며 돌아보자 그라디오스 후작이 고개를 끄덕였다.

"그럼 어설픈 모습을 보여 줄 수는 없지."

그리고 다시 숲의 경계를 따라 늘어서 있는 병사들을 향해 고개를 돌렸을 때, 그 얼굴에 짐승 같은 웃음이 떠올랐다.

"연합군, 진격하라!"

두두두두!

쩌렁쩌렁한 고함과 함께 거친 말발굽 소리가 평원을 가로질렀다.

그리고…….

콰쾅! 콰콰콰콰―!

폭음과 함께 곳곳에서 치솟는 불길!

그때마다 거칠게 흔들리는 성벽에서 떨어져 나온 시멘트 덩어리가 우수수 떨어졌다.

"크! 문자 그대로 미친 듯이 퍼부어 대는군."

"그야 그렇겠지."

태영이 미간을 찌푸리는 워트를 돌아보며 말했다.

"신입 뱀파이어 녀석들에게 물어보니 놈들도 통신기를 사용하고 있다더군. 우리와 달리 기지에 배치된 꽤 큰 장비를 사용하는 모양이지만, 이 성벽을 함락시킬 때 도망간 놈들이 꽤 있었으니 지금 몰려온 놈들도 그때 일을 대강이라도 보고받았겠지. 놈들이 숫자만 믿고 몰려오다가 어떤 꼴을 당했는지 말이야."

이 중위가 무전을 보내오고 불과 몇 분 뒤부터 성벽 위로 포화가 비처럼 쏟아지는, 아니 정확히 말하면 포화만 쏟아지는 이유가 그 때문이었다.

포격이 날아오는 방향은 남부.

루이너 왕국 내부, 아실라타 산맥 인근의 세 기지에서 진군해 온 적군이었다.

그 숫자는 1만 이상, 태영 측의 두 배가 넘는 숫자였다.

그러나 방금 태영이 말했듯이 놈들은 이미 성벽 너머의 계곡에 주둔하고 있는 놈들이 숫자만 믿고 밀고 들어오다가 어떤 꼴을 당했는지 보고받았을 것이다.

그건 지금 놈들이 대응만 봐도 알 수 있었다.

놈들은 수 킬로미터 거리에서 정지!

마치 벽을 치듯이 병력을 앞쪽에 포진시켜 두고 그 뒤쪽에 일렬로 배치한 전차와 곡사포 따위로 포격을 뿜어 대고 있었다.

압도적으로 앞서는 병기의 힘으로 성벽과 함께 날려 버리겠다는 의미다.

그러나 놈들이 모르고 있는 게 있었다.

"그럼 놈들이 이런 식으로 공격하리라는 건 바로 알 수 있지 않겠어?"

태영은 이미 예상하고 있었다는 것이다.

"접근전을 피하고 싶은 놈들은 최대한 멀리 떨어져서 포격만으로 승부를 내고 싶을 거야. 하지만 이 계곡 앞은 완만한 각도로 휘어 있어. 따라서 포격을 하려면 일단 계곡 안으로 진입할 수밖에 없지. 두 가지를 합하면 놈들이 어디에 멈춰서서 포격을 시작할지는 바로 답이 나오지 않겠어? 성벽에 포격이 가능한 가장 먼 곳이지."

놈들이 멀리서 포격만 하리라는 것도, 또 어디서 그러고 있을지도 말이다.

그런 걸 알고도 아무 짓도 안 해 둘 태영이 아니었다.

물론 그렇다고 모두 태영이 직접 나서서 한 일은 아니지만, 지난 나흘 동안 짬짬이 시간을 내서 놈들을 맞이할 준비도 게을리하지 않았다.

"자, 그럼……."

그중 하나가 지금 태영이 돌아보는 여자, 미스트가 서방 대륙으로 넘어올 때 딸려온 천재 결계술사 멜리나였다.

"멜리나, 시작해라!"

"네, 오빠! 아니, 공왕님! 발동해라! 얍!"

태영의 말에 멜리나가 완드를 휘두르며 소리쳤을 때였다.

놈들이 모여 있는 곳, 정확히는 태영이 예측하고 멜리나가 거대 마법진을 새겨 놓았던 곳이 짙은 안개로 뒤덮이기 시작했다.

"어? 뭐, 뭐야? 이게?"

"갑자기 어디서 이런 짙은 안개…… 아니, 이거 안개 맞긴 한 거야? 무슨 안개가 이렇게 순식간에 깔리는 거야? 방금 깔리기 시작했는데 벌써 1미터 앞도 제대로 안 보이잖아."

"젠장, 이래서야 포격도…….."

"대대장님, 후방 지원 부대에서 연락이 왔습니다! 안개가 낀 곳은 우리가 모여 있는 지역뿐이고, 후방으로 100여 미터만 벗어나도 안개가 없다고 합니다!"

"뭐? 그럼…….."

"뭔가 수상합니다! 이쪽 세계의 마법사라도 계곡을 뒤덮을 정도의 안개를 불러낼 수 있다는 말은 듣지 못했지만, 혹시 모르니 일단 퇴각하고 상황을 보는 게 좋을 것 같습니다."

그러나 안개는 안개.

안개가 뒤덮이자 곳곳에서 당혹성이 터져 나왔지만, 그뿐이었다. 그리고 뒤이은 말처럼 그마저도 놈들이 퇴각하면 아무 의미도 없었다.

다시 말해 태영이 준비해 둔 게 이런 안개뿐이었을 리가 없다는 말이다.

"이 중위, 지금이다!"

-네, 발파!

콰쾅! 콰콰콰콰! 콰쾅-!

진짜는 이쪽, 폭음과 함께 놈들의 발밑에서 터져 올라오는 불기둥!

그게 지난 나흘 동안 태영 측 병사들이 총동원되어 준비해 온 일의 결과물이었다.

놈들의 발밑에서 불길을 뿜어 올리는 건 성벽에 보관되어 있던 폭발물. 나흘 동안 병사들은 그 폭발물을 긁어모아 지금 놈들이 모여 있는 지역에 묻어 둔 것이다.

십여 톤에 달하는 폭발물을 몽땅.

당연히 그냥 불기둥 몇 개만 뿜어 올릴 양이 아니었다.

"큭! 대, 대체 뭐야? 어디서……."

"포격 같은 게 아니야! 땅이다! 땅에서 폭발이 올라오고 있어! 빌어먹을, 함정이다! 놈들이 이 아래에 폭탄을 심어 둔 게 분명해! 여기에 있다가는 다……."

콰쾅! 콰콰콰콰-!

"이런 빌어먹을! 퇴각! 퇴각하라!"

"저, 전방의 병력은 이미 몽땅 폭발에 휘말렸습니다! 우측에 주둔하고 있던 제2기지의 병력도…… 생존자가 있는지조차 파악되지 않······."

콰쾅! 콰콰콰콰!

곳곳에서 소리치는 적병을 연이어 집어삼키며 터져 올라오는 폭발! 폭발! 폭발!

계곡을 뒤덮은 안개가 한순간에 핏빛으로 변할 정도였다.

그러나 그 폭발에도 끝은 있었고, 그런 폭발 속에서도 살아남는 놈은 있는 법.

폭발이 멈추자 일렁이는 안개 뒤쪽으로 수십 대의 전차와 병사들이 몰려나오기 시작했다.

콰콰콰콰—!

그 위로 무수한 섬광이 내리꽂힌 건 그때였다.

"헉! 이, 이건 또 뭐야?"

놈들이 당혹성을 터뜨렸지만, 당연한 일이었다.

놈들이 이곳에서 포격하리라는 걸 알고 있던 태영이 그 포탄이 비처럼 쏟아질 성벽에 죽치고 앉아 있었을 리가 없기 때문이다.

"전군, 공격하라!"

"크아아아! 가자, 수인족 전사들이여!"

"와아아아—!"

중앙대륙의 원정군이 있던 곳은 적군의 우측 계곡 위.

그 앞에는 가파른 경사가 있었지만, 워트의 고함과 함께 함성을 터뜨리며 질주하는 정예 기사들과 수인족 전사들은 평지처럼 질주하며 쏟아져 내려왔다.

그리고 루이너 왕국군이 있던 곳은 반대쪽.

"놈들은 지금까지 수없이 많은 동포를 짓밟아 온 놈들이다! 그리고 여기서 살아 나가면 또 그럴 터! 한 놈을 놓치면 열 명의 동포가 피눈물을 흘리게 될 것이다! 한 놈도 살려 보내지 마라!"

"루이너 왕국을 위해서!"

"와아아아-!"

발투스와 4천여 루이너 병사들이 비교적 완만한 경사를 타고 쏟아져 내려왔다.

그리고 이때 태영은 워트와 함께 있었지만…….

"매, 매복이다!"

"빌어먹을, 전차 부대! 놈들이 오기 전에 날려 버려라!"

중간 과정 따위는 생략하고 단숨에 여기저기에서 떠들어 대는 놈들을 지나 낙하!

콰쾅-!

포탑을 회전시키는 전차 위로 내리꽂혔고…….

"디스바로스!"

번쩍! 위이이잉! 콰쾅-!

그 앞으로 20여 미터에 달하는 거대한 미라도 떨어졌다.

- 벌써 다시 부르는 건가? 너희 세계에서는 얼마나 지났는지 모르겠지만, 내 감각으로는 이제 막 돌아가 한숨 돌리려는 참

이다만?

"계약하기 전에 말했을 텐데? 난 일단 손에 들어온 건 마르고 닳도록 써 주는 성격이라고 말이야. 왜, 후회되나?"

- 그런 얼굴로 바라보며 물어보면 그렇다고 말해 주고 싶지만, 안 되겠군. 그러기에는 수천 년 만에 경험해 보는 이 자극이 너무 즐거우니까. 기왕이면 이놈들이 네가 말하던 사도를 불러내려는 놈들이라면 더 그렇겠지.

"그놈들이야."

- 좋군.

부우우웅! 콰쾅!

디스바로스가 전차를 걷어차며 대답했다.

갑자기 거대한 미라가 나타나 그런 짓을 해 버리자 전차들이 황급히 다시 포탑을 회전시키며 포격을 날렸지만, 디스바로스는 죽고 싶어도 죽지 못하는 몸!

나머지 전차들도 디스바로스의 발에 밟히고, 그 주위로 줄기줄기 뻗어 나가는 붕대에 휘감겨 이리저리 날아다니다 폭발했다.

그사이 태영은 소소하게 그 아래에서 우왕좌왕하는 적병을 휩쓸었다.

"괴, 괴물이다! 저 미라도! 저 인간도 괴물이야!"

그러자 바로 곳곳에서 이런 말들이 터져 나왔지만, 너무 이른 감이 있었다.

정확히 말하면 태영은 놈들을 공격하던 게 아니었다.

이전 전투에서 쏠쏠한 전리품을 떨궈 준 만마군이라는 놈들을 찾고 있었을 뿐이다.

'……없군.'

그러나 이번에는 그런 놈들은 보이지 않았다. 그러니까…….

쾅! 콰콰콰콰ㅡ!

이제부터가 시작이라는 말이다.

죽음의 도시 I

"마, 말도 안 돼."

"이런 게…… 이런 게 현실일 리가 없어. 악몽이야……."

거칠게 흔들리는 안개 곳곳에서 절망적인 목소리가 흘러
나왔다.

그들의 몸은 온통 피와 상처로 뒤덮여 있었다.

계곡에 안개가 깔린 직후 곳곳에서 치솟아 올라온 폭발 탓
이었다.

그러나 그들이 악몽이라고 말하는 건 당시의 상황을 말하
는 게 아니었다.

처참한 모습으로 찢어진 채 계곡을 뒤덮은 수천에 달하는
동료의 시체를 보고 하는 말도 아니었다.

지금 이 순간에도 너무나 절절히 이해당하고 있기 때문이다.

쿠쿵! 콰콰콰콰—!

전차를 장난감처럼 쳐 날리는 거대한 미라도, 그 아래에서 우왕좌왕하는 병사들을 휩쓸며 피의 폭풍을 일으키는 사내도, 막을 수 있는 게 아니라고 말이다.

그야말로 재해!

쿠쿠쿠쿠! 촤라라락!

- 흠, 아쉽지만, 여기까지인 모양이군.

"곧 다시 부르도록 하지. 오래 걸리지는 않을 거야."

- 기대하지.

얼마 뒤 거대한 미라는 소용돌이치는 하늘에서 쏟아진 무수한 쇠사슬에 휘감겨 사라졌지만, 그런다고 딱히 달라질 것도 없었다.

"와아아아—!"

콰콰콰콰— 퍼펑! 퍼펑!

미라가 사라지기가 무섭게 좌우에서 터져 올라오는 폭음!

그사이 양측의 경사를 타고 내려온 원정군과 루이너 왕국군이었다. 그들이 그대로 안쪽까지 밀고 들어오자 상황은 좀 더 명확해졌다.

"아, 안 돼!"

이미 적군에게는 그들을 막을 의지 따위는 없었다.

스스로 알고 있기 때문이다.

그들이 믿고 있던 총기도 한 치 앞도 보이지 않는 안개 속에서는 무력하고, 그 안개 속에서 순식간에 코앞까지 접근해 오는 병사들 앞에서는 그들도 무력할 뿐이었다.

반면 연합군은…….

─일전에 며칠 사이에 몰라보게 달라지는 발테아르를 보며 하쿠인도 대단하다고 말했지만, 이제 확실히 알겠군. 하쿠인인지 아닌지 따위와는 상관없는 일이었어. 그저 하나, 거기에 주인이 있어서였을 뿐이야.

100% 동의할 수 없지만, 적어도 지금 연합군에게는 그대로 적용되었다.

"조장님, 저…….”

"말하지 않아도 알아. 나도 같은 걸 느끼고 있으니까. 레온 님의 사사로 이전보다 강해졌다는 자각은 있었지만, 이 정도일 줄은…….”

"저도 믿기지 않습니다. 마치 검술이 한두 단계는 성장한 것 같은 느낌입니다. 그때는 훈련 중이라 그렇게 느껴지는 줄 알았는데, 되레 지금 더 실감이 됩니다.”

"불과 나흘 만에…….”

이전 전투와는 확실히 달라진 모습을 보여 주는 것이다.

"아니, 됐다! 그렇게 생각하면 그만 닥치고 검이나 휘둘러라! 기꺼이 이런 가르침을 베풀어 주신 스승님의 은혜를 갚

는 방법은 하나, 그만큼 성장한 모습을 보여 드리는 것뿐
이다!"

"알고 있습니다!"

푸화아아악—!

그 앞의 적군은 그저 피를 뿜어 올릴 뿐이었다.

"제국이나 노월 왕국 기사에 뒤처지지 마라! 저들이 주인
님의 제자를 자처하고 있지만, 그것도 불과 나흘 사이의 일!
훨씬 오래전부터 주인님을 섬겨 온 우리가 뒤처지는 일 따위
는 있어서는 안 된다! 크아아아!"

"맞아! 주인님이 굉장해지니까 갑자기 스승이니 뭐니 떠들
어 대는 놈들과 우리는 다르다고! 냐아아옹!"

"컹컹! 뭔 소리야? 주인님은 처음부터 굉장했다고!"

일라의 말에 울컥한 목소리로 소리치는 다란과 라르고, 하
울을 따르는 수인족과 박 중사 등으로 구성된 발테아르 병사
들도 마찬가지였다.

광마력으로 기맥이 뚫린 뒤에 확 변하는 제국과 노월 왕국
의 기사들을 본 태영이 정작 그들을 그냥 놔뒀을 리는 없다.

인제 와서 새삼 구분할 필요는 없지만, 뭐가 됐든 태영은
발테아르의 공왕.

당연히 좀 더 세심하게 주의를 기울여 각 종족에 따라 맞
춤형으로 기맥을 뚫어 주었다.

그리고 본래 조금 부족할수록 성장의 폭은 커지는 법.

특히 수인족의 경우는 기사들보다 떨어지는 면이 많았지만, 그로 인해 종족 특유의 신체 능력이 급속도로 성장해 이제 조금도 밀리는 느낌이 없었다.

단, 하덴과 데드릭, 발론으로 대변되는 뱀파이어와 워 울프 일족은 광마력을 받아들이지 못했지만, 크게 아쉬워할 일은 아니었다.

"뭔가 우리만 주인님과 거리가 있는 것 같은……."

본인들은 꽤 아쉬워하는 눈치지만, 그래도 전투력은 단연 원톱! 아니, 투톱이었다.

물론 태영을 제외하고 말이다.

"대지참!"

검을 휘두를 때마다 문자 그대로 천재지변을 일으키는 태영은 별격, 어나더 레벨이니까.

그리하여 적군은 이쪽에서 몰살! 저쪽에서 몰살!

"레온!"

"레온 님!"

양쪽 계곡에서 원정군과 루이너 왕국군을 이끌고 진군해 온 워트와 발투스가 적지 중심에 떨어졌던 태영에게 도착했을 때는 남아 있는 적이 없었다.

그러나 환호성은 없었다.

워트와 발투스는 물론 그 뒤에서 태영을 바라보는 병사들 모두가 알고 있어서다.

사나흘 뒤에 놈들이 공격해 오리라는 걸 알았을 때부터, 놈들의 동선을 예측하고 이 지역에 안계 결계와 폭발물을 심어 놓을 때부터, 이번 승리는 예정되어 있었다.

그리고…….

"워트, 바로 부상자 치료와 전리품 수거 작업을 진행해라! 발투스, 이걸로 아실라타 산맥 인근의 적 기지는 사실상 괴멸된 것이나 다름없으니 이제 각지의 의용군에게 연락을 보내라! 여기서 우리가 할 일은 거기까지다. 처리가 끝나는 대로 바로 출발한다!"

그 뒤의 일도 예정되어 있었다.

⟳

턱—!

칠흑처럼 어두운 공간.

피에 물든 손이 유리처럼 매끈하게 다듬어진 벽의 모서리를 움켜쥐었다.

"큭, 쿨럭!"

그 손을 따라 올라오던 사내가 피를 토하며 앞으로 기울어졌다.

다리는 그 몸을 떠받칠 힘조차 없다는 듯이 휘청거렸다.

그러나 사내는 입술을 꽉 깨물며 벽에 등을 기대며 버텨

냈다.

"후, 힘들군. 하지만……."

입가의 피를 닦아 내는 그, 카자드가 거친 숨을 몰아쉬며 고개를 들어 올렸다.

그 앞에는 거대한 형체가 떠올라 있었다.

족히 100여 미터는 되어 보이는 몸에 드래곤과 닮은 머리가 세 개나 붙어 있는 몬스터.

언제나 말쑥한 차림이었던 카자드의 정복을 걸레처럼 찢어 버리고, 그 안쪽의 몸까지 그 옷처럼 너덜너덜하게 찢어 놓은 장본인이었다.

그러나 갈가리 찢긴 채 속살을 드러내고 있는 건 그 몬스터 역시 마찬가지였다.

다른 점이 있다면 하나.

"지금은 살아 있는 것만으로도 다행이라고 생각해야겠지. 아직 내 힘이 네게 미치지 못하리라는 건 알고 있었으니까."

카자드는 거친 숨을 불어 내면서도 이렇게 말하고 있었지만, 그 몬스터는 이미 그조차 할 수 없는 몸이 되어 있다는 것뿐이었다.

"그러니 이해해 주기 바란다."

다시 한차례 숨을 들이켠 카자드가 벽에서 등을 떼며 한 걸음 내디뎠다.

투투투툭.

그 아래로 피와 함께 유리병이나 부서진 금속구 따위가 우수수 떨어졌다.

"네게는 미안하지만, 이제 내게는 시간이 없다."

카자드가 낮은 목소리로 말하며 몬스터를 향해 걸음을 옮겼다.

그리고, 계속 걸어 들어갔다.

마치 문지기처럼 버티고 있던 몬스터 뒤쪽의 작은 통로를 따라, 당장이라도 쓰러질 듯이 휘청대는 몸을 힘겹게 잡아 세우며 걸어 들어갔다.

그리고 그 끝에 도착했을 때.

"나는 내 의무를 다하겠다, 상대가 누가 되더라도."

카자드가 걸음을 멈추며 중얼거렸다.

그 앞에는…….

"빌어먹을!"

두툼한 살집의 중년인이 거친 목소리로 소리치며 의자를 집어 던졌다.

그 앞에는 10여 명의 사내가 늘어서 있었다.

그리고 포물선을 그리며 날아간 의자는 그중 한 명에게 명중!

"컥!"

사내는 비명을 터뜨리며 의자와 뒤엉켜 쓰러졌다.

그러나 중년인은 그것만으로는 성에 차지 않는지 쓰러진 사내를 구둣발로 밟아 대기 시작했다.

"멍청한 새끼! 그걸 지금 보고라고 하는 거냐? 이쪽에서도! 저쪽에서도! 박살 났다! 죽었다! 전멸했다! 무리였다! 무능한 것도 정도가 있어야지! 내가 그딴 말이나 듣자고 네놈을 그 자리에 앉혀 놨다고 생각하는 거냐?"

"컥! 윽! 죄, 죄송합니다! 하, 한 번만 더 기회를……."

"하! 마치 내가 한 번도 기회를 주지 않은 듯이 말하는군. 나는 이미 기회를 줬다. 그 기회를 날려 버린 건 네놈이고. 그럼에도 네놈 탓에 수치를 느껴야 하는 내 앞에서 또 그따위 말을 입에 담다니, 불쾌함을 넘어 치가 떨릴 지경이군."

"요, 용서를……."

"용서? 그래, 용서라면 얼마든지 해 주지. 그런 건 땡전 한 푼 들이지 않아도 할 수 있는 일이니까. 단, 내가 네놈을 살려 둬야 할 이유를 댈 수 있다면 말이다."

"하, 한 번만 더 기회를 주시면 이번에는 기필코……."

황급히 상체를 일으킨 사내가 곳곳이 찢어져 피에 물든 얼굴을 바닥에 찧어 대며 떠듬거렸다.

그러나 중년인의 얼굴에는 일말의 동정심도 떠오르지 않았다.

"뭐 그렇겠지."

되레 한층 더 불쾌한 표정을 떠올릴 뿐이었다.

"어이, 이 새끼 끌고 나가!"

그리고 뒤쪽에 서 있는 사내들을 돌아보며 소리칠 때였다.

"진정하시지요."

"어떤 놈이 내 말을……."

뒤이어 들려오는 목소리에 와락 인상을 구기며 돌아보던 중년인이 움찔하며 멈췄다.

"……언제부터 거기 있었소?"

"방금 왔소. 하지만 대강 이런 분위기이리라는 건 오기 전부터 알고 있었지."

"우리 쪽 일이오."

"물론 그것도 알고 있소. 그쪽 일이라고만은 말하기 힘든 일이 벌어지고 있다는 것도."

후드를 눌러쓰고 방으로 들어서는 10여 명의 사내 중 한 명, 퍼스트의 말에 중년인의 얼굴이 살짝 찌푸려졌다.

"우리가 해결할 수 있는 일이오."

"그런 것처럼 보이지 않아서 하는 말이오."

그리고 이어지는 대답에 한층 더 심하게 일그러졌다.

"지금 내 힘을 의심하는 것이오?"

"당신의 힘을 의심하는 게 아니오. 상대의 힘을 인정할 필요도 있다는 말이지."

"하! 내가 고작 말 타고 검이나 휘둘러 대는 놈들을 겁내야 한다는 말인가? 비록 대격변 탓에 이전만큼의 힘을 발휘할 수는 없게 됐다 해도 나는 여전히 수백만의 병사와 수백만의 병기를 손가락 하나로 움직일 수 있는 사람이오. 그게 뭘 의미하는지는 당신도 봤을 텐데?"

"그게 문제였을지도 모르지."

"뭐요?"

"내가 왜 중앙대륙에 조직원을 보내 두고 있었다고 생각하시오?"

"그야……."

"다르기 때문이지."

퍼스트가 중년인의 말을 자르며 말했다.

그러자 중년인이 불쾌감을 드러냈지만, 퍼스트는 신경쓰지 않고 말을 이었다.

"당신이 손끝만 움직여도 채 한 달도 안 돼 멸망한 서방대륙의 왕국과 중앙대륙은 다르오. 중앙대륙은 신대와 고대시대에도 우리 쪽 세계의 중심이였던 곳. 비록 문명은 사라져도 유구한 역사는 저력으로 남는 법이지. 내가 서방 대륙보다 중앙대륙을 경계하던 것도 그 저력을 이해하고 있기 때문이고."

"그래서? 뭘 어쩌자는 거지?"

"이제 당신과 내가 제대로 힘을 합쳐 보여 줄 때가 됐다는 말이오."

"그 말은 혹시……."

"물론, 당신도 알다시피 나 역시 그동안 넋 놓고 있던 것만은 아니라는 말이오."

퍼스트가 또 말을 끊었지만, 중년인의 얼굴에 불쾌한 기색은 떠오르지 않았다.

되레 그 눈은 기대감으로 반짝였다.

"끝난 건가?"

"아직은 마무리 단계요. 하지만 곧 끝날 거요, 당신이 도와준다면."

"물론 도와주지."

"고맙소. 약속하지. 당신은 그 대가로 원하는 것을 얻을 것이오. 나 역시 원하는 것을 얻게 될 거고, 놈들이 도착하기 전에. 그러니……."

"무슨 말인지 알겠소. 어이, 지금 당장 각 지역의 지휘관들에게 연락해라!"

고개를 끄덕인 중년인이 밖으로 나가며 소리쳤다.

그리고 나머지 사내들이 허둥지둥 그 뒤를 따라 나갔을 때, 그 뒷모습을 지켜보던 후드의 사내 중 한 명이 중얼거렸다.

"드디어 때가 됐군요."

"그래, 모두 저 사내 덕분이지. 안타깝게도 저 천박한 성격은 마지막까지도 좋아할 수 없었지만, 인정할 건 인정해야겠지."

"그럼 역시……."

"물론, 말했듯이 그만한 대가를 받게 해 줄 것이다. 그리고……."

몸을 돌리는 퍼스트의 입가에 웃음이 번졌다.

"지옥을 보게 되겠지, 이곳으로 오고 있는 놈들은 물론, 이 세계의 인간 모두가. 위대한 신의 인도에 따라서 말이야."

"우리 측에 전사자는 없어. 하지만……."

워트가 말끝을 흐렸다.

그러자 발투스가 쓴웃음을 지으며 고개를 저었다.

"전장에서 그런 배려는 필요 없네. 물론 나도 아직은 휘하 병사의 죽음을 전력 감소라는 말만으로 받아들일 정도로 단단해지지는 못했지만, 적어도 이번 전투의 결과를 가지고 아군의 희생을 안타까워할 수는 없지."

발투스가 그렇게 말하는 이유는 아실라타 계곡 입구에서 벌어졌던 전투의 전사자는 루이너 왕국군에서만 발생했기 때문이다.

그러나 그 숫자는 30여 명.

적다고 무시할 일은 아니지만, 수십 대의 전차와 1만에 가까운 병사가 전멸한 적군과 비교하면 발투스의 말처럼 안타까워할 일이라고는 할 수 없었다.

　부상자도 마찬가지였다.

　"부상자는 200명 정도 있었지만, 그것도 기적 같은 일이죠. 게다가 레온 님의 나눠 주신 약으로 이미 모두 치료까지 끝냈고요. 정말 효과가 굉장하더군요. 왕자인 저도 부러진 뼈를 10분 만에 붙게 해 주는 약은 처음 봅니다."

　당연하다.

　그 약은 태영과 발테아르에 모인 약사와 의사가 연금술과 현대 의학 지식을 결합해 만든 특제품, 메이드 인 발테아르 포션이니까.

　[타박상 치료제], [상처 치료제], [골절 치료제], [응급 소독약]……

　이런 전문화를 통해 약효를 극한까지 끌어올려서.

　그러니 효과가 좋을 수밖에 없고, 발투스가 놀라는 것도 이해하지만, 그런 반응은 이제 새삼스러운 일도 아닌지라 굳이 일일이 설명할 생각은 들지 않았다.

　그럴 시간도 없었다.

　"좋아. 그럼 병사를 소집해라. 출발한다."

이에 태영이 바로 흑영에 오르며 말하자 워트가 당황한 표정을 지었다.

"뭐? 자, 잠깐. 지금 바로 출발하겠다고?"

"그래, 아까도 말했잖아. 전후 처리가 끝나면 바로 출발하겠다고."

"그렇게 말하기는 했지만…… 아니, 아직 전후 처리가 끝난 것도 아니잖아. 부상병 치료는 끝났지만, 아직 전리품을 다 수거하지도 못했어."

"잡다한 것까지 다 챙길 필요는 없어. 놈들의 총기는 이전 전투에서도 충분히 챙겼으니 탄환이나 중화기 정도만 적당히 챙기면 돼. 어차피 우리는 여기서 바로 적진을 가로지를 예정이니까, 그 이상은 짐이 될 뿐이야."

"적의 무기를 챙겨 봐야 짐만 된다는 건 나도 알아. 하지만 네가 말한 적의 심장부가 하루 이틀 사이에 도착할 수 있는 거리는 아니잖아. 언제 어떤 상황에 맞닥뜨리게 될지 모르고. 마음이 급하다고 무기만 챙겨서 갈 일이 아니잖아."

물론 태영도 알고 있다.

이곳에서 최종 목적지까지는 최소 보름 이상 걸리는 거리.

당연히 5천이나 되는 병력이 그만한 거리를 이동하려면 그만한 물자가 필요하다는 것도, 또 성벽에 남아 있던 물자를 박박 긁어모아도 꽤 부족하다는 것도 안다.

"그래서 서둘러야 한다는 거야."

"뭐?"

"이놈들은 전투 병력이야. 뒤져 보면 이것저것 나오겠지만, 많은 양은 아니겠지. 지금 우리가 목적지까지 이동하는데 필요한 물자를 확보할 수 있는 곳은 두 군데밖에 없어. 이전에 해치운 놈들이 몰려왔던 적 기지와 방금 해치운 놈들이 온 적 기지다. 저 성벽을 통해 루이너 왕국과 북부 대륙으로 오고 가는 물자는 모두 그 양쪽 기지에 쌓여 있을 테니까."

"그럼…… 아실라타 산맥 너머의 적 기지를 습격해 필요한 물자를 보급하겠다는 거야?"

"그래서는 너무 늦지."

태영이 피식 웃으며 대답했다.

이유는 좀 전의 전투에서 적병을 100% 해치운 건 아니기 때문이다.

1만이 넘는 적을 모두 해치우는 건 현실적으로 무리!

더구나 전장은 안개에 뒤덮여 있었다.

물론 그 덕에 아군의 피해를 최소화할 수 있었지만, 그게 아군의 시야는 가리지 않는다는 의미는 아니다.

분명 그 와중에 적지 않은 놈들이 도망쳤을 것이다.

그리고 놈들이 갈 곳은 하나, 놈들이 기어 나왔던 적 기지밖에 없다.

"뭐 그래 봤자 주 전력이 전멸했으니 추격 따위를 해 올 일은 없겠지만, 문제는 놈들이 통신 수단이 있다는 거야. 전에 말했지? 놈들은 우리처럼 소형화하지는 못했지만 수백 킬로미터, 즉 기지끼리는 무선을 주고받을 수 있다고. 여기서 도망간 놈들이 후방 기지에 도착하면 놈들이 그 통신으로 어떤 말을 주고받을 것 같아?"

둘 중 하나다.

사방에서 연락을 보내 병력을 끌어모으거나, 반대로 도망치거나.

그러나 현시점에서 보자면 후자일 확률이 높았다.

방금 태영이 지목한 루이너 왕국 내의 세 기지와 계곡 너머의 적 기지는 모두 성벽에서 2~3일 거리밖에 되지 않기 때문이다.

게다가 양쪽 모두 두 번에 걸친 전투로 주 전력의 대부분을 잃은 상황.

즉, 연합군이 마음만 먹으면 그 기지 중 어디든 충분한 전력이 모이기 전에 공격할 수 있고, 놈들은 100% 박살 난다는 말이다.

당연히 통신을 받자마자 짐을 바리바리 싸 들고 퇴각할 것이다.

루이너 왕국 내의 세 기지는 물론, 계곡 너머의 기지도. 언제 올지 모를 지원군을 기다리는 것보다 직접 찾아가는 쪽에 훨씬 **빠를** 테니까.

그러나…….

"이번에 공격해 온 놈들이 성벽 탈환에 성공했다면 얘기는 달라지겠지. 아니, 이미 받았어. 저 성벽에도 놈들의 통신기가 있으니까."

추가로 말하자면 태영의 밑에는 중국어에 능통한 부하들이 꽤 있었다.

바로 전직 대륙군 장교 출신의 신입 뱀파이어들이다.

하덴과 뱀파이어 일족이 이번 전투에 참여하지 않은 이유가 그 때문이었다.

그때 뱀파이어 일족은 놈들이 퍼부어 대는 포격으로부터 통신기를 지키는 임무를 맡고 있었다.

그리고 전투가 종반으로 접어들었을 때.

"난 텐센 대교다. 현재 아실라타 관문은 전진기지에서 급파된 병력이 다시 탈환했다."

─저, 정말입니까?

"이딴 말을 농담으로 하는 놈도 있나? 너 군번 뭐야? 위에 놈 바꿔!"

─아, 아닙니다! 그런 뜻으로 한 말이 아니라…….

"젠장, 됐다. 나도 군기나 잡고 있을 상황이 아니니까. 궁지에 몰린 놈들이 관문의 군량을 몽땅 불태워 버렸다. 전투 도중에 우리가 가져온 군량도 태워 버렸고. 현재 우리 군의 잔존 병력은 8천 이상, 남은 군량으로는 하루도 버티기 힘들어. 그러니 최대한 빨리 보급 부대를 보내라. 8천의 병력이 최소 열흘은 버틸 수 있는 양으로."

―여, 열흘이나요?

"방금 못 들었어? 우리가 가져온 군량도 몽땅 타 버렸다고 했잖아. 그 군량을 어디서 가져왔겠어? 우리 측 기지에도 비축된 군량이 있을 리가 없잖아!"

―아, 알겠습니다! 곧바로 요청하겠습니다!

"서둘러!"

이런 통신을 보냈다.

당연히 계곡 너머에 있는 보급 기지로.

루이너 왕국 내부의 기지는 이 계곡에서 탈출한 놈들이 돌아가면 곧바로 보이스피싱이었다는 게 탄로 날 테니까.

물론 놈들이 기지로 돌아가면 신입 뱀파이어의 무전을 받은 적 기지에도 알려지기는 할 것이다.

그러나 놈들의 통신기는 '기지 to 기지' 전용!

그때는 이미 보급 부대가 출발한 뒤고, 놈들이 그 부대를 되돌릴 방법은 전령을 보내는 방법밖에 없다는 말이다.

그러나 계곡에서 탈출한 적병이 기지로 돌아가는 데도 하루 이틀은 걸릴 터.

즉, 태영이 늦장만 부리지 않으면 먼저 마주치게 된다는 말이다.

그리고 실제로 마주치게 되었다.

태영이 연합군과 함께 성벽을 넘어 진군한 지 하루가 지났을 때.

부우우웅–!

군량을 바리바리 싣고 달려오는 10여 대의 트럭과 말이다.

물론 트럭만 있는 것은 아니었다.

그러나…….

–뭐 준비 운동감도 못 되는군.

고작 100여 명의 호위부대 따위는 대충 이런 느낌이었다.

수송 트럭 역시 마찬가지였다.

"보급품은 물론 저 트럭도 필요하다. 먼 길을 가야 하니까."

"내 전문이군."

"이전 전투에서는 통신기를 지키느라 성벽에 남아 있어서 피 냄새도 제대로 못 맡아 봤으니 나머지는 저희가 맡겠습니다."

태영이 호위부대를 향해 날아갈 때 미스트와 뱀파이어 일족도 트럭으로 날아갔고, 태영이 호위부대를 해치웠을 때 그 트럭은 모두 멈춰 있었다.

덕분에 연합군은 8천 명이 열흘, 5천의 연합군이라면 보름 이상을 먹고도 남을 군량을 확보!

"이제 먹는 건 걱정하지 않아도 되겠군."

태영과 연합군은 뒤에 밥차를 달고 한결 넉넉해진 기분으로 다시 진군했다.

부아아앙─!

그 앞으로 수십 대의 오토바이가 나타난 건 그로부터 다시 1시간이 지났을 때였다.

뭐 하는 놈들인지는 굳이 생각할 필요도 없었다.

놈들도 마찬가지였다.

"저, 저놈들은……."

"빌어먹을, 늦었다! 분명 저놈들이 아실라타 관문을 습격하고, 후발대까지 전멸시켰다는 놈들이야! 설마 놈들이 이쪽으로 진군해 올 줄은……."

"큭! 서둘러 방향을 돌려라! 한시라도 빨리 기지에 알려야 한다!"

부아아앙─!

급하게 오던 놈들이 급하게 방향을 돌리고 도망쳤다.

그러나 그때는 이미 태영의 눈에 띄어 버린 뒤였고, 태영은 놈들을 살려 보낼 생각이 없었다.

"저놈들은 저희가 맡겠습니다."

"따라잡을 수 있겠나?"

"이런 지형에서 저희보다 빠른 놈은 없습니다."

이에 발론과 워 울프 일족이 추격!

"헉! 이, 이놈들은 뭐야?"

"느, 늑대다! 시커멓고 거대한 늑대가 엄청난 속도로 따라붙고 있어!"

"큭! 빌어먹을, 속도를 올려라!"

"하, 하지만 이런 험한 자갈밭에서 이 이상은…… 으앗! 바, 바퀴가…….”

"아, 안 돼! 오지 마! 안 된다고!”

팁! 팁! 팁!

놈들은 느긋하게 뒤따라간 태영이 도착할 무렵에는 이미 모두 변사체로 변해 있었다.

따라서 무시하고 그냥 진군.

"뭐랄까…… 전투도 그렇고, 그 뒤에 군량을 확보하는 것도 그렇고, 정말 레온 님과 휘하 병사들이 있으면 세상에 못할 일이 없을 것 같군요. 인제 와서 이런 말을 하기는 뭐하지만, 중앙대륙의 연합군이 없어도 이대로 적의 심장부까지 갈 수 있을 것 같다는 생각이 들 정도입니다.”

발투스는 새삼 더 놀랄 것도 없다는 얼굴로 중얼거렸다.

그러나 그 정도는 아니었다.

아니, 정확히 말하면 태영도 모른다.

초월자가 된 뒤로 아직 한계를 느껴 본 적이 없으니까.

그러나 인간을 그만둘 생각이 없다고 말했던 것처럼, 태영도 인간인 이상 한계는 있을 테고, 꼭 그런 한계가 아니라도 혼자 할 수 있는 일에는 한계가 있다.

루이너 왕국군과 중앙대륙의 연합군이 필요한 이유다.

'디스바로스의 말이 사실이라면 놈들의 목적은 이 세계의 파멸! 이미 이건 나 혼자만의 일이 아니다! 하지만 내가 싸우는 이유는 이 세계를 위해서가 아니다! 나를 위해서다! 그 지옥 같은 회귀에서 벗어날 수 있다면 뭐든 해치우고, 뭐든 이용하겠다!'

다름 아닌 바로 자신을 위해서.

이에 꾸준히 진군한 태영은 하루가 더 지나서야 계곡 반대쪽으로 나올 수 있었다.

삐이이이─!

중앙대륙의 연합군 쪽 동향을 알아보기 위해 보냈던 청영이 돌아온 건 그때였다.

덕분에 태영은 두 가지를 알게 되었다.

하나는 연합군의 총사령관이 그라디오스 후작이라는 것이고, 다른 하나는 연합군의 동선이었다.

일직선으로 간다. 알아서 찾아와라.

청영이 달고 온 편지에 이렇게 적혀 있었기 때문이다.

적혀 있는 내용도, 그런 편지를 보내면서도 뻔히 아는 워트에 대해서는 한마디도 적어 두지 않은 게 그라디오스 후작답다 싶지만 어쨌든.

'나도 돌아갈 필요는 없지.'

태영이 이렇게 생각한 건 그 편지 때문이 아니었다.

청영의 합류로 시야가 넓어진 덕분에 알게 됐기 때문이다.

태영이 계곡을 나와 가장 먼저 처리할 예정이었던 계곡 주변의 적 기지가 이미 모두 텅텅 비어 있다는 것을 말이다.

'일단 여기서 시간을 허비하지 않아도 되는 건 좋은 일이겠지만, 당연히 마냥 좋게만 생각할 일은 아니겠지.'

놈들이 기지를 버리고 도망쳤다는 말은 태영 부대의 존재를 알고, 또 그만큼 위협적인 존재로 인식하고 있다는 의미니까.

그러나 같은 이유로 이대로 적의 심장부에 도착할 때까지 방관할 리는 없다.

그럼 생각할 수 있는 건 하나.

아마도 깊이 끌어들인 뒤에 충분한 병력을 모아 포위망을 구축할 계획이겠지만…….

'……어림도 없지.'

"청영, 반경 10킬로미터 범위를 정찰해라!"

삐이이이—!

태영이 그딴 포위망에 걸려들 일 따위는 없었다.

아실라타 산맥을 관통해 북부 대륙에 입성!

같은 계곡을 지나 같은 곳에 다다랐지만, 이때 태영 측 병사들과 루이너 왕국군은 분위기는 확연한 온도 차이를 보였다.

태영 측 병사들은 모두 중앙대륙 출신.

중앙대륙을 떠나올 때부터가 원정의 시작이었고, 서방 대륙이 곧 적지 한복판이었다.

그러나 루이너 왕국군 측은 당연히 아니다.

그들에게 서방 대륙은 비록 적에게 빼앗겼다고 해도 자국의 땅.

즉, 루이너 왕국군은 아실라타 산맥 너머에 발을 디딘 지금부터가 원정의 시작, 이제야 처음으로 자국을 짓밟아 온 적지에 들어선 것이다.

"있었군, 진짜, 아실라타 산맥 너머에 또 다른 대륙이."

"그야 당연히 있겠지. 우리 왕국에 그런 짓을 자행해 온 놈들이 바닷속에서 솟아 나왔을 리는 없으니까."

"여기가 그 짐승 같은 놈들의 나라……."

담담한 태영 측 병사들과 달리 루이너 왕국군의 얼굴에는 서서히 불안과 긴장, 그리고 그 이상의 분노가 떠올랐다.

그러나 곧 분위기는 다시 바뀌었다.

그로부터 이틀 뒤, 원정군은 처음으로 도시 인근을 지나며 보게 됐기 때문이다.

이제 원형조차 알아보기 힘들 정도의 폐허로 변해 버린 현

대의 도시도, 또 그 도시에 살던 사람들이 어떻게 됐는지도.

　─ 이건…… 흠, 뭐랄까…… 주인과 함께 처음 유적을 나왔을 때 봤던 것과 같은 느낌이군. 더 낡고 심각해 보이는 것만 제외하면 말이야.

　대격변과 동시에 마경의 숲과 겹쳐져 버린 서울을 말하는 것이다.

　그리고 그리모어의 말대로, 태영 일행이 도착한 도시는 당시의 서울처럼 무너진 건물 곳곳에 무수한 시체가 아무렇지도 않게 굴러다니고 있었다.

　다른 점이 있다면 하나.

　당시 서울보다 살아남은 사람이 훨씬 많이 눈에 띈다는 것이고, 당시 서울의 생존자들보다도 훨씬 비참해 보인다는 점이다.

　그때보다 훨씬 많은 시간이 지났는데도 말이다.

　아니, 훨씬 많은 시간이 지나서일 것이다.

　뼈와 가죽만 남은 몰골의 사람들이 파리가 들끓는 몬스터 사체 주위에 모여 뒤적대는 이유가 말이다.

　"어째서 이런……."

　"놈들은 제 나라가 이런 상태인데도 우리 왕국을 침공했다는 건가? 저렇게 비참하게 죽어 가는 국민을 놔두고?"

　"그동안 우리나라에서 벌어진 일은 대체 뭐였던 거지? 그 학살과 약탈은 대체 누구를 위해, 뭘 위해 벌어진 거지?"

루이너 왕국군은 물론, 워트와 제국, 노월 왕국, 발테아르 병사들도 충격에 휩싸였다.

그러나 태영은 담담했다.

"뭐야, 저 꼴들은? 저 녀석들 혹시 죄수나 뭐 그런 거야?"

"……아닙니다."

"그런데 왜 다들 저렇게 몇 년 굶은 거지꼴이야? 여기서 불과 이틀 거리에 그렇게 커다란 군사기지가 있었잖아. 거기 있던 놈들은 여기가 이 지경이 되도록 몰랐다는 거야?"

"그건…… 우리나라의 인구는 엄청나게 많습니다. 대격변으로 나라 전체가 폐허로 변해 버린 상황에서는 어차피 군부대에 비축된 식량을 풀어 봤자……."

"풀어 볼 생각은 있었고?"

"……."

"칵! 퉤! 젠장, 어째 피에서 음식물 쓰레기 맛이 나던 이유가 있었군. 어이, 너 인마. 저기 떨어져서 쫓아와."

굳이 하덴과 신입 뱀파이어의 말을 듣지 않아도 대강 예상할 수 있었기 때문이다.

이 나라의 군대가 서방 대륙의 왕국을 짓밟고 약탈한다는 게, 이 나라의 국민이 잘 먹고 잘산다는 의미는 아니라고 말이다.

그러니 굳이 말을 보탤 생각도 없었고, 그럴 여유도 없었다.

뭐가 됐든 이곳은 적지!

태영의 관심사는 오직 원정군을 최소한의 피해로 적의 심장부까지 데려가는 일이고, 또 최소한의 피해로 박살 내고 돌아오는 일뿐이었다.

삐이이이—!

자연히 모든 의식은 주위를 정찰하는 청영에 집중되어 있었다.

'일단 이 근방에 적군은 없군.'

그리하여 음울한 분위기의 도시를 지나 진군.

적군을 발견한 건 다시 이틀이 더 지났을 때였다.

숫자는 약 2천 남짓.

2대의 장갑차와 다수의 트럭을 이끌고 이동하는 부대였다.

'이동하는 방향을 보면 우리 군에 대응하기 위한 부대는 아닌 것 같지만……'

말했듯이 놈들은 이미 태영 일행의 존재를 알고 있다.

당연히 늦든 빠르든 대응을 준비하고 있을 것이고, 당장은 아니라도 태영이 발견한 부대도 거기에 합류할 확률이 높다.

태영이 청영을 띄워 놓은 이유가 그 때문이다.

"자를 수 있을 때 잘라 두는 편이 좋겠지."

이 말로 놈들의 운명이 결정되었다.

"당장 주변에 다른 적 부대는 보이지 않아. 하지만 이곳은

적지 한복판. 당장 눈에 보이는 적이 없다고 안심할 수는
없다. 따라서 최대한 신속하게 처리하고 이탈한다. 발론, 워
울프와 수인족 부대를 데리고 놈들을 앞질러 가라. 하덴과
데드릭은 놈들의 우측. 워트, 너는 기사들을 이끌고 좌측으
로 이동해라. 그리고 신호와 함께 세 방향에서 동시에 급습
한다. 그리고…….”

“저희 차례죠.”

“그래, 발투스와 루이너 왕국군은 이대로 거리를 유지하
며 따라붙다가 전투가 시작되면 바로 속도를 올려 돌격해 놈
들의 후미를 타격한다.”

“그럼 장갑차는…….”

“내가 맡지. 그게 공격 신호다.”

그리고 곧 이어지는 태영의 말처럼 되었다.

콰쾅—!

멀쩡히 잘 가던 장갑차 위에서 그야말로 마른하늘에 날벼
락처럼 내리꽂히는 섬광!

순식간에 장갑차 1대가 바로 고철이 돼 버렸다.

“뭐, 뭐야? 무슨 일이냐?”

콰쾅—!

그리고 선두의 지프에 탄 사내가 화들짝 놀라며 돌아보는
사이 다른 1대도 고철이 돼 버렸다.

“역시 주인님이야. 정말 알아보기 쉬운 신호로군.”

"자, 사냥해라!"

"아오오오!"

동시에 세 방향에서 날아드는 발톱과 송곳니, 그리고 검기! 검기! 검기!

푸화아아악-!

"모, 몬스터?"

"아, 아니, 적이다! 몬스터지만 적이야! 기습이다! 마, 막아…… 아니, 반격해라!"

치솟는 피와 함께 적군은 단숨에 공황 상태에 빠져들었다.

"돌격!"

콰콰콰콰! 콰콰콰콰!

그때 뒤에서 들이닥치는 4천여 루이너 왕국군!

놈들은 그 돌격을 막아 내지 못했고, 그 뒤로는 변변히 저항도 하지 못했다.

그리고 도망가지도 못했다.

태영이 놈들을 습격한 곳은 군데군데 크고 작은 돌산이 흩어져 있는 지역. 어찌어찌 전장, 아니 학살장을 탈출한 놈들의 도주로도 한정될 수밖에 없었고……

"헉! 뭐……."

"머리는 두고 가라. 네놈이 그 머리에 달린 입으로 우리에 대해 나불대면 곤란하니까."

푸확-!

거기에는 이미 미스트와 루이너 왕국군에 소수 섞여 있던 타클라마칸, 루이너 왕국에서 활동하던 10여 명의 암살자가 대기하고 있었다.

추가로 말하자면 이때 미스트는 이미 그들의 대장 노릇을 하고 있었지만 어쨌든.

놈들은 채 10분도 버티지 못하고 전멸했다.

그 뒤에도 마찬가지였다.

삐이이이-!

태영 일행이 불과 10분의 노동 값치고는 꽤 짭짤한 군량을 챙기고 다시 이동을 시작한 지 이틀이 지났을 때, 청영이 또 한 무리의 적군을 찾아냈다.

아니, 정확히는 주둔지였다. 그러나 규모는 크지 않았고, 병력은 그 규모보다도 적었다.

"뭐 우리가 진군해 온다고 남부의 기지를 몽땅 비워 둘 리는 없겠지. 병력이 적은 이유는…… 우리를 찾느라 주변을 정찰하고 있는 건가? 그럼 주둔지라도 통신기가 있을 테고…… 놔두면 갈 때나 올 때나 꽤 거치적대겠군."

쾅!

그런 이유로 가볍게 밟아 주며 전진!

삐이이이-!

"500명 규모의 부대로군."

펑!

그런 이유가 아니라도 보이는 족족 박살 내며 진군했다.

'……뭐지?'

태영이 이상함을 느끼기 시작한 건 그렇게 며칠이 더 지났을 때였다.

태영은 적의 심장부를 향해 일직선, 뭐 물론 그사이에 여러 가지 사정이 있어 정확히 직선이라고 할 수는 없지만 어쨌든, 일주일 이상을 진군해 왔다.

그럼에도 아직 본격적으로 태영 일행을 막으려는 움직임은 보이지 않았다.

물론 태영도 나름대로 그런 부분을 고려해 이동로가 발각되지 않도록 주의하고 있었지만, 갈수록 마주치는 적 부대의 규모도 되레 작아지고 있었다.

'반대쪽에서 중앙대륙 연합군이 진군해 오고 있으니 대규모 부대는 모두 그쪽으로 이동시켰을 수도 있어.'

처음에는 이렇게 생각했다.

"대부분 일주일 전쯤에 사령부의 명령을 받고 북경으로 이동했습니다."

그러나 그사이 가물에 콩 나듯 새로 영입된 신입 뱀파이어는 모두 이런 말을 하고 있었다.

"이유는 저희도 정확히는 모릅니다."

거기에 이렇게 덧붙였고, 그 탓에 태영은 되레 놈들의 의도를 알 수 없어졌다.

뭐든 순서라는 게 있는 법이다.

방금 신입 뱀파이어가 말한 북경은 문자 그대로 놈들의 심장부.

아무리 양쪽에서 적군이 밀고 들어온다고 해도 넓디넓은 땅덩어리를 다 버려두고 심장부에 방어선을 친다는 건 이해하기 힘든 일이다.

그동안 태영이 놈들의 병력을 꽤 잘라먹었다고 해도, 그게 놈들에게 치명상이 됐으리라는 생각은 하지 않으니까.

'그럼…… 중앙대륙 연합군 쪽인가? 연합군이 내 예상보다 더 광범위한 피해를 입히고, 더 빠르게 진군해 오고 있다면…… 아니, 됐어.'

미간을 좁히며 생각하던 태영은 이내 머리를 흔들었다.

놈들의 의도가 뭐든.

'……이제 얼마 안 남았다!'

곧 알게 될 테니까.

🌀

"이게…….."

"당신의 꿈을 이뤄 줄 위대한 신의 대리자요."

"오오, 드디어……."

퍼스트의 대답에 중년인의 눈이 환희의 빛에 물들었다.

그 앞에는 높이만 100여 미터에 달하는 거대한 지하 공간의 한쪽 벽이 울긋불긋한 살덩이로 덮여 있었다.

　중년인의 눈이 향한 곳은 그 앞, 벌어진 살덩이 틈에서 금빛을 뿜으며 실타래처럼 흘러나오는 수백, 수천 가닥의 실이었다.

　"이렇게 빨리 이 위대한 존재를 깨울 수 있었던 건 모두 당신의 도움이 있었기 때문이오. 뭐 정확히 말하면 당신이 준비해 준 자들의 희생 덕분이라고 해야겠지만."

　"희생?"

　이어지는 말에 중년인이 피식 웃으며 고개를 끄덕였다.

　"그래, 그렇게도 말할 수 있겠지. 하지만 의무이기도 하오. 비천한 자들은 위대한 존재의 양식이 돼야 한다는, 고대부터 지금까지 한 번도 변한 적이 없는 섭리에 따른 의무. 다른 점이 있다면 과거의 누구도, 심지어 유일한 황제라고 불리던 진시황조차 이루지 못한 일을 나는 이뤄 냈다는 것뿐이지. 인류 역사상 가장 위대하고 강대한 존재가 되어서 말이야."

　"그렇게 될 거요."

　"그럼 뭘 더 기다리는 건가? 아니, 언제까지 기다리게 할 참인가?"

　"이미 시작했소."

　퍼스트가 빙긋 웃으며 대답했을 때였다.

주위에서 너불대던 금색 실이 천천히 중년인의 몸을 더듬다가 하나씩 휘감기기 시작했다.

다리에서부터 허벅지, 허리와 가슴을 지나 목까지.

그때마다 볼을 실룩대던 중년인의 입에서 웃음이 터져 나왔다.

"크하하하! 그래, 느껴진다! 이 힘과 폭발하듯이 머릿속으로 흘러들어 오는 지식! 이거다! 이거야말로 내가 원하던 신의 힘! 이제 나는 인간이 아니다! 이미 인간을 초월한 존재! 이로써 나는 이 세계의 영원불멸한 지배자가 되어……."

푸확―!

중년인의 가슴에서 피가 뿜어져 나온 건 그때였다.

순간 흠칫하며 입을 다문 중년인의 눈이 고통으로 일그러졌고, 곧 경악과 혼란에 휩싸였다.

"큭! 이, 이게 뭐……."

두쿵! 두쿵!

그 앞에서 심장이 꿈틀대며 피를 뿜어 올리고 있었기 때문이다.

다름 아닌 그의 가슴에서 나온 심장이.

믿어지지 않는다는 눈으로 심장을 바라보던 중년인이 고개를 돌렸다.

"이건……."

"보다시피 당신의 심장이오. 나는 약속을 지켰지만, 아쉽게도 당신은 당신이 원하던 힘을 얻을 자격이 없었다는 말이지. 그건 내가 어떻게 해 줄 수 없는 일이고 말이오. 그 결과가 이것이지. 당신이 말했듯이 비천한 자가 위대한 존재의 양식이 되는 건 섭리니까."

"너…… 나를……."

푸확—!

심장이 폭발한 건 그때였다.

그러자 샛바람 같은 목소리를 흘려 내던 중년인의 머리가 덜컥대며 떨어졌고, 그 아래의 몸이 와락 수축하는 금색 실 속에서 소름 끼치는 소리를 일으키며 뭉개졌다.

그리고 흩어지는 금색 실 아래로 핏물이 쏟아졌을 때!

"이, 이럴 수가……."

"네놈!"

푸확! 푸확! 푸확!

항상 중년인을 금붕어 똥처럼 따라다니던 사내들이 권총과 검을 빼 들던 자세 그대로 피를 뿜어 올리며 쓰러졌다.

그 뒤로 후드를 쓴 사내들이 떠올랐다.

"저 인간도 이해가 안 되지만, 저 인간이 하는 짓을 내내 지켜봐 왔으면서도 마지막까지 이러는 이 인간들이 더 이해가 안 되는군요."

"그런 걸 맹신이라고 하는 거지. 그런 점에서는 우리도 다르지 않고 말이야."

퍼스트가 피식 웃으며 몸을 돌렸다.

그리고 천천히 걸음을 옮겨 근처의 계단을 따라 올라갔다.

길고 긴, 나선형의 계단의 끝은 수백 미터는 될 듯한 탑 위로 연결되어 있었다.

퍼스트가 탑 정상으로 나오자 그 아래, 폐허처럼 변해 버린 건물의 잔해 끝도 없이 펼쳐져 있었고, 그 사이사이를 채우고 있는 엄청난 숫자의 병사들이 보였다.

"모든 것은 신의 뜻대로."

그들을 둘러보던 퍼스트가 중얼거렸을 때였다.

우우우웅–!

마치 그에 대답이라도 하듯이 도시 전체에서 진동음이 울려 나왔다.

그리고…… 모두 피를 뿜으며 쓰러지기 시작했다.

탑 주위에 원을 그리며 늘어서 있는 병사들부터, 건물 잔해 사이에 있던 병사, 또 그 너머에 있는 병사들까지.

쿠쿠쿠쿠–!

그 중심에서 탑이 굉음을 일으켰다.

to be continued

꿈의 도약, 로크에서 하십시오
(주)로크미디어에서 신인 작가를 모십니다

즐거운 세상, (주)로크미디어는 꿈을 사랑하고 도전을 두려워하지 않는 작가분들의 참신한 작품을 기다리고 있습니다. 21세기 장르 문학계를 이끌어 갈 차세대 선두 주자 (주)로크미디어에서 여러분의 나래를 활짝 펴 보시길 바랍니다.

모집 분야 판타지와 무협을 포함한 장르 문학
모집 대상 아마추어 작가, 인터넷 작가
모집 기한 수시 모집

작품 접수 시 유의 사항

1. 파일명은 작가명_작품명.hwp 형식을 갖춰 주십시오.
1. 파일에 들어갈 내용은 다음과 같습니다.
   - 성명(필명인 경우 실명을 밝혀 주세요), 연락처, 이메일 주소.
   - 제목, 기획 의도.
   - A4용지 1장 분량의 등장인물 소개.
   - A4용지 2장 분량의 전체 줄거리.
   - 본문.
1. 작품이 인터넷에 연재되고 있다면, 게시판명과 사이트의 구체적이고 정확한 주소를 기재해 주십시오.

선택된 작품은 정식 계약 후 출판물로 간행되어 전국 서점에 유통됩니다.
작가분은 (주)로크미디어의 전폭적인 지원하에 전속 작가로 활동하시게 됩니다.
※ 자세한 내용은 로크미디어 홈페이지(rokmedia.com)를 참조하세요.

(03920)서울시 마포구 성암로 330 DMC첨단산업센터 3층 318호
(주)로크미디어 편집부 신간 기획 담당자 앞
전화 : 02)3273-5135
www.rokmedia.com   이메일 : rokmedia@empas.com

One for all
원포올

일라잇 스포츠 장편소설

작렬하는 슛, 대지를 가르는 패스
한계를 모르는 도전이 시작된다!

축구 선수의 꿈을 품은 이강연
냉혹한 현실에 부딪혀 방황하던 중
운명과도 같은 소리가 귓가에 들어오는데……

당신의 재능을 발굴하겠습니다!
세계로 뻗어 나갈 최고의 축구 선수를 키우는
'One For All' 프로젝트에, 지금 바로 참가하세요!

단 한 번의 기회를 잡기 위해
피지컬 만렙, 넘치는 재능을 가진 경쟁자들과
최고의 자리를 두고 한판 승부를 벌인다!

실력만이 모든 것을 증명하는
거친 그라운드에서 당당히 살아남아라!

기갑천마

거짓이슬 퓨전 판타지 장편소설

종말을 막지 못한 절대자
복수의 기회를 얻다!

무림을 침략한 마수와의 운명을 건 쟁투
그 마지막 싸움에서 눈감은 무림의 천하제일인, 천휘
종말을 앞둔 중원이 아닌 새로운 세상에서 눈을 뜨는데……

"천휘든 단테든, 본좌는 본좌이니라."

이제는 백월신교의 마지막 교주가 아닌 평민 훈련병, 단테
그럼에도 오로지 마수의 숨통을 끊기 위해
절대자의 일 보를 다시금 내딛다!

에이스 기갑 파일럿 단테
마도 공학의 결정체, 나이트 프레임에 올라
마수들을 처단하고 세상을 구원하라!